iStyle 005

獻魚

(下)

扶華　著

高寶書版集團

第十三章　一個故事的反派可能會來遲，但一定會到　4
第十四章　你的愛人叫廖停雁，跟我師雁有什麼關係　34
第十五章　大魔王換了地方之後，還是大魔王　62
第十六章　按照修真界的平均年齡來說，也算是小別勝新婚吧　88
第十七章　路邊遇到的人，也有可能是娘家的人　118
第十八章　如果嚴冬即將到來，他會為我留下火焰　150
第十九章　我把妳留下，我把你找回　182
第二十章　如果仍然堅信相愛，失憶就是一種情趣　214
第二十一章　其實我是水獺，你是黑蛇　248

◆目錄◆

番外一　他的費洛蒙，永遠是我最愛的味道（ＡＢＯ篇）　281
番外二　每次我路過他的人生，他都在等我（吸血鬼篇）　293
番外三　我撈起了一顆在海底的珍珠（人魚篇）　308
番外四　我們在青春的尾巴上牽著手（校園篇）　321
番外五　那我們就去天涯海角吧（末世篇）　337

第十三章　一個故事的反派可能會來遲，但一定會到

這樣的魔蟲，不論在哪裡都是十分棘手的東西，但司馬焦不同，他的靈火是這種東西的剋星，他走了一路，腳邊已經鋪上了一層黑灰，那些敢靠近他的魔蟲，屍體都被燒成了灰燼。

這座橋上不僅有魔蟲，還有陣法，連套的陣法，每踩一步身邊的景色都在變換，若是下一步踩錯，身前就不是長橋，而是另一個交錯的陣法空間，連環殺陣。

障眼法、魔蟲和空間陣，光是這三樣，幾乎就能攔下所有的不速之客，換作是廖停雁，她甚至發現不了被人隱藏起來的長橋。

可惜這些都攔不住司馬焦，他動作極快，修長的黑色身影如乘著風一般，飄過了長橋，落進另一個山間。

一腳踩到那座山的山石階上，司馬焦眉心一動，這裡不像剛才看到的那個尋常小山峰，從踏進這裡他就發現，這裡竟然是被人憑空製造出來的空間，實際上並不在原處。

這一處狹窄的空間裡，連天空都是與外面截然不同的赤色，山間的霧嵐也是淡淡的紅，似乎染了一層血腥味。

師千縷那個老東西，或者是師氏，究竟在這裡藏了什麼東西？

司馬焦只看了兩眼，腳下忽然張開了一張血盆大口，那張巨口出現得悄無聲息，一張一闔只在瞬間，就要將司馬焦吞進去。

「喀」的一聲，是巨口閉闔發出的震顫聲，但是本該被巨口咬下去的人卻出現在了空中。

「看門狗？」司馬焦冷笑一聲。

這樣的凶獸很難得，只看牠的體型和身上的煞氣就知道，肯定是從極北深淵裡帶出來的。這樣的凶獸大多喜歡吞吃人肉，養這麼一頭畜生在這裡，難怪血腥味這麼重。

對別人來說是凶獸，但對司馬焦來說，也不過就是隻看門狗。

巨大醜陋的凶獸現出身形，牠判斷眼前的人是闖入者，發出陣陣咆哮，口中的腥臭氣息變成陣陣黑雲，籠罩在天空中。

司馬焦站在空中，抬起手，反手從虛空中抽出了一把兩指寬、通身烏黑的長刀。刀背平直，刃長三尺，柄長二尺，與一般的長刀模樣不太一樣，帶有一些邪性。

司馬焦平常殺人只用手，用兩根白皙的手指就能奪人性命，可面前這畜生實在醜陋又龐大，他不想用手。最近廖停雁老是囑咐他的手不能用力，他固然可以用手捏碎這畜生的腦袋，但總要給在家等他的人一點面子。

烏黑長刀在他手中顯得輕巧，揮下的時候刀光像是電光，有種刺目的白。

凶獸堅硬的背甲在刀光下裂開，牠的怒號聲響徹整個獨立起來的空間。司馬焦提著久未用過的長刀，把這條叫聲凶狠的看門狗切成十幾塊，最後一刀剁爛了牠的大腦袋。

凶獸的血是紅色的，這麼大一隻，血流成一條小河，噴湧出來的時候難免會被濺上，司馬焦的刀刃不沾血，但他的衣襬淅淅瀝瀝地滴著血。他看了一眼，把長刀拍回虛空中，自己踩著剛鋪就的鮮血長河，走近那一座籠在結界下的山。

這最後一道結界才是最為棘手的，他就算有所掩飾收斂，弄出來的動靜恐怕也已經驚動師千縷了，但想打開這一道結界還需要一段時間。

既然這樣，那就不打開結界了，不管裡面是什麼，直接毀了就是。

司馬焦理所當然地想。

「進……來……」

一道虛弱的聲音忽然從山中飄出來，這道聲音實在太飄渺了，一被風吹過，宛如樹葉沙沙的響聲，反而不像人聲了。

「……來……」

隨著那聲音，司馬焦面前的結界溶解了，留下一道可供他進入的缺口。那幽深的洞口像是誘惑人進去送死的怪物巨口，避過凶獸巨口的司馬焦這一次主動走了進去。

他並不怕裡面有什麼陷阱在等自己，到了他這種修為，對自己的絕對自信和對死亡的毫無畏懼，讓他只會隨心而為，就如師千縷對他的判詞——狂妄且自我。

山間結界內，大如宮殿的黑玉形狀似蓮花，或者該說像是奉山血凝花，這朵巨大的黑蓮落於一片血河中。

血河赤紅中帶著一點碎金，有溫熱的溫度。

司馬焦的神情晦暗，這血河裡的血，有著司馬氏血脈的氣息。他忽然明白，之前自己在百鳳山看到的那些宛如牲畜被圈養著的人，那麼多不純粹的血液究竟有什麼用途了。

大概多半都彙集在了這裡。

這麼多的血，哪怕不純，也有足夠的能量澆灌出血凝花，甚至，不只是血凝花。

司馬焦渾身的戾氣翻湧起來，就如同他一開始到百鳳山時一樣，他迫不及待地想要毀掉這裡，將這熱氣騰騰的血河全部燒乾。

他走過血河，走向河中那座黑玉石蓮，踩著光滑的石蓮瓣走上去，見到蓮心的石臺上躺著一個人。

石臺凹陷，裡面盛滿了血液，這裡的血液顯然比外面血河中的，更接近於純粹的司馬氏血脈。

第一眼，司馬焦看到的不是那個躺在石臺血水裡的男人模樣，而是他被剖開的心口，那裡長了一朵血凝花，血凝花之上，是一簇小小的火焰。

司馬焦的瞳孔縮緊。

那是奉山靈火，世間本該只有唯一的奉山靈火。他與靈火已經合二為一，自然能感覺到現在這朵並不大的火苗不屬於自己的靈火，只有一絲隱約的聯繫。

他們竟然硬生生養出另一個靈火。

這絕不是一代兩代，或者幾百年能做到的事，恐怕從很久之前，他們就已經在做這件事了。

司馬焦終於將目光投向那個人的臉，那是一張很熟悉的臉，因為與他自己的容貌格外相似。只是容貌相似，氣質卻不太相同，這男人的氣質要更沉穩一些。

男人睜開眼睛看著他，緩緩露出一個笑容：「你終於……來了，我一直在……等你……」

司馬焦看了他一會兒，神情沒有什麼變化，問道：「司馬蒔？」

司馬蒔，是司馬萼的哥哥，司馬焦的生父。

這個據說突然發瘋，自殺而亡的男人，原來並沒有死。

司馬蒔望著他的目光很溫和，是一種長輩看晚輩的目光，但司馬焦看他的眼神和看其他路人沒什麼區別。

「萼兒……聽了我的話，將靈火……與你……相融了……你能堅持下來……我很欣慰……」司馬蒔的話斷斷續續：「我要告訴……你……一些事……將手放在……我額心……」

司馬氏有一種特殊血脈能力，可以以神思交流。

司馬焦明白他想做什麼，他雖然聽不到司馬蒔的心聲，但他能辯他人喜惡，也感覺得到司馬蒔對他沒有惡意。沉吟片刻，他還是將手放在司馬蒔的額心。

很快，司馬焦的神思與司馬蒔的神思便落在一片純白的世界裡，面對面而立。

司馬蒔的神思比他的肉體和神魂更加凝實。在這一片特殊的傳承空間裡，時間被無限拉長，對於外面而言，可能就是一眨眼的時間，所以這種在司馬氏血脈裡流傳的能力，就是用於長輩對晚輩的傳承教導。

這一對父子並不像是父子，比起司馬蒔「父親」的身分，司馬焦對他身上那朵新生靈火更感興趣。

「說吧，你是怎麼回事？」

司馬蒔一笑，並不在意他的態度。

「我並非只是司馬蒔，更是上一代的族叔司馬顏。多年前，司馬氏日漸衰敗，我察覺到了師氏一族的野心，與他們暗地裡在做的事。作為司馬顏，我當時沒有更多時間去阻止，因為我天生有疾，壽數短暫，所以最後選擇了寄魂托生，用了特殊的辦法留存記憶，托生於司馬蒔身上，並且瞞過了所有人。」

「我一直在試圖挽救司馬氏，可惜……我做不到。」

司馬蒔歎息了一聲：「我發現師氏一族試圖培育出新的靈火，也發現他們暗中搜集了不少司馬氏後代血脈，我甚至潛入過這片血河黑蓮，看到了當時用來培育靈火的一個司馬氏族人。」

他的神色冷沉下來，與司馬焦才有幾分相似：「當初師氏一族是我們最信任的忠誠僕人，可是，人終究是會變的。因為我們一族的信任，師氏暗中害了不少我們的族人，有好多人都以失蹤或死亡的名義，被帶來這裡培育靈火。」

「我想出了一個辦法，與奉山靈火融合，毀去師氏的陰謀。然而，靈火威力強大，我無法與之融合，嘗試之後，我承受不了那麼巨大的痛苦，有一段時間陷入了瘋狂，最後只能選擇放棄，轉而有了另一個計畫。」

司馬焦了然：「你裝瘋自殺，果然如願被他們送來了這裡？」

「是。」司馬蒔笑了：「我有告訴萼兒與靈火融合的事，她是個聽話的好孩子，果然成功了。」

司馬焦一生下來，司馬蒔就欣喜若狂，因為他發現這個孩子是個罕見的返祖血脈，如果他不能承受靈火，這個孩子一定能。

只是連他也不知道的是，司馬萼最一開始並不想讓這個孩子與靈火融合，甚至還想殺了他。只是後來走到絕境，不得不為，她最終還是選擇用自己的生命淨化了靈火，讓那威力強大的靈火灰滅重生後，才能更容易地被司馬焦融合。

司馬蒔：「這麼多年來，他們並不知道我的意識還在，對我沒有防備，讓我可以做一些準備。我等了很久，終於等到你的成功，所以控制了一個前來送血的人，讓他把百鳳山的事送到你面前。」

司馬焦挑了一下眉。

原來那個被他搜了魂的師氏子弟，是被司馬蒔安排過來的，特地讓他發現了百鳳山。

司馬蒔朝他伸出手，眼中有灼熱的光：「我知道你會來，當你來到這裡，就是一切終結的時候。」

司馬焦也笑了一聲：「你倒是很有自信。」

司馬蒔的神情中有司馬氏一貫的傲然：「那當然了，我們是奉山一族，與天地同壽的長生之族。」

司馬焦嗤笑：「醒醒吧，司馬一族死到就剩我一個了，喔，還有半個你。」

司馬蒔搖頭，眼中的狂熱越發明顯：「就剩你一個又如何？只要你千萬年地活下去，只要你不死，奉山一族就永遠都在。」

司馬焦沒有他這種對種族血脈的執著，聞言只是輕輕嗤笑，懶得和他多說。

「他們快要來了。」司馬蒔閉了閉眼：「他們還不知道我能控制這片結界……在他們來之前，你要將我身上的那朵靈火吞噬掉。」

師千縷帶著人匆匆趕來的時候，看到司馬焦站在那座山的結界外，似乎還無法進去。

司馬焦轉身看了他一眼：「來得比我想像的慢。」

師千縷這回徹底撕碎了那張端莊儒雅的仙府掌門面孔，他的神情沉沉，死死地盯著司馬焦：「你現在停手，還能好好當你的師祖，否則，我不會再任由你繼續囂張下去。」

顯然，眼前結界裡的東西就是他的底線。

司馬焦：「我不住手，你又能拿我怎麼樣……再送一批人來讓我殺來玩？」他話音剛落，腳下已經鋪開赤色的火焰。

全力。

司馬焦一早就知道師千縷這個人沒那麼簡單，之前與他交手，他就察覺到師千縷並沒有用出全力。

或許是因為從前幾次除了師家人，其他宮宮主與長老們都在一旁，師千縷既然能對付司馬氏，自然也會防備其他宮的勢力，因此沒有顯露出自己全部的能力。

而且那時候司馬焦並沒有踩到他的底線，他總覺得還有可以平衡的點，才沒有動用全力。可現在不同了。師氏一族的多年心血都在這個結界中，若是真的被司馬焦發瘋毀去，師千縷無論如何也承受不住。

他不再隱藏後，司馬焦對他如今的真實修為也感到了一絲驚訝。師千縷藏得真深，他的修為恐怕已至大乘。

大乘一過，到了渡劫就會飛升，但不論過與不過，都只是一個死罷了。

司馬焦明白一向沉得住氣的師千縷為何如此怒形於色，終歸是為了一個長生。師千縷知曉飛升的祕密，也知曉了靈火的作用，他還看到了一個活生生的例子，當然也想像司馬焦一樣，長留於此世萬萬年。

師千縷帶來的十幾人都是師氏的直系血脈，也是他最信任的人。兩人若是打了起來，其餘的師家人也只能躲避，順帶守著結界，而後敬畏恐懼地看向天空的風捲雷雲。

那已經完全不是他們能捲入的爭鬥了。

司馬焦終究更勝一籌，只是他也沒有辦法一下子殺死師千縷，師千縷比他想的更加難纏。不過司馬焦也不急，和他周旋著，兩人的戰鬥時不時會波及下方，衝擊結界。

司馬焦似乎有意識要藉著他的攻擊一同衝擊下方結界，師千縷則千方百計地想要轉移戰地，以免結界被波及。

兩人一時之間僵持不下。

8　8　8

廖停雁回到師余香的風花城後，有些心緒不寧。修仙人士的心緒不寧，往往就預示著有關乎自身的事情會發生。

莫非，司馬焦這一趟會發生什麼意外？她剛才沒有多問，可是看司馬焦的神色也知道那地方不簡單，肯定有什麼祕密。探尋祕密的人，就註定要承受危險。

廖停雁又轉念一想，司馬焦那樣的修為，這世界上能殺他的人恐怕還沒出生，所以哪怕受了點傷，他應該也不會有大事。

想到這裡，她稍稍放心，坐在雕刻花鳥的玉窗前，正對著外面的大片花圃。師余香喜愛花鳥，整座宮殿迴廊都身處繁花之中。

往常這時候，她會靠在這裡看看直播鏡，吃點小零食，翻翻那本術法大全找兩個感興趣的學一學，不會的還有司馬焦能求助，反正沒有他不會的。小黑蛇這個時候會過來搖頭擺尾，從她的小零食堆裡翻一點東西出去餵鳥。小黑蛇每到一個地方就喜歡養不同的寵物，尤其熱愛餵食。

說到這裡，小黑蛇去哪裡了？

她回來後一直在想司馬焦的事，都沒注意到小黑蛇，牠雖然貪玩，可性格真的和狗沒兩樣，他們回來的時候，小黑蛇總會現身，搖著尾巴和他們打招呼的。

「小黑？」

「蛇蛇？」

廖停雁叫了兩聲，感覺不對勁。周圍有緊繃的氣氛，有什麼東西正在慢慢縮緊。如果要形容的話，她感覺到有什麼東西在抽光這裡的空氣，想把這裡抽成真空。

她站在原地，捏了一把掛在胸前的瓔珞項圈，心想，不慌，說不定是我疑神疑鬼。

「吭——」

一陣絲弦繃緊聲響起，廖停雁大概是生平第一次反應這麼快，她往後掠去，在反射的光芒中看見了眼前交錯的絲弦。

廖停雁停了下來：「靠！」

接連不斷的聲音，不僅在她身前響起，還有身後甚至頭頂，廖停雁站在原地不動了。

無數的絲線把她所有的路全部封住，如果換成司馬焦，他大概一伸手就能把這些絲線當成蜘蛛絲扯掉，可廖停雁……嗯，她覺得自己如果扯了，會被切成很多塊——不對，有防禦裝備在，切成碎塊是不可能的，但會被綁成一顆蛋，大概。

她扭動腦袋，看向出現在周圍的一群人，目測超過了一百位，全都以一副高人降臨的氣勢，把她圍在中間審視。

好的，沒一個修為她看得穿，修為都比她高，她覺得自己像個可憐的中階玩家，周圍站了一圈的封頂玩家，這也太慘了吧？為了抓她一個，需要派這麼大的陣仗嗎？

「只有她一個人？司馬焦不在這裡？」

廖停雁聽見有人問。

「掌門說了，若抓不到司馬焦，也務必要把他身邊的那個廖停雁帶回去。」

「區區一個女人，又有什麼用？」

「也不能這麼說，能讓司馬焦費心掩飾她的存在，還帶著一路保護，自然是有用的。」

廖停雁：「……」來了！經典的人質情節！接下來她就會被綁起來帶到司馬焦面前，被人抵著脖子，威脅他束手就擒！如果是這樣她就放心了，反正只要見到祖宗，就完全不會有事了，所以她真的一點都不慌。

「先將她拿下再說。」一名眼神銳利的老者道。

司馬焦不在，面對一個毫無銳氣的煉虛期修士，他們還有什麼顧忌的？隨便一個人上前都能手到擒來。

圍在廖停雁身邊的那些絲弦收緊，她感覺到自己身上的容貌偽裝被人拂去，露出原本的容貌，還有兩根交錯的絲弦帶著淩厲殺氣，絞向自己的手臂。

使用絲弦的是個抱著箏的師氏女修，名為師千度，那是師千縷的親妹妹。她在師家地位並不低，自然知曉司馬焦都做了些什麼。

其他的不說，光是屠戮百鳳山，破壞他們師氏大計一事就足以讓她恨得咬牙切齒。因為百鳳山到這一代是在她的手中，如今卻被司馬焦徹底毀了！若想再建，還不知要費多少心血與時間。

她前段時間被師千縷遣到各處尋找司馬焦的下落，可惜司馬焦太警惕，沒留下一絲痕跡，她尋人不到，還是月初回的死被師千縷找到了一些蛛絲馬跡，查到永令春和永蒔湫兄妹二人的異樣，這才讓她由此一步步追到了這裡。

之前對上司馬焦，他們次次無功而返，白白葬送了不少人，鬧得庚辰仙府內部怨氣沸騰，畢竟那些人可不知道師氏暗中在做些什麼，只看到他們表面上不停維護司馬焦。

這一次，師千度帶人前來查探，目標除了司馬焦，就是他身邊那個名為廖停雁的女人。師千度雖然不相信司馬焦那種人也會喜歡女色，但查到的東西讓她不得不信，司馬焦對這名女子非常好，他幾次出逃都帶上這個人，當初還騙過師千縷，營造出這個人已死的假象。

再看這女子修為——入門三年未滿的小小弟子，如今竟然已經是煉虛期，如此一步登天的修為，讓他們這些苦苦修煉千百年的修士又羨又妒。能得到如此對待，就算不是十分喜愛，多少也會有些在乎。

她來這裡之前，師千縷便叮囑過她，讓她一定要將廖停雁帶回去，只要將這個人握在手中，多少能讓司馬焦多考慮幾分。

師千度雖然準備將人活著帶回去，可心底的鬱氣也實在難以壓下，所以此時，她才會想絞斷廖停雁的一隻手臂，出口惡氣。

正好司馬焦不在，等他回來後看到廖停雁的斷臂，豈不是很有趣？此時的師千度尚不知曉，自己出發前來風花城後沒多久，師千縷就被血河的動靜驚動，在那裡對上了司馬焦。

站在這裡的師千度心想，我拿司馬焦沒辦法，難道還不能弄殘這個玩物嗎？絲弦切向廖停雁的手臂時，在她身外一尺處停住了，無論如何都無法再向前半寸。

師千度：「！」

廖停雁：「……」

防禦裝備，祖宗出品，保證實用。

師千度不信邪，絲弦隨心而動，從各個角度切向廖停雁，最後果然把她綁成了一顆蛋。毫髮無傷，只是動彈不得的廖停雁已經想開了。算了，隨便你們吧，反正抓我可以，傷我不行。

師千度還要再動作，被一人攔住。那是陰之宮的一位長老，在煉器一道上很有見解，他打量著廖停雁，道：「她身上有防禦仙器，妳破不開，不要在這裡浪費時間，先將人帶回去。」

防禦仙器？師千度這才拉著臉放下手，一揮袖把人抓到身邊。

「我要帶人回去向兄長覆命，諸位是要先行離去，還是守在此處，等那司馬焦回來，一舉將他拿下？」師千度問。

這番話問出口後，不少人心中都暗自撇嘴，一舉將人拿下？若是真的能拿下，他們需要三番四次損兵折將嗎？若不是事關生死存亡，每一宮都必須派人來處理此事，不知有多少人不願來。

「我等還是一同回去，司馬焦若是回到此處發現人被抓，以他的脾氣定然要打上太玄主峰，我等不如先去準備。」一人出聲道。

餘下眾人紛紛點頭：「正是，我們自然該擺個殺陣，以此女為餌，引他前去。」

「這回我們召集了菁英子弟，在太玄峰布下天羅地網，司馬焦應當還帶著傷，我們定能成功。」

「哪怕是師祖，也不能讓這種濫殺無辜的人禍亂仙府，是該有所決斷了。」

眾人肅然談起要將弟子們迅速召集起來，準備用人海戰術，他們每個人的神情都很凝重，不少人露出憂慮與恐懼之色。

廖停雁從絲線縫隙裡看到眾人情態，心裡覺得怪怪的。可能是這種正義即將戰勝邪惡，黎明前必有黑暗的沉重心情，她作為反派陣營的人，感受不到吧。

她現在是人質，其他人又拿她沒辦法，都懶得理會她，她就保持沉默，想著該怎麼辦。說真的，這超出她的能力範圍了，要在這種陣仗的包圍圈下突破逃走？這個世界上恐怕也只有司馬焦一個人能做到。

要是不逃……她現在唯一有點在意的，就是回來之前司馬焦說過的，要她別待在內府中心那一塊，肯定是那邊會有什麼危險。

可她真的沒辦法，她現在連個消息都傳不出去。只能祈禱祖宗發現她被抓後不要太生氣。

８ ８ ８

廖停雁果然被帶到了太玄主峰上，在那裡等的還有不少人，痛失愛女的月宮主也在，她神情不善地打量廖停雁：「這就是司馬焦帶在身邊的人？」

師千度道：「就是她。」

月宮主的目光看得廖停雁背後發毛，聽到她狠狠地說：「司馬焦殺我女兒，讓我飽受痛苦，我也要讓他承受此痛！」

她說著說著就喚出自己的武器月環劍，直直刺向廖停雁的臉。「匡啷」一聲，月宮主的月環劍被彈開，廖停雁在原地毫髮無傷，只是還捆在她無形防禦裝備外面的絲弦被斬斷了，由此可見月宮主的這一擊真的完全沒有放水。

師千度阻攔不及，眼見自己的絲弦被斬斷，臉色一黑，語氣加重了幾分：「月宮主，大事當前，不可衝動！」說得好像她自己剛才不想對人動手一樣。

月宮主這才注意到廖停雁身上的防禦之厚，憑幾劍怕是斬不斷。她不甘地收劍回鞘，帶著怒火拂袖而去。

廖停雁看著四周，這裡已經聚集了許多人，長老們還在不斷傳訊，繼續布置下去。她看到許多匆匆趕到的弟子從天上如流星一般墜下來，全在下方擺出了凝重的陣勢，而幾位宮主低聲商議爭執著……一片混亂。

師千度沒有見到掌門師千縷，只見到了代為處理事務的師真緒，蹙眉問他：「兄長去了何處？」

師真緒對她恭敬一禮才道：「您離去之後，玉蓮池那邊有異狀，師父帶人前去查看，至今還未歸來。」

師千度一聽見玉蓮池就再也待不住了，那裡可是有他們師家最不容閃失的東西，她立刻道：「你留在這裡儘快布置好，看好那個廖停雁，她是用來對付司馬焦的，不可讓她有閃失，我先帶些人去看看兄長究竟被什麼絆住。」

時間這麼恰好，她擔心師千縷那邊是遇到了司馬焦。若真的是司馬焦，她去了還能幫師千縷周旋一二，現在廖停雁可是在他們手裡。

「切記，千萬看好廖停雁。」

師千度到時，司馬焦與師千縷兩人各有損傷，師千縷明顯落於下風，看起來比司馬焦狼狽了許多。

師千縷知道自己敵不過司馬焦，只是盡力地拖延時間，他知道師千度去抓人了，既然司馬焦在這裡，要抓另一個自然容易。只要師千度回來，就表示他們成功了，到時候就能再與司馬焦好好談一談。

而司馬焦也在等，他比師千縷更加有恃無恐。

他原本打算在幾日後的祭禮上點燃之前埋下的靈火，將師氏一族聚居的中心、三聖山及主峰太玄，連同周圍十幾座屬於各宮宮主的靈山全部變成煉獄。之後那些被他控制的幾大家族弟子，則會點燃各大家族的族地，與內府這一場火焰碰撞爆發，可是與司馬蒔的會面，讓他決定提前動手。

司馬蒔那朵新生靈火已經被他吞噬，留在原地的是他分出來的一團小火苗。這一簇火苗就是即將點燃庚辰仙府內府中心的源頭。

他之前點燃了那些山脈底部的靈池，等到這一簇火焰浸入地下，靈火原本的力量和那些山脈靈池會一瞬間內全部爆發，還有司馬蒔所在的血河力量，能把地上和地下的一切燒成灰。

有了司馬蒔的幫助，這個計畫的威力加大不少，連他都無法控制住，不過正是因為如此，司馬焦就更加興奮了。

他之所以會在這裡拖住師千縷，就是在等靈火浸入地下。

司馬焦拿出了砍凶獸的那把長刀，師千縷用的是琴，他的琴音能惑人，擾亂心神，卻對司馬焦沒有任何用處，他不得不使出其他手段。司馬焦覺得時間差不多了，也不再和師千縷糾纏，一刀將他那把琴上的碎玉長弦砍斷，在琴身上留下了深刻的刀痕。

師千縷急退，本命靈琴被斷了弦，他壓抑不住，口吐鮮血。恰好在此時，他聽到了師千度的聲音。

「兄長！我來助你！」師千度飛身上前。

師千縷見她過來，面上一喜，剛想說什麼，瞬間臉色大變，他盯著下方的結界，猛然睜大了眼睛。

那是火焰，金紅色的流漿噴濺出來，轟然的巨響幾乎能震碎神魂。原本尋常的山脈之景如鏡子般碎裂，露出底下猩紅的血河與黑蓮，只是沒等他們看清楚，那一切就被席捲的火漿吞噬。

師千縷與師千度同時神色大變，他們、他們的黑玉蓮池，他們培養的靈火！

「不！」師千縷立刻想要上前阻止，只是那火是從血河裡燃燒起來的，那是司馬一族的血，火漿是用司馬氏的血點燃後燒起，不同於一般的凡火，所到之處，不論什麼都會變成飛灰，連大地都被往下侵吞了不只百尺。

那場景看在師千縷和師千度眼中，不亞於天崩地裂，他們甚至沒有空去管自己帶來的那些弟子。那些弟子離得太近，避之不及，也被這火漿捲入，瞬間變成火漿河流上的一縷青煙。

「哈哈哈哈！」司馬焦勾著那把長刀大笑，他俯視下方血河，捲曲沖天的炙熱氣流將他的長髮和衣襬捲起，他伸手指了指撕心裂肺的師千縷，還不放過他，道：「師千縷，這只是一個開始而已。」

師千縷仇恨的目光終於射向他，咬著牙，彷彿要將身體裡的內臟全都吐出來一般，艱難地吐出幾個字：「你……這是什麼意思！」

司馬焦微微抬起下巴，睥睨著他，臉上帶著漫不經心的諷笑：「你們師氏一族所在的那一片靈山，你們的祭神廟、祖墓，包括你的掌門居太玄峰，馬上都會和這裡一樣，變成一片火海，今天過後，這些靈山，還有你們那偌大的師氏一族，都將不復存在了。」

他的笑容裡滿是惡意，看得師千縷渾身發冷，顫抖地看向司馬焦，心中只剩下一個念頭——完了，一切都完了。

「司馬焦！你會後悔的！」狼狽躲避著火焰的師千度尖叫起來。她的修為還比不上師千縷，在這炙熱的靈火燒灼中勉力撐著，她渾身通紅，法衣也開始燃燒，眼睛裡映照著下方的火光，滿是仇恨與扭曲。

司馬焦不以為意，把玩著那把長刀。他不畏懼靈火，這樣的溫度對他來說也只是尋常，因此他只是淡淡地看著面前掙扎的兩人，微微挑了挑眉。

師千度的嗓音因為憤怒與怨恨變得無比尖細，在熱風中扭曲：「太玄峰，你帶在身邊的那個女人也在太玄峰上，我們死，她也要陪著一起死！」

司馬焦的手指停在刀刃上，微微一壓，那鋒利的刀刃就割開了他的手指，一滴金紅鮮血順著刀刃緩緩滑下刃身。

他猝然投去一個滿是戾氣的眼神：「妳說什麼？」

轟——

就在這時，好像有什麼爆炸了，驚天動地的聲響，哪怕在這個獨立的空間裡，也顯得那麼聲勢浩大。

司馬焦曾經想過在祭禮上將要發生的那一幕，那一定是宛如世界末日一般的美妙場景，無數靈山在奉山靈火的驅使下自爆，那樣的災難，足以保證那一片範圍內沒有任何人能倖免。

那確實是很盛大的場景，靈氣四溢的蔥翠靈山，眨眼間變成另一個模樣，它們一同炸開來，翻捲而起的火海與火漿淹沒一切萬物。

這片結界空間難以負荷這內外力量的擠壓，徹底碎裂。同時，司馬焦感覺到了一陣難言的心悸，不由得伸手撫住了心口。

透過破碎的結界碎片，他豁然回首，看到遠處的太玄主峰。就在他回望的這一眼間，太玄主峰在他眼底崩塌，沖天而起的火漿將他的雙眼也染成一片紅色。

他臉上漫不經心的笑容凝固，像是一面斑駁的白牆，碎裂剝落了一層。

他的神情太可怕，師千縷也看出了什麼，像瘋了一般笑起來：「哈哈哈、哈哈，司馬焦，任你千算萬算，又怎麼會算到你會親手殺死在乎的人。你狂妄至此，終得報應。」

他瘋瘋癲癲，又哭又笑。

司馬焦看也沒看他，飛向那已經面目全非的主峰太玄。

師千度才匆匆離去，師真緒果然就走到廖停雁身邊，不敢有絲毫懈怠。

廖停雁：「……」你們看得太嚴了吧？我是真的跑不掉。

她雖然沒有性命之憂，但其他都被限制住，連動一下都難。她癱在那裡心想，祖宗在半天之內應該能來找我吧？

這一輪過去後，她還是研究一下製作電話吧，下次才好隔空聯絡，要不然次次都像現在這樣的陣仗，還滿嚇人的。

許多人都在太玄峰上忙碌，廖停雁看到外面暗下來的天色，莫名覺得有些熱。好像，是從地下傳來的熱度。她忍不住盯著地面看。

她都感覺得到了，其他修為比她更高的人自然也能察覺，眾人停下談論，那些不明所以的弟子們也感覺到了不同尋常的氣氛。

轟——

不知是哪裡傳來的震動，廖停雁看到弟子們驚恐的臉，看到一瞬間翻飛而起的地面，還有火紅的火漿，熾熱的溫度裹挾著爆裂的炎氣與靈氣，沖天而起。

這是怎麼了？

她看到撲向自己的火漿，嚇到炸毛。

他媽的是火山噴發啊！可是這周圍哪裡有火山！

８
８
８

夜幕下的火漿河流像人體的血管一樣，連接成了大大小小粗細不一的脈絡，在天上看，有種驚心動魄的美感。

司馬焦踩在火焰還未熄滅的大地上，一時竟然有些茫然。他的靈府裡刺痛著，綿綿密密的刺痛感讓他的眼睛裡布滿血絲。

太玄主峰沒了，他站在一片平地上，舉目望去，除了火與焦黑的土，看不到其他任何東西。

他往前走了一會兒，手指微動，有什麼東西被他從灰燼和焦土底下翻了出來。

勉強看得出是圓形的東西飄浮在他面前。

有著強大防禦能力的瓔珞項圈完全沒用了，變成眼前這個樣子，而戴著它的人，或許就在他的腳下，變成了一片焦土，或者灰燼，甚至無法被捧起。

他一手抓住浮在眼前的項圈殘骸，用力一捏，將之捏成灰燼。

接著，他低聲說了句口訣，往前伸手一抓，無數瑩亮光點從地下湧出。這些都是剛才死在這裡的人的魂魄，若是無人拘住，他們很快就會散去，或者重新投入輪迴。

司馬焦曾對廖停雁說過，只要自己不想她死，她就不會死。

所以他要把她的魂魄拘回來，死了一具身體沒關係，只要魂還在，總是能復活的，她還可以繼續懶洋洋地隨意癱在自己身邊，什麼都不用做。她應該被嚇到了，復活後可能會哭，但沒關係，他可以跟她保證，不會再發生今天這種事情。

他發狠似的以一己之力拘住了這一片天地的魂魄，惹得天雷都在隱隱炸響。

司馬焦毫不顧忌這些，分辨著每一個被拘住的魂魄。

並不是所有的魂魄都在這裡，有一些神魂不穩、脆弱的，在剛才那場浩劫裡會隨時沖散、破碎，進而消失。

司馬焦想，廖停雁的魂魄不會那麼脆弱，她肯定還在這裡，就在這裡的某個角落裡。

他不可能找不到。

可他確實沒能找到。

8　8　8

往南走過一座連綿起伏的紅色都焉山，再過一條水質渾濁碧綠的支岐河，就到了魔域境內。

雖說正道修仙門派與大小靈山，都對魔域有些仇恨，時常表現得對那種「偏遠山區」不屑一顧，但事實上，魔域與外界相比除了地方沒那麼大，靈山福地沒有那麼多，物產也不太豐富之外，是沒什麼差別的。

魔域內並不是只有一群喪心病狂、殺人放火的魔修，還生活著不少普通人，在這裡的人雖然沒有外界多，但修煉的總體人數特別多，幾乎全民都在修煉，能與外面遼闊的修真界與凡人界的修士人數持平。

據說魔域之地最早是另一塊不知從何處飄來的大陸，突兀地出現後與這個世界接壤融合，在這裡修煉的人天生靈力逆流，與外界不同，而他們的行事作風又更加狠辣、不擇手段，先前還曾與修仙正道發生過大戰，於是魔域這個名字就應運而生，被唬成了人人欲誅之而後快的邪魔外道。

那些魔域之人也沒糟蹋這個名字，燒殺搶掠、無惡不作，不少魔修就喜歡搞些什麼童男童女雙修大法，什麼母子煉蠱、魂魄入藥，聽起來就嚇人得很。

外界之人聞魔域而色變，但是一旦在魔域生活久了，就知道這裡只是個管理更加混亂，更加隨便開放，偶爾還有些危險的普通城池罷了。

魔域範圍內的大小城池地界，都被不同的強大魔修劃分，這些城池與外界的凡人城池很像。師雁在魔域住了差不多十年，前兩年跟一個病歪歪的老爹和一個老哥一起在魔域週邊住，之後才搬到這個鶴仙城，一住就是八年。

鶴仙城名字聽起來仙氣飄飄，不像是魔域裡的城，倒像是外面那些正道修士的地方，但它只有個名字光鮮，實際上和魔域的其他城池沒什麼區別。

這城又大又亂糟糟，每天不知道要發生多少起殺人搶劫的命案，衛生狀況也堪憂，街頭巷尾經常能看到些不友善的東西，一大灘的鮮血還好，就怕是殘肢斷臂，這城裡也沒什麼清潔人員，經常十天半個月沒人收拾，一旦發臭了，經過那邊都能聞到一股味道。

「這又是哪來的白痴，殺人不知道要處理屍體嗎？丟在別人家的門口，當人家不用出門的是嗎？」師雁走出院門，看到門外不遠處有一顆血淋淋的頭顱和稀巴爛的內臟，就忍不住頭痛。

她捏了句口訣把那顆頭顱燒了，又用水把一灘血跡擦了擦，收拾好了之後，覺得自己真的比最初來到這個世界的時候堅強了許多。至少那時候她看到屍體想吐，而現在只會用這種出門見到亂丟垃圾時的語氣吐槽。

她出了這一片還算整潔的住宅區，走進主街，那才叫真的亂。

行色匆匆的人橫衝直撞著，時不時就會爆發爭執，魔域的人大多脾氣都不太好，師雁懷疑這是因為氣候問題，魔域的氣候燥熱，不好好補水難免會火大心躁。

當街煉屍的人天天都有，就像她以前公寓樓下賣早餐和豆漿的小攤販一樣，那煉屍的爐子和大缸都快擺上街道中心了。這些沒有公德心的煉屍魔修攤子上的那股味道，能堪稱是毒氣，師雁每次經過都要下意識地捏住鼻子。

最煩的還是那些做偷雞摸狗事業的魔修，小偷和搶劫犯多到能自成一派，以前在這條街上偷東西的是位能驅使影子的魔修，一不注意，身上的東西就會被摸走了。

師雁也曾經遇過，被偷了一袋魔石，當時她剛發薪水就被偷了，氣得順藤摸瓜找到那個影子魔修，把他狠揍了一頓，他被揍到不行，連眼睛都打爆了一顆。

那傢伙被她打到渾身是血，哭爹喊娘、屁滾尿流地立刻收拾東西滾蛋了，不過走了他一個，還是會有其他人來，只要不偷摸到自己身上，師雁也沒那麼多時間一一去管。

在這裡，修為高的人可以隨意支配他人的性命，沒有任何規則可言，就是靠打打殺殺，誰強誰就有理。

師雁過得還行，因為她的修為在這裡算是不錯了，化神期。據她那個老爹說，要不是當初受了傷，她原本應該是煉虛期的，不過現在的化神期也夠用了。

走過主街，轉一個彎，師雁就來到了鶴仙城裡最大的娛樂場所胭脂樓。胭脂樓集結嫖、賭、毒於一體，這是魔域裡的合法產業——魔域裡沒有不合法的產業，只要有人敢開，不管什麼店都有人敢去消費。

胭脂樓的營業時間大部分是晚上，到了晚上，這裡燈火通明，徹夜狂歡，那時候胭脂樓的無數條長廊都會掛上紅燈，火樹銀花的，看起來真的像是極樂仙境一般。

白日的胭脂樓就顯得安靜許多，她都是日班，每天來看到的都是這個在朝陽下默默睡著的胭脂樓。

師雁在這裡工作。她是胭脂樓聘用的眾多打手之一，用她從前那個世界的職業定位而論，她就是這裡的警衛，感謝這具身體原本的武力值，不然她還混不到這個工作。

在這裡工作久了，連櫃臺和打掃衛生、處理屍體的工作人員也熟了，師雁從後門進去，正看到負責打掃衛生的人把掃出來的屍體統一處理，準備運出去回收利用。對，在胭脂樓裡狂歡過一晚，最多的垃圾就是屍體，實在是魔域的一大特色。

跟每天處理屍體，搞得自己也一張死人臉的大叔點頭打過招呼，師雁先進去打卡，然後巡邏了一圈。接著她就可以開始混水摸魚了，一般這個時間的胭脂樓都沒什麼事，她不摸魚也是蹲在屋頂發呆看天空。

她的早餐還沒吃，準備先溜出去吃個早餐。在這一點上魔域比外界修士好多了，外界正道修士並不流行一日三餐，但魔修就不一樣了，大多都愛滿足口腹之欲。

「唉，呂雁，走走走，我下班了，陪我去吃點東西！」紅樓裡走出個花容月貌的紅衣女子，見到她就熟稔地招呼，師雁欣然應邀。

在外工作，師雁用的是呂雁這個名字，因為她那個神神經經，好像腦子有毛病的老爹說他們師家有個大仇人，還在追殺他們，所以不能用師這個姓。師雁是無所謂，不管姓師還是姓呂，對她都沒區別，只有她自己知道，自己其實姓鄒，名叫鄒雁。

「真的是累死老娘了，早知道當初修風月道會這麼累，連個好覺都不能睡，我當初就是去修煉屍道也不修風月道。」紅衣姑娘揉著手臂，罵聲嚷嚷地往外走，和師雁一起走到胭脂樓外面的早市，選了常去的一家店坐下來點菜。

紅衣姑娘名叫紅螺，這是藝名，真名不詳。她是胭脂樓的工作人員，賣肉的，但這個不是她的主業，她的主業是修風月道，就是魔修裡面吸人陽氣來修煉的一道，修這一道的男男女女要不是成為資深強姦犯，要不就是在各個風月場所掛牌接客。

一般都會選擇後面這種，畢竟選這種不僅能藉機修煉，還能賺錢。大家的日子都不容易，不管是生活還是修煉，沒錢真的會寸步難行，太現實了。

師雁跟紅螺相熟，兩人經常一起在這裡吃早餐，談談工作上遇到的那些白痴和糟心事。兩人雖然身在不同部門，但也算是同事。

師雁吃的是早餐，紅螺吃的則是晚餐，她吃完就會回去休息。就像往常一樣，紅螺吐槽起昨天晚上的客人。

「妳不知道，我搞了半天那傢伙都硬不起來，傳到同行的師兄、師姊、師弟、師妹們耳裡，豈不是要笑死我！所以我動用了我的本命桃花蠱，這才成事……媽的，有病就去治啊，還上什麼妓院！老娘是吸人陽氣的，還要負責替人治不舉嗎？像什麼話！」

師雁吸了一根麵條，噗哧一聲，笑出聲音來。

紅螺張開大嘴，狠狠咬了一口醬肉，還在吐苦水：「我最近修為停滯不前，都快他媽的遇到瓶頸了，還遇不到幾個品質好的，勞累一整個晚上，睡了和白睡一樣，妳說怎麼就不能讓我遇上個魔將魔主之類的，要是能跟那種修為的睡過一晚，我他媽的早溜過瓶頸了，還需要在這裡跟些沒用的臭男人死撞嗎！」

魔主指的是魔域裡面一座大城的城主，能佔據一座大城的，都不是簡單人物，修為至少得到大乘期，魔將是城主手下能力出眾的魔修，一般也能管理一座小城，修為至少要到合體期。

若是修風月道，能和這些修為的來上幾發，就好比吃了一顆大補丸。

師雁擦了擦嘴：「我們這座城不是也有魔將嗎？妳可以去試試，山不來可以找山啊，說不定能成功呢。」

紅螺又呸了聲：「鶴仙城連魔主帶魔將都是些老頭，我可睡不下去，怎麼樣也得給我來個看起來年輕點的吧！」她說著又可惜地看了一眼師雁，捶著桌子恨道：「妳怎麼就不是個男的呢！

妳要是男的，我會是這個衰樣？早就睡妳千百遍了！」

師雁習慣了這「死黨」的個性，安撫道：「我要是男的，肯定會讓妳爽幾把，我這不是女的嗎？而且還破相了。」

紅螺看著她左臉頰上那塊銅錢大小的特殊燒傷，繼續恨道：「妳要是沒破相，也能和我做個紅花姊妹啊，到時候我們兩個弄成組合，還怕釣不到修為高的男人？就是在外面遇到好的，要直接硬來的話，我們兩個的勝算也大很多啊！」

師雁聳聳肩，魔域都是一群這樣的混混，紅螺已經算很好的了，畢竟她不愛隨便殺人，也不吃人。

她們在這裡一邊吃一邊聊天，經常讓她想起從前上班的時候，偶爾下班也會和同事像這樣一起去聚會吃飯，還怪有親切感的。

第十四章　你的愛人叫廖停雁，跟我師雁有什麼關係

「唉，說起來，我昨天還聽到一個消息。」紅螺突然說：「據說冬城那邊的魔主，最近又狂起來了，好像準備擴大地盤，說不定鶴仙城也在他的攻打範圍裡。」

「是嗎？」師雁嘖嘖兩聲，冬城有個大魔王叫司馬焦，手下跟地盤超級多，已經快把一半的魔域地盤收到麾下了，連師雁這種「平民」都知道，那位大本營在冬城的大魔王，恐怕會在不久後統一魔域。

不過這和她又有什麼關係？魔域裡，地盤爭來搶去是很尋常的事，她現在和人聊起來，就像在以前的世界和人八卦總統選舉，反正關她屁事。

紅螺倒是很激動：「要是真的打過來、把地盤搶走就好了，魔主我是摸不到，但換幾個好看的魔將過來也行啊，我肯定上去求一夕恩情！」

師雁吃完早餐摸完魚，回到胭脂樓之後，又度過了碌碌無為的一日。夜幕降臨，她準時下班，路邊的鴨肉店提醒她今天有新到的修仙界特產醬鴨，她立刻美滋滋地買了不少回去。

剛踏進院子，她就看到老爹師千縷坐在輪椅上，苦大仇深地望著天。

見到師雁回來，他沉下臉來看她，臉上寫了幾個大字——恨鐵不成鋼。師雁習以為常，大概當爹娘的看孩子都是這樣的臉，她抓了一把炒花生米給這位暴躁老爹：「吃不吃？」

師千縷不想吃，狠拍了一把輪椅扶手，冷聲道：「我師家大仇未報，我怎麼吃得下去。」

喔，又來了。不吃就算了吧，反正也不會餓死。師雁又把東西拿了回來，自己先吃，順便聽他每日訓話。

自從她在這具身體裡醒來開始，師家老爹就一直在跟她念叨他們師家當年的風光，和他們的刻骨仇恨，每天每天說，不厭其煩地說，簡直就是洗腦教育了。

據說吧，大約在十年前，他們師氏一族是外面修仙界庚辰仙府裡的頂頭老大，十分風光，可惜被大仇人司馬焦弄得家破人亡，家族裡除了一些修為很高的勉強逃生，其餘的幾乎都死光了。

而她爹也由第一仙府的掌門，變成了如今這個喪家之犬，還為了躲避仇人的追殺東躲西藏，非常悽慘，至於她自己，也是在那場災難裡被打傷破相，還導致失去了記憶——

當初鄒雁剛穿越過來，什麼都不知道，她只記得自己前天晚上加班超累，回家倒上床睡覺，結果一睜開眼就換了個世界，老爹坐在床前問她：「妳還記得自己是誰嗎？」

這要她怎麼回答，總不能說自己是穿越的，所以她就順勢說自己什麼都不記得了，她的演技應該不太好，但這個老爹一下子竟然就相信了，大概就是親爹吧。接著他理所當然地為她介紹身分，最後叮囑她勿忘家仇。

「日後妳若是看到司馬焦，必要殺他！」老爹又一次怒氣沖沖地說著。

他的身體在當年受了重傷，連腿都沒了，師雁很能體諒他的陰陽怪氣和壞脾氣，聞言假裝乖巧地連連點頭。

轉過頭去夾醬鴨的時候她就心想，要是真的能殺他，你們當初還會家破人亡嗎？

如果她是原本那個師雁，肯定會身負仇恨、同仇敵愾，但她不是，她只是個無辜的受害者，被莫名牽扯到這個恩怨裡面，報仇是不可能的，她只想安安靜靜地在這裡工作，唯一能替原主做的，大概就是替她的殘疾老父親養老送終。

至於去那個冬城大魔王面前送菜報仇，還是算了，人貴在有自知之明。

門開了，走進一個年輕人。

師雁看到他，喊了聲哥。

師真緒對她就不像師千縷那麼陰陽怪氣，其實還滿好的，他養好了傷就和師雁一樣出門工作，只是他的工作需要到處走動，在外面各個城市走多了，十天半個月才能回來一趟。

「你回來了，我去替你燒水洗澡。」師雁趕緊溜了，藉機逃避老爹的碎碎念。

師雁一走，師真緒就對師千縷行了一禮：「師父。」

師千縷沉著臉，「嗯，外面如何了？」

師真緒：「冬城那邊，司馬焦確實準備繼續往外擴張地盤，鶴仙城恐怕很快也不安全了，是不是準備帶她離開？」

師千縷簡直痛心疾首：「這個廖停雁真是沒用，為她灌輸了多年的仇恨思想，她還是每日只知道吃吃喝喝，當初明明用祕法洗掉了她的記憶，本想把她培養成對付司馬焦的利器，現在看來，她根本不堪大用！」

師真緒看了看旁邊桌子上擺的醬鴨，嘴角也是一抖，按了按抽痛的額頭。

早知道他當年就不該用那麼珍貴的保命仙器救她一命了，真是悔不當初。

如果師雁在這裡，她就能準確地說出這兩人現在的心理狀態——花重金買了股票，以為能大漲，為自己帶來更多利益，結果這支股票不溫不火，繼續握在手上不知道什麼時候能見到收益，拋出去又直呼可惜。

這幾年來，兩人不知道為此糾結了多少次。

師雁對這一切陰謀都沒有察覺，她在窗口朝著師真緒喊：「老哥，水燒好了來洗澡，順便替我把醬鴨端進來！」

師真緒沉默片刻，在師千縷沉著臉揮手示意後，端著醬鴨，擺出好哥哥的臉孔進了屋裡。

他一進屋，師雁就把他拉到一邊嘿嘿笑，還替他捏了捏背，師真緒被她捏得表情一僵，但很快又擺出了假笑。

「妳又怎麼了？」

師雁說：「我薪水還沒發，最近買了太多吃的，又買了衣服，錢不夠用，嘿嘿，老哥……」

師真緒：我就知道。

他掏出一袋魔石，儘量把自己偽裝成好哥哥，和顏悅色：「拿去用吧。」

師雁又一次被這兄妹情感動了，她在前世就常說上天欠我一個哥哥，到了這個世界，總算是體會到了，像她朋友們那種不肯給妹妹零用錢，還要從妹妹那裡拿錢的哥哥簡直是假哥哥，她這種的才是親哥啊！

師雁：「哥，你真好。」

師真緒：「呵呵。」

拿到零用錢後，師雁又很是逍遙地過了幾天。

幾天後她下班回家，在家裡看到了一個陌生人，一個抱著箏的中年女人，正站在她爹面前小聲說話。

師雁：驚！暴躁老爹喜迎第二春？

兩人同時朝她看來，臉色都不太好。女修看她的神情尤其不善，像是跟她有什麼深仇大恨一樣。

師雁心想，莫非是後母？只有後母才會對繼女有這樣的仇恨值吧？天要下雨，爹要續娶，這是沒辦法的事，她畢竟不是人家的親生女兒，於是她不動聲色地問道：「爹，這位是？」

師千縷給了師千度一個眼色，要她收斂一點，這才說：「這是我的妹妹，妳的姑姑，從前一直待在外面，現在回來了。妳不記得她了吧，妳們以前關係很好。」說得和真的一樣。

原來是親姑姑，不過，確定原主和她這個姑姑關係很好？那姑姑眼睛裡的不是仇恨，而是親人久別重逢的炙熱嗎？恕她直言，兩個人看起來就像是高唱假姑姪情那一掛的。

師雁猶豫了一下，還是上前一把抱住師千度的手臂，喊她：「姑姑！」假就假吧，總要給點面子。

師千度的神情都快扭曲了，她拉下師雁的手，語氣冷淡：「好久不見了，妳還好吧？」

師雁真心實意地點頭：「我滿好的。」

師千度卻不太好。

師雁覺得這個突然出現的姑姑怪怪的，這天晚上，她有點睡不著，躺在屋頂上看星星，意外撞見了姑姑和老爹在院子的角落裡說話。

他們用了隔音符咒，神神祕祕地。廖停雁有點好奇，什麼事非要在大半夜的角落裡偷偷說？她恰好和紅螺學過偷聽的方法，猶豫了一會兒就用了，側耳去聽那兩人說話。

唉，大家都是一家人，有什麼不能知道的。

就聽師千度說：「司馬焦當年沒找到人，一直不相信人死了，還到處在找，沒有放棄，他懷疑到我們頭上，寧肯錯殺也不肯放過，看到一個師家人就殺一個，我們剩下的人也不多，更不敢隨意派到他面前去。」

師雁：喔，原來是在談論師家的那位大仇人司馬焦，難怪這麼小心翼翼的。

每次他們談起這個大魔王，都如臨大敵卻又恨得咬牙切齒，搞得她在心裡忍不住把那個司馬焦想像成青面獠牙、身高三層樓，渾身上下幾十塊肌肉，還愛吃人的形象。

那邊師千度還在說：「我們不能繼續被動下去了，師雁到底能不能用？」

意外聽到自己的名字，師雁耳朵動了動。

師千縷說：「還不到讓她出動的時候。」

師千度就冷笑：「我是看出來了，就算她沒了記憶，也不想對付司馬焦，這對狗男女！她就是個沒用的，當初白救她了！就該直接不管她讓她去死，要是真的死了，司馬焦痛失所愛後說不定能瘋得更徹底一點！」

這一段話的訊息量太大了，師雁聽得問號和驚嘆號滿頭交替。

她聽到了什麼驚天大祕密！

那個他們家的大仇人司馬焦！竟然和她這身體原本的主人師雁，有一腿！他們以前！談過戀愛！

師雁腦海裡一瞬間飛過羅密歐與茱麗葉的故事，什麼苦命鴛鴦因為身分和家族的原因不得不分開，反目成仇，恩怨糾葛歪七扭八地纏在一團。

難怪了，這樣一來所有的事都能解釋清楚了。

為什麼姑姑一看到她就十分憤怒，因為她的原身當初和仇人談戀愛，說不定還在滅族之仇裡偏向了仇人那邊。

老爹為什麼對她的「失憶」毫不追究，是因為他巴不得自己投敵的女兒失憶了！為什麼天天對她灌輸必須仇視司馬焦、要找他報仇的思想，是為了杜絕女兒再和仇人搞在一起啊！

師雁自己腦補了半天，頭都想到禿了。

事情已經很明顯了，這是個虐戀情深的劇本，照現在的情勢發展，說不定還會有破鏡重圓的戲碼。

可是，她真的好慌。司馬焦和師雁的感情，跟她鄒雁有什麼關係？那個司馬焦明顯不好惹，是動不動能滅人一族的人，萬一哪天遇上那個大魔王，還被他發現自己占了他女朋友的身體，她豈不是會死得很難看！

不能想，再想就是找死。

她連老爹和姑姑的話都沒心思去聽了，回到自己的床上後，一整個晚上都沒睡好。她少見地失眠了，連出門時看到家門口有人亂丟屍體都沒心思整理環境。

今天紅螺沒上班，她自己一個人慢吞吞地吃完早餐，又把自己說服了。

沒關係，大魔王和她隔著這麼遠的距離，基本上見不到的，她還能再鹹魚一下。

遠處傳來「轟」的一聲巨響，有人尖叫著喊：「冬城魔主麾下打進鶴仙城了！」

師雁：「……」你媽的，為什麼！

師雁的反應很迅速，她迅速抓起準備丟下攤子逃跑的早餐店老闆，要他把餐費結清，然後趕回家裡去。

家裡還有個殘疾老父親師千縷呢！雖然不是親爹，又總是對她恨鐵不成鋼，還對她的原主有心結，可好歹相處幾年了，就算是當成房東來相處，這個時候也不能丟下不管。

她趕回去的途中，看見了遠處城牆那方的喧鬧場景，違規搭建的高層建築物轟然倒下，煙囂聲四起，半邊天都是密密麻麻的凶獸——據說冬城大魔王什麼東西都愛亂養，手底下有不少隻這樣的凶獸，用來攻城也稱得上是財大氣粗。

要是被這些凶獸進城，不就是把貓扔進魚堆裡，她都能想像到時候場面會有多血腥。

鶴仙城這塊地盤的老大是鶴叟，也是魔域的老牌城主了，能把持鶴仙城這麼多年，週邊結界的強大可想而知，然而才這麼一會兒的時間，師雁就看到城牆被推倒了一大段。

一條比城牆還要粗壯高大的黑色巨蛇昂起腦袋，猙獰的蛇臉帶著天然凶殘的氣息，還有那一雙血紅色的大眼睛，閃著冰冷殘忍的光。就是這位如史前巨獸般的凶神，硬生生地直接用身體撞破了鶴仙城的結界和城牆，師雁隔得老遠也能看得清清楚楚。

雖然這是第一次見到，但師雁知道這黑色巨蛇是什麼來頭，冬城大魔王司馬焦的寵物和坐騎，巨蛇沒有名字，可牠的名聲在魔域和牠的主人司馬焦一樣響亮，大家都稱牠一聲魔龍以示尊敬。

眼見牠一個翻身，城北那一塊牆瞬間塌了一半，師雁倒抽一口涼氣。她本來就有點怕蛇，這麼大隻的就更怕了。

巨蛇在煙塵裡翻騰著，攪弄出漫天煙塵，搞得好像要騰雲駕霧一般。鶴仙城內的眾魔修們心驚膽戰，前來攻打鶴仙城的一些冬城魔將則立在巨蛇身後，沒有打進鶴仙城——他們都知道，這種時候要先等這隻蛇祖宗玩高興了，他們才能動作。

在冬城裡，這隻巨大的黑蛇絕對是地位特殊的，他們的魔主司馬焦喜怒無常又心狠手辣，沒有人不怕他，這些年，他麾下的魔將不知道被他弄死了多少個，仍舊有數不清的人前赴後繼，要為他效命。

這麼多年過去了，能一直好好待在他身邊的，也就只有這一條黑色巨蛇。

哪怕這隻巨蛇腦子不好，喜歡玩鬧，他們也得好好伺候著。這一次魔主沒有親自前來，黑蛇卻跟來了，若是讓這隻黑蛇有了什麼差池，他們這些人回去後恐怕沒什麼好下場。

誰能想到呢，他們在外面看起來風風光光的，回到冬城都只能夾著尾巴做人，還比不上一條蛇。

眾多魔將氣勢凜然地領著大群凶獸和魔修，擺出一副威脅的架勢，準備等著大蛇鬧完就立刻衝進城中燒殺擄掠。結果沒多久，鶴仙城的魔主鶴叟就帶著魔將出來了，雙方在天上會面，鶴叟乾脆地投降，說要依附效忠於魔主麾下。

冬城魔將：「……」

該死的！怎麼這麼快就投降了！他們其實更希望能好好打一場，那樣就能進城去燒殺搶奪，可比現在強多了好嗎！

但是人家投降都投降了，以後都是同事，不好一下子就翻臉。鶴叟看出來眾人神情不佳，連忙招呼眾魔將進城，準備好好招待。

大戰雖然沒了，但鶴仙城內還是騷動了一陣子，不少本地居民惶惶不安。

師雁回到自家院子，看到老爹和老哥都在，兩人正商量著什麼，神情都不太好，那個姑姑倒是不見了。

見到師雁，師千縷立刻冷聲道：「妳收拾好東西，我們準備離開這裡。」

師真緒解釋了兩句：「司馬焦的人來得比我們想像的還快，雖然打探到他並沒有親自過來，但我們不能被發現行蹤，恐怕要離開這裡了。」

師雁也不奇怪，師家人對大魔王司馬焦的恐懼簡直是刻在腦門上的，平時不知道罵了多少次，但真的會遇上對方時，又嚇得要趕緊跑。她問：「現在就走？」

師真緒：「不，眼下情勢緊張，出去的路都有冬城魔修守著，這時候離開反倒引人注意，我們隔兩日看情況再離開。不過妳這兩日就不要離開家門了，先好生待在家裡。」

師雁答應了。她找工作的時候也常換地方住，現在要換地方她也沒什麼不適應，唯一捨不得的就是小夥伴紅螺。

紅螺是她在這個世界唯一關係不錯的朋友，當初她來到這個世界，許多事都要磨合習慣，師家老爹和老哥又不許她接觸旁人，看管她像看管囚犯一樣，魔域也沒什麼適合做朋友的人，所以這麼多年來，她能真正說上話的朋友就這一個。

她現在要離開，不知道哪天還能再見到紅螺，總要跟人打個招呼。

師雁打定主意，可惜家裡一個老爹、一個老哥看得實在太緊，她溜不出去，只好等著機會。

這些年她雖說懶散了點，但總歸還是聽話的，見她在家好好待了一天，又睡了一天懶覺，師千縷和師真緒也沒怎麼注意她了，他們還有另外的事情要忙。

師雁習慣他們瞞著自己一些事，反正她不在意，還是那句話，畢竟不是親生的。她在第三天一大清早順利溜出門，直奔胭脂樓而去。

北城那邊的一片狼藉還沒有人收拾，冬城帶來的人也大多還在城外，不過鶴仙城內多了不少陌生面孔，各個囂張跋扈，脾氣比本地人更上一層樓，所以師雁這一路去胭脂樓，都沒碰到什麼小偷和故意找事的流氓，大家都夾著尾巴觀望著。

胭脂樓還是和前幾日一樣，彷彿沒有受到這場突然的大事件影響，每日打掃衛生、收撿屍體的老哥還是那張死人臉。師雁照常和他點頭打招呼，老哥忽然出聲說：「留步。」

師雁驚訝地看他一眼。她在胭脂樓工作這麼久，這是第二次聽到這位老哥說話。

「有什麼事嗎？」

老哥看她一眼，說：「跟我來。」

他的修為不是很高，還瞎了一隻眼，師雁不覺得有威脅就跟著他走了，然後她猝不及防地看到了一具屍體。

將她帶到那具屍體面前，半瞎的男人說：「昨晚掃出來的屍體。」示意她帶走。

師雁看著紅螺的屍體，茫然了一會兒，才對他說了聲謝謝，然後上前把紅螺的屍體抱起來離開了。

半瞎男人看著她離開，眼神毫無起伏，回去繼續處理那些無人認領的屍體。他只是忽然想起這幾年來，兩個女生每日早上嘰嘰喳喳地一起經過這扇門的樣子，或許，這就是他特地留下那具屍體等人來取的原因。

在魔域，要是有人願意替自己收屍，那就是件很好的事了。

師雁離開胭脂樓後走到圍牆外面，又慢慢停住了，她把紅螺放在地上，蹲下去看她冷白腫脹還帶著傷的臉。

她來到這個世界後看過很多很多屍體，從一開始的噁心，到後來的習以為常，她以為自己已經完全習慣，不管看到多麼噁心的屍體都不會想吐了，可是現在，她看著朋友的屍體，突然又感覺到一陣胸悶，扶著牆就吐了出來。

說不出的噁心感。

紅螺總是孤身一人，跟她一起吃早餐的時候，她的話多到不行，師雁對於這個陌生世界的很多認知，都是從這個朋友的口中聽來的，她對紅螺的感情，甚至比對原主的親爹親哥都要更深一點。

可能是因為紅螺和她做朋友，是因為她本身，不會管她叫鄒雁、呂雁還是師雁。而師家的兩位親人與她相處，只將她當做師雁，讓她喘不過氣來。

她扶著牆，在這個有些涼意的清晨，忽然想起幾年前，也是這樣一個清晨，她來上班時，在那座華麗的紅樓第九層窗戶邊看到了紅螺。紅螺當時滿身疲憊，看見她在屋頂上飛來飛去，就朝她招了招手說：「喂，要是哪天我死在這裡了，妳能不能替我收屍啊？我可不想屍體沒人收，被賣出去給煉屍人，誰知道會被他們煉成什麼鬼東西。」

她當時覺得紅螺是在開玩笑，這傢伙嘴裡總是鬼話連篇，所以她遠遠地朝她比了個讚的手勢。

她今天準備去和紅螺告別，還想跟她說：「我準備搬家了，說不定沒辦法替妳收屍，妳只能好好活著，最好活久一點了。」

現在倒好，不用說了。

師雁吐完，擦了擦嘴，在紅螺身上翻了翻，把她身上僅剩的一些東西收了起來。一般來說這樣的屍體，打掃衛生的撿屍人常常會先搜過一遍，紅螺身上的東西卻都還在，看來那位老哥沒動過她。

紅螺的屍體被她燒成了灰，裝進一個小布袋裡。

師雁回到胭脂樓，她在這裡工作了好幾年，雖然做得普普通通，並不起眼，但也有幾個相熟的人，花了點魔石，她很快就打聽清楚了紅螺的死是怎麼回事。

前天晚上，胭脂樓來了不少冬城的魔將和底下的修士，紅螺就是死在了一對雙生兄弟手裡，不知道是為什麼而死的。其實哪會有什麼為什麼，魔域不就是這樣，人家修為比你更高、能力比你更強，看你不順眼了，你就得去死。

師雁弄清楚了名字長相，就離開胭脂樓，她還沒忘記向胭脂樓的一個掌櫃請辭。

鶴仙城就這樣依附著冬城，一群過來搞事的魔將、魔修們都老大不爽的，總覺得不過癮，所以說魔域這方水土養出來的人，大多都這麼心躁。他們留下一部分的部隊在這裡處理其他事情，另一部分則帶著消息和多餘的人，準備啟程回冬城去了。

支渾疾和支渾疫兄弟二人就是啟程回冬城覆命的那隊，他們二人修為俱在化神期，雖說還未當上魔將，但也是有些名號的。支渾氏在魔域是個響亮的姓氏，這兩兄弟能在冬城一位大魔將麾下效命，也更添了這姓氏的光。

這兄弟二人生得虎背熊腰，乃是魔修裡修魔體一道的人，他們如今平常的模樣就已經足夠高大，一旦變成魔體，便如同巨人一般刀槍不入，威力驚人，防禦力也驚人。

二人在隊伍的中後段，前面是魔將們的坐騎，後方是普通的魔修，這二人高談闊論著。離開鶴仙城後，就指著那倒塌的城牆大聲嘲笑鶴仙城無用，語氣非常之囂張。

師雁混跡在他們身後不遠處的魔修隊伍裡，用黑布裹著身體，聽著他們大聲談笑。

他們說了很多，還說起了在鶴仙城裡睡過的那些女人，總覺得不夠盡興，所以興致一來，殺了幾個。

紅螺大概就是其中一個吧。

師雁不聲不響地跟著他們離開了鶴仙城。他們離開鶴仙城很遠後停下來暫作休整，眾人放鬆下來找個地方吃喝。

黃昏時刻，一切都還晦暗不明。魔域的山水總是不夠鮮豔明媚，好像疊加上了一層其他的顏色，樹木不綠，群花不豔。

只有晚霞，紅到深處尤其好看。

人的血也是，新鮮流出來的血格外鮮豔，色澤也純正。

師雁擦了一下自己手上的血，站起身來。她的腳下躺著兩具屍體，支渾疾和支渾疫兄弟倒在那裡，腦袋都沒了，脖子上的那一圈還在汩汩流著血，打溼了周圍一大片黃色的土壤。

這兩日的觀察和跟蹤，還有方才突然爆發殺人的過程讓師雁有點累，她擦手離開案發現場，腦子裡重播著剛才的一切。

這兩位對自己太自信了，一位不記得名字的偉人曾說過，過度的自信會使人滅亡，所以他們連自己的魔體都來不及使出來就死透了。

可能是被她突然逆轉靈力，使出修仙人士的術法打向他們，魔道中人措手不及，總之這一場戰鬥還算順利。

師雁早就發現自己和其他魔域魔修不同，她不僅能逆流靈力變成魔修，還能倒過來，使用外界修仙人士用的靈力。

她不知道這是怎麼回事，但當初自己悶頭研究了很久，總算能將兩種力量都運轉到不錯的熟悉度，而且她對修仙術法更加熟悉一些，能下意識地使出不少的術法。

在魔域這個世界裡，師雁殺過不少人。她是不喜歡殺人的，可總有些時候不得不去做，因為身邊沒有人真心對待她，讓她覺得很沒有安全感，為了能度過舒適一點的生活，只能靠自己了。

每次殺完人，她還是覺得不太好受，她不動聲色地回到那些魔修隊伍裡，一邊想著什麼時候能伺機脫離隊伍，回鶴仙城去，一邊又想著回去後肯定會被老爹罵。這時候，她殺人的後遺症又發作了，坐在那裡不太想思考。

她下意識地擦著自己的手指，垂著眼莫名想起了第一次殺人的情形。那時候她遇到了一個色狼。魔域的變態色狼可不是在地鐵公車上摸摸人家屁股的那種，是會當街強暴，順便取性命的，所以她把那個湊過來的傢伙捏碎了腦殼。

說實話她現在還想不明白，為什麼自己當時在一片緊張和頭腦空白裡，下意識的殺人方法是徒手捏碎人家腦袋。她好像不該那麼凶殘的，就因為那件事，她對滿手的黏糊物留下了陰影，之後都沒再吃過糊狀的食物。

那段時間，她每天晚上做完噩夢醒來，都會懷疑自己是不是內心隱藏著什麼奇怪的一面。而且當時她驚惶到不行，滿身虛汗和淚水，看到了原主的親爹和親哥，卻聽到那個爹滿臉失望地說：「連殺個人都這麼沒用的樣子，妳究竟是怎麼回事？」

所以她真的很為原主感到心酸，這是什麼爹啊？後來她和他們親近不起來，大概就是因為這個原因了，錯誤教育方式，是導致子女離心的糟糕典範。

師雁亂七八糟地想著，忽然發覺前方隊伍有些騷亂，她立刻警覺起來，看到最前方的那條巨大黑蛇在一群人小心的簇擁下，朝著她的殺人現場去了。

「魔龍察覺到新鮮的血腥氣，肯定是發生了什麼，都注意一點！」有魔將騎著飛獸朝四面大喊。

師雁：「……」他媽的！這黑蛇是什麼狗鼻子！不是，蛇能聞到味道嗎？這蛇是什麼變異種嗎？隔那麼遠都能察覺到這邊的血腥氣味，她都能瞞過前面那些魔將了，你這時候跟我說要出大事了？

在心底大罵了一頓後，師雁趕緊試圖把自己藏起來。

阿彌陀佛，保佑那隻大黑蛇查不到自己頭上！

也不知道求到的是哪路神仙，沒有來保佑她，沒過多久，那條猙獰的大黑蛇興奮地吐著蛇信，朝她這邊爬了過來。

師雁：「……！」別過來！走開啊！

其他人看到巨蛇的動作，也察覺到不對，有魔將大喊著什麼，四周都亂了起來。師雁忽然往前丟下一顆「煙霧彈」，這是她借鑒古今往來的各種武俠劇，自製出來的東西，殺人放火、混淆視聽的必備佳品。

她趁機就要逃跑，剛飛躍往前，就被半空中的一張巨大蛇口咬了個正著。

師雁：「……」天要亡我！吾命休矣！

她被卡在大蛇猙獰變異的牙齒縫裡，一動不能動。大黑蛇咬著她，飛快地往前爬，弄得一群弄不清狀況的魔將和魔修帶著一大群凶獸在後面追，師雁還隱約聽見了有魔將在喊：「魔龍！等等我們啊！」

大黑蛇的速度實在太快了，師雁被牠咬在嘴裡，四周一片天上飛的、地上跑的魔將、魔修、凶獸虎視眈眈地圍繞，感覺不太妙。

真的很不妙！

不只她覺得不妙，其他魔將們也覺得不妙，因為他們的魔龍把那個不知道什麼身分的人咬著直衝，就這樣帶回了冬城，又以迅雷不及掩耳之勢，轟隆隆地撞塌了冬城的內城圍牆，爬進那個禁宮裡去了。

禁宮裡有世界上最可怕的大魔王司馬焦，要是他被魔龍惹怒，死的不會是魔龍，而是他們這些可憐的下屬。下屬，寫作下屬，讀作出氣筒。

冬城禁宮內，黑色的人影坐在窗邊，他聽到隆隆的動靜聲，本就不能舒展的眉心皺得更厲害了，他渾身戾氣地轉過臉，看向那隻回到禁宮後身形縮小不少的蠢蛇，見到牠嘴裡咬著什麼東西，不由得罵道：

「小畜生，帶了什麼東西回來？」

§ § §

黑蛇自從到了禁宮範圍內就自動變小了，現在的腰身大概也就一個人那麼粗，剛好能自由地遊走在禁宮門廊四處。牠變小了，師雁終於能從牠的牙縫裡脫身，可仍舊有大半個身子都在大蛇嘴裡，被牠甩得頭暈眼花。

黑蛇根本不在意自己被魔王主人罵，牠現在興奮到不行，搖著尾巴，「呸」的一聲把嘴裡的小夥伴吐了出來。

「嘶嘶——」這是在獻寶呢。

牠是什麼意思，司馬焦並不知道，他僅是看著滾落在地又爬起來，滿臉傻愣的師雁，和她大眼瞪小眼地對看了足足有十分鐘。

這是誰？師雁腦子裡一冒出這個問題，同時隱約得出了答案。黑蛇是司馬焦養的，面前這個能罵黑蛇的，肯定就是牠的主人無疑了。

不是，說好的青面獠牙、身高三層樓大魔王呢，眼前這個小白臉就是司馬焦？

不，不對。師雁在這個與小白臉對視的時間裡，又緊急想起了最重要的那個設定。

司馬焦他和原身的師雁是男女朋友的關係啊！怎麼辦，他現在是認出她來了？也對，她又沒偽裝，只要眼睛沒瞎的人肯定都能看出來。

現在這個發展，她是真的沒想到。千里迢迢為好友復仇反被送上門，這是怎樣的緣分，她都覺得自己像個快遞人員。

怎麼辦，她現在要演戲嗎？演一齣情人久別重逢，還要熱淚盈眶、欲拒還迎……可是她的演技這麼糟糕，肯定會露出破綻的。不然就說自己失憶了，一招失憶走遍天下！也不行，這同樣很考驗演技。

面前這個司馬焦，看起來就不是好打發的人，總不能她隨隨便便說失憶，他就信了吧。

看了十分鐘，師雁已經從極快的心跳和滿腦子胡言亂語中慢慢平靜下來。真的沒有辦法，她的緊張感一向很難維持長久，這下子她只能瞪大眼睛。

司馬焦打量了她十分鐘之久，終於有了動作，他的嗓音帶著一點點沙啞，說：「過來。」

師雁沒動。

司馬焦也沒生氣，甚至之前皺起的眉都鬆開了，他自己走到師雁面前，一把將她舉高抱起來。

師雁：「！」

你這麼直接的嗎？

她被突然抱起來，本來應該掙扎的，可是身體不知道是沒反應過來還是腦子沒跟上，總之她動都沒動，等她靜了一會兒，想再掙扎又覺得怪尷尬的，只好安慰自己以不變應萬變，以靜制動才是生存良策。

還是假裝自己是具屍體，安靜鹹魚著好了，絕不主動開口說話。

疑似司馬焦的小白臉抱著她，動作怪熟練的，一手按著她後腦勺，把她的腦袋按在自己的脖頸邊。

師雁突然想起幾年來，師家老爹的耳提面命和各種教導，總結起來就一句——有朝一日見到司馬焦，別手軟，直接殺，有傷到就是賺到了。

現在這個師家大仇人就在她眼前，脖子這種脆弱的地方還靠在手邊，簡直是下手的大好良機。可是非常奇怪的，她被按著腦袋靠在那裡，嗅到了一股又淡又乾燥的特殊氣息，有點熟悉，她感到安心，忍不住想睡覺，那種很睏很睏的感覺一下子就把她擊倒了。

她自從來到這個世界，從來不覺得這麼睏過，感覺像是連續加班三天三夜終於回家，一頭栽倒在床上。

莫非這才幾天沒睡覺，她就疲憊成這樣了？不對，肯定是這神祕小白臉身上噴了什麼安眠藥之類的東西！

「想睡覺就睡。」司馬焦側了側腦袋，臉頰在她頭髮上蹭了一下，她感覺到一隻冰涼的手捏了捏自己的後頸，又順著頭髮、脊背往下撫了撫，帶著一股自然的安撫之意。

然後師雁腦袋一歪，就睡著了。

睡著之前躺在人家懷裡，睡醒之後還是躺在人家懷裡，姿勢比之前更加親密。司馬焦坐在那裡撐著腦袋，她的腦袋就枕在他手臂上，整個人也窩在他懷裡，連腿都被他的袖子蓋著。

她一睜開眼，就對上司馬焦低頭凝視的目光。眼角還有顆蛇頭在搖晃，一條蛇信嘶嘶地把她的目光吸引了過去。接著司馬焦就一腳把那隻湊過來的蛇頭踹到了一邊，大黑蛇委委屈屈地扭動了一陣子，還試圖再湊過來，又被司馬焦用手推開。

「出去。」司馬焦指著大開的窗戶。

大黑蛇察覺到主人沒有表面上看起來那麼平靜，覺得再鬧下去可能會被揍，於是乖乖爬出去了，看起來怪可憐的。

也許是剛睡醒，她腦袋還不太清楚，師雁甚至覺得這一幕有種莫名的熟悉感，好像經歷了好多次，氛圍居家極了，是個男朋友和寵物狗的模式。

師雁想到這裡，突然打起一個冷顫。

這不對啊，哪裡都不對啊！

師雁扯著自己的頭髮，這是什麼？是什麼讓她在第一次見面的陌生小白臉男人懷裡隨便睡死過去了？她好不容易培養出來的警惕心呢？死掉啦？她雖然睡眠品質一直都很好，但也不可能好到這種程度——而且剛才那一覺睡得還真香。

她殺人後幾天總會作噩夢，但剛才沒有。

她很有理由懷疑，面前這個抱著她、玩她頭髮的養蛇男子，使用了迷藥等工具。

司馬焦伸手過去摩挲了一下她的下巴。

「怎麼呆呆的，睡飽了？」

師雁聽到他這個無比熟稔的語氣，有點窒息，別啊，我其實不是你的女朋友。

「既然休息夠了，那就說說吧。」司馬焦說。

說……說什麼啊？

司馬焦：「妳這些年在哪裡？」

師雁發現自己毫無反抗之力，嘴巴有自我意識地吐出了幾個字：「在鶴仙城。」

師雁：這什麼？我是喝了什麼藥還是怎樣？我怎麼不會這個技能啊？

司馬焦：「是不是師家人把妳帶走的，師千縷也在妳身邊？」

師雁：「是。」

司馬焦：「為什麼不回到我身邊？」

師雁：「我不認識你，不知道為什麼要回你身邊。」

三個問題過去，師雁明白情況後，更自閉了，這傢伙開外掛，他會用誠實豆沙包。

同樣是三個問題過去，司馬焦差不多猜到這些年到底發生了什麼事。

當初他弄出那麼大的動靜，到處翻找廖停雁的蹤跡，照他的方找法，就算廖停雁的魂魄真碎了，碎成千八百片，他也能收集回去了，但是沒有，連一點痕跡都沒有，他很快就察覺到不對。那時候他根本受不了廖停雁失蹤了的事實，憤怒之餘就去追殺師氏的人洩憤，在搜尋師家人的過程中，他也發現了異樣，便猜測廖停雁是被他們帶走了。

同時他還懷疑是不是魔域那邊有人在作祟，畢竟廖停雁原本是魔域的人，可能是派遣她過來的人從中作梗，就算沒有，他們說不定也有能找到廖停雁的辦法。

他什麼都懷疑，任何可能都查證過了。

就因為這樣，他搞垮庚辰仙府後，發現被他追殺到凋零的師家人有往魔域跑的跡象，就乾脆丟下庚辰仙府這個爛攤子，前往魔域攪風攪雨。

先弄死了那個當初派遣廖停雁，要她到庚辰仙府打探消息的冬城原魔主，又一路跟著師家人的蹤跡，把跟他們合作的城池全都收到麾下……就這幾年，他追得很緊，師家那些倖存者找到一個算一個，個個都掙扎著求生逃命。他都快把師千縷逼到禿頭了，也不怪師千縷每天看到用心當社畜的師雁都那麼暴躁。

師千縷就是死都沒想到，自己用盡心機把廖停雁藏了這麼多年，到最後不僅沒洗腦成功，還莫名其妙地讓她自己跑到了司馬焦面前。

堪稱玩股票結果一夜破產，唯有跳樓才能解千愁。

司馬焦自己一個人就把事情猜到了七八分，他發現廖停雁不記得自己，臉色就一路轉黑，再問了幾個問題，把她從內到外套話套了個乾淨。

現在她叫師雁，師千縷是她爹，十年前失憶。

司馬焦氣笑了，要是師千縷現在在他面前，他會當場把人捅上幾千刀。師家的老東西果然什麼事都做得出來，失憶？怕是那老東西用了師家的洗魂之術，洗掉了廖停雁的所有記憶，想要她把他當仇人，以此用來報復他，那老東西也只會這些小伎倆了。

「妳認賊作父，嗯？」他把氣都算在師千縷頭上了，對慌張中透著放棄意味的鹹魚，態度更像個發脾氣的男朋友，整個人就像是寫著「我要準備發脾氣了」的預告板。

「蠢，那老東西說什麼妳就信什麼？想當妳爹，他也配！」司馬焦扣著她的下巴：「妳是廖停雁，和那姓師的老東西沒有任何關係，他不過是想利用妳對付我而已。下次抓到他，我要他當妳的孫子。」

師雁：「啊？」

劇情怎麼好像突然反轉了？這一齣比她之前腦補的更複雜啊，她還不太明白……不過再怎麼樣也跟她鄒雁沒關係。

她回不過神，不知道現在這奇怪的狀況下，到底在演些什麼劇情，整個人就很無辜。司馬焦暴躁地看著她半天，嘖了一聲，果斷放棄了。他撩開她腦門上的頭髮，在上面親了親，終究沒對她發脾氣：「都是那老東西可恨。」

雖然是個耳鬢廝磨的親暱姿勢，但他語氣著實陰冷可怕：「等我把他抓回來，就連肉身帶魂魄一絲絲都磨碎了，為妳出氣。」

師雁眼皮一跳：「等一下！」

司馬焦馬上變臉：「怎麼，妳不相信我，不想讓他被殺？」

好像她點一下頭就會立刻發飆，暴走殺人去的姿態。

師雁覺得自己可能也會一些熊心豹子膽豆沙包，對著這一張可怕、一言不合就要殺人的臉，她竟然……害怕不起來？

就是語氣不自覺有點弱：「那個啊，我又不知道誰說的才是真的，是吧？」

司馬焦想起她連殺個人都會嚇得作噩夢：「妳放心，到時候我自己來，不會讓妳動手，我知道妳怕這些。」說著這些話，又把她往懷裡抱緊了一點，還拍了拍背。

師雁被迫被他當成抱枕，心想，媽啊，看來原主還是個小仙女呢？歲月安好、不愛打打殺殺類型的，嘖嘖嘖，可能大魔王都比較愛天真無邪、不諳世事又善良的小女生吧。

可能還是那種「答應我不要再殺人了，忘記仇恨，學會原諒好不好」的類型。

她在心裡編了一齣「司馬焦」和「師雁」的愛恨情仇劇，腦補他們因為地位不同、身分不同爆發爭執，在嘩啦啦的大雨中恩斷義絕。

「司馬焦」要殺師家人，「師雁」不肯，哭著用倔強的眼神看著情人，毅然決然說：「你要殺就先殺我！」然後「司馬焦」恨得不行，喊著：「讓開！不要阻止我！」天旋地轉一陣子後，不小心傷到了「師雁」。

她一路激情澎湃地腦補到「師雁」被誤傷後快死了，躺在「司馬焦」的懷裡，就是他們現在這個姿勢，妹子含著最後一口氣說：「原諒我，我愛……」然後話還沒說完就腦袋一歪。

師雁激情地腦補著，腦袋也無意識地歪著，看到司馬焦現在的神情，他不暴躁了，就是面無表情地看著自己，眼神很是古怪。

師雁：……嗯，他幹什麼這麼看著我？總不可能還會讀心術吧……應該不會吧？

司馬焦張開手，遮住她的臉，虛虛往前一抓。

師雁：「？」

司馬焦：「把妳腦子裡亂七八糟的東西抽出來。」師千縷那個老東西，竟然替她灌輸這樣的身分經歷，是腦子有病嗎？

師千縷：我不是，我沒有！

司馬焦把她拉了起來，攬著她的腰問她：「妳是不是真的想聽師千縷的，要殺我？」

師雁：「不想不想。」誠實豆沙包又來。

司馬焦嗤笑一聲：「妳不是相信他們嗎，他們要妳殺我，妳為什麼不想殺？」他摸著她的臉，看起來像是在笑。

為什麼是「看起來」在笑，是因為他眼裡完全沒有笑意。

師雁：「因為無冤無仇。」不管劇情到底是怎樣，跟她有仇的是師家人，她又不是，師家老爹總跟她說作為家族的一員，家族的興衰榮辱比個人還重要，這點她可不敢苟同。

師千縷最大的失敗，就在於他不知道這其實是個異世之魂，不受這世界天道所限。所以師千縷洗掉的記憶，也只有鄒雁來到這個世界之後，作為廖停雁那段時間的記憶，因此她並沒有變成一張能夠任他塗抹的白紙。

就像司馬焦，其實也並不能在她這裡探聽到有關另一個世界任何的心聲。

聽到了似曾相識的回答，司馬焦稍稍被安撫了一點，但還是沉著一張女朋友要吵分手的黑臉。

「妳現在不相信，好，等我把師千縷抓回來，讓妳親自聽他說。」

第十五章　大魔王換了地方之後，還是大魔王

魔域與外界不同，沒有濃郁的靈力也沒有鮮明的四季之分，處處都乾燥著，令人有種無言的煩悶感。

冬城卻與他處不同，冬城天氣常年乾冷嚴寒，城外連綿起伏的山丘與山林都是一片雪白。只是那白的不是雪，是一種特殊的白色石頭。

城內的人多以這種石頭建造房舍，因此整座冬城看起來就是一片雪城，也才有了冬城這個名號。

師雁站在禁宮裡的一扇窗前往外眺望的時候，才看清楚這個冬城真正的樣貌。純潔的白一直蔓延到天邊，和魔域這個地名不太相襯，她被大黑蛇咬過來的途中，也不知道是暈車還是暈蛇，什麼都沒有看清楚。

這地方就景色來說，是比鶴仙城好很多，就是太冷了，她站在窗邊看了半天，差點被凍成冰棒。這裡的冷，能讓她一個化神期修士都會覺得冷，那就是真的冷透了，也不知道這裡的其他低階修士要怎麼活。

先前在鶴仙城，她偶爾會聽人說起冬城和司馬焦，只是那時她當成閒話來聽，也沒追究過真假。其實那些說話的人大多都沒來過冬城，以訛傳訛居多，在他們口中，冬城確實是一座被雪覆蓋的城市。

所以說什麼都是眼見為實，就像還沒見到司馬焦之前，她也不敢相信這個凶名在外的司馬焦，其實是像隻瘋貓一般的男人。

不知道他什麼時候會高興，為了什麼又開始生氣，也不知道要說些什麼他才會高興起來，或說些什麼他會更加生氣。總之，就是琢磨不透。

師雁：我不敢說話。

不過好在就算惹他生氣了，他也不會把氣撒在她身上。只是用一種「妳現在生病了，我不跟妳計較，妳等我去出完氣再回來跟妳說話」的表情看她。

其實師雁覺得他這樣還滿有趣的。

她從進入這座禁宮之後就無法出去，司馬焦的禁宮非常之大，又大又空蕩，除了一個身穿黑衣的司馬焦和一條到處遊蕩的大黑蛇，就只剩下她這個剛來的，連個侍女都沒有。

這是當魔主應該有的規格嗎？老實說，她之前還以為應該會是皇帝待遇，身邊有一大群人侍奉著。

師雁覺得，以她見到司馬焦第一面的整體印象來說，這位不是那種心細如髮的人物，應該也不太會照顧別人。所以她在這個要什麼沒什麼的禁宮裡，恐怕要受點罪了。

大概會吃不好、睡不好，但這也沒辦法，她就當自己被抓來坐牢了。

誰知道馬上就被打臉。

先是有一群戰戰兢兢的魔將抬了一張超級大的床近來，床上用品被擺得整整齊齊，軟褥、錦被、抱枕一樣都不缺。師雁目瞪口呆地看著上面大紅的「囍」字，當然那些魔將的表情也沒好到哪裡去。

「夫、夫人，這是魔主吩咐我們送來的，您看，擺在這裡可以嗎？」一位魔將擠出了笑臉說道。

師雁記得這個魔將，這是帶兵去攻打鶴仙城的那位主將。先前在路上看到他威風凜凜地站在凶獸身上，一揮手就是萬千猙獰魔修齊出的樣子，她還覺得這個老大看起來威風，是會狂笑著剁碎屍體的凶殘類型，手上的大刀更是充滿殺氣。現在呢？他笑得像太后身邊的老太監一樣。

這個態度變得太快了，可見沒有少被司馬焦調教。

還有那個夫人是什麼鬼？

不僅有人送床，接下來還有人絡繹不絕地送了一大堆的東西進來，什麼屏風、坐具和櫃子、長榻之類的，地上也鋪上錦繡花紋的地毯，很快就把她所在的這一處宮殿，布置成了一個即將新婚的婚房。

師雁看著這一切有些頭痛，難道說，司馬焦要和她在這裡結婚？

去你的，她拿到的到底是什麼狗血的替嫁劇本？前幾天還是胭脂樓的保全，今天就要成為凶殘的魔主夫人，這個人生經歷也未免太跌宕起伏了。

而且萬一消息真的傳出去，她怕會把師家老爹直接氣死——她還沒搞清楚來龍去脈，姑且就還是先認下師雁這個名字。

師雁在這裡腦補替身劇本，過了半天之後，想了很久該怎麼逃婚，或者說該怎麼逃避新婚之夜。結果司馬焦回來，看到這滿室的紅光比她還嫌棄，眉頭一皺問她：「這都是些什麼亂七八糟的，誰搞的？」

師雁心想，你他媽的，這不是你吩咐的嗎？

司馬焦還是那個暴躁老哥，很快就把那些整理房間的魔將喊了回來，一群魔將乖乖地站在他面前等他發話。

司馬焦一句話都沒說，只是指了指那些東西，他們就嚇得屁滾尿流，搬著那些東西火速離開了這裡，又迅速地搬回了一些正常的傢俱，雙眼巴巴又誠惶誠恐地等著司馬焦的指示。

司馬焦轉頭問師雁：「妳覺得怎麼樣？」

師雁：你為什麼要用這種新婚夫婦一起裝潢房間，詢問對方意見的語氣跟我說話？

「……嗯，還行吧。」師雁遲疑地說道。至少比之前那樣更像是人居住的地方了。

宮殿擺設整理好了，接下來又有人送來吃的。還是那些魔將，他們拿刀拿劍，用來砍人的雙手端著一盤盤菜餚送上來。

師雁看得有點刺眼，感覺十分奇幻，這個情景要是用通俗的例子解釋，就是皇帝要他的文武百官和心腹大臣們來做宮女和太監的工作。不知道該說這個皇帝操作昏君，還是腦洞太大。

很明顯，這群魔將自己也不習慣。第一次做這種事，一個個彆扭的像第一次上花轎的大姑娘。

「夫人，魔主交代替您送些吃的，您若還想吃什麼，儘管吩咐。」長鬍子魔將很不適應自己的管家新身分，一句話都說得太不順。

師雁也不太習慣自己的夫人新身分，不過問她有沒有什麼想吃的，她就有話說了。管他到底是什麼劇情，民以食為天！

「我想吃赤櫻果。」她鄭重地說。

赤櫻果是一種魔域特產的靈果，只在魔域最南邊的幾座城裡才能種植，非常珍貴，一顆如拇指大小，長得有點像櫻桃。這種靈果嬌貴，生長不易，運輸更不易，到哪裡價格都很貴。

她一句話說出去，不過片刻，幾個魔將就送來一大筐赤櫻果。

「城內暫時只有這些。」那魔將還有些忐忑，生怕坐在一旁面無表情的司馬焦會不滿意自己的辦事能力。

師雁：什麼叫只有這些……赤櫻果在鶴仙城、胭脂樓那種高消費場合，花超多魔石也才能買一小碟，一小碟裡不過九顆小小顆的果子，現在你們用筐來裝啊！

在胭脂樓工作好幾年都買不起一小碟赤櫻果，沒想到被擄過來後赤櫻果能隨便吃到飽，她現在都有點動搖了。

「赤牢、燴車、九風三城，都去替我打下來。」司馬焦突然開口說了一句。

赤牢城、燴車城和九風城，都是種植赤櫻果的魔域南方大城。

眾魔將聞言後，霎時間精神抖擻了起來。魔域的人好戰嗜殺，那絕對不是開玩笑的，對他們來說爭搶地盤和資源、盡情地享受生活，就是最重要的大事。而且這些依附於司馬焦的魔將們大多都懷著建功立業，完成統一魔域的偉大理想，就等著司馬焦帶他們去實現了。

要他們說，南方那幾座城早該打下來了，可是他們這位魔王偏偏是東打一座、西拆一家，不知道在打什麼意思的，他們這些下屬就算急死了也不敢問，現在終於等到了一句批准。

司馬焦的一句話搞得像是戰前動員，一群魔將興奮到不行，搓著手迫不及待地離開了。

師雁：「……」不會是為了我吧？

這真的比楊貴妃的荔枝還要誇張。

司馬焦看她：「還想要什麼？」

師雁：我他媽還敢說嗎？要是說想吃修仙界烤鴨，怕是會一統魔域，再打出去占領修仙界。

師雁：「不想了，真的。」

司馬焦突然笑了一下，撓撓她的臉：「還是這樣，喜歡騙我。」

師雁：別別別，這不是我幹的，我可沒騙您老人家，我這膽子哪敢啊！

她覺得臉上被他摸了一下的地方發癢，也伸手抓了一下。

……等等？

她的手在臉上摸了一會兒，翻出一面鏡子照了照，頓時大驚，她臉上那塊銅錢大的疤到哪裡去了？

「我的疤呢？」因為太驚訝，她下意識愣愣地扭頭去問司馬焦。

那塊疤是她來到這個世界後就有的記號，師家老爹和老哥都說是司馬焦燒的，他的靈火特殊，弄出來的傷用其他方法都無法處理，所以只能一直留著，不然這一塊小傷疤在修仙人士看來，很容易就能治好的。

師雁都習慣了這塊疤的存在，偶爾她照鏡子，用手遮住那塊疤時，會驚嘆於這具身體的顏值。其實那塊疤的存在不讓她覺得難受，就是偶爾看到時，她會莫名覺得有點焦急，就好像作夢夢見要去哪裡趕考一場考試，卻在中途遇到事情來不及，覺得這下子要考砸了的那種沮喪感。

結果她都不知道發生什麼事，這塊小小的疤就突然消失了，是她睡著之後，那段時間內司馬焦替她治好的嗎？

司馬焦看著她，眼裡忽然露出沉鬱之色，像是想到什麼很難以接受的事情，他抬手將廖停雁摟了過來，拇指在她臉上原本有一小塊傷疤的地方輕蹭著。

師雁被他微涼的手指蹭得後背一麻，頭皮一緊。

她往後退，司馬焦就捧著她的後腦勺把她拖回來，盯著她的臉看。疤是沒了，還有一點淡淡的紅，大概很快就會恢復如初，就像她現在的情況一樣，總會恢復如初的。

司馬焦不太想回憶起十年前的那一天。

他生來就是獨自一人，日子久了，從來就不會考慮其他人，對於廖停雁，更是用光了他所有的耐心。

可是他對自己太有自信，當初覺得師千縷不會找到自己的蹤跡，他又把廖停雁藏得很好，且認為自己在內府弄出那麼大的動靜，足夠吸引住所有的目光，廖停雁在邊遠的風花城，自然不會有任何人注意到她，她根本不會有危險。

狂妄如他，修為高絕如他，又怎麼會去考慮「若有萬一」的情況呢。

他為廖停雁製作防禦法寶的時候，告訴她就算是被人打了半天也不會壞，足以護她性命，可他沒考慮過如果是他自己的力量，立刻就能衝破這道防禦——因為他根本沒想過，自己竟然會傷到她。

但事實上，就是他的力量，還有司馬蒔的力量，讓她平白遭受了一場災難。

後來在尋找廖停雁的過程中，他想著，還有寄魂托生的方法，就算人真的死了，他也能再把她復活，一切都不會改變的。

司馬焦本來就對生命不甚在意，何況手中還有使人復活的方法，就更不會對死亡有任何敬畏之心。

可是這幾年，他遍尋廖停雁不到，終於慢慢明白可怕的不是死亡本身，而是死亡這件事帶來的離別。

十年前他踩在那片焦土上，心裡都是憤怒和各種激烈的情緒，一時也想不到其他。後來這些年過去，心裡才慢慢泛上一點可以稱作「恐懼」的心情。失去的恐懼，是他從未有過的。

可是以他的驕傲，他也不可能承認自己會害怕什麼，只是顯得更加喜怒無常而已。

師雁：現在空氣裡好像有一種奇怪的沉痛氣氛！糟糕，看他的表情好像是陷入了什麼糟糕的回憶裡，現在兩個人這麼對視，按照一般情況來講，接下來肯定要親嘴了。去你的，我不敢！

司馬焦撫著她臉的手指一重，說：「不許逗我笑。」

師雁：「啊？」我冤枉，我沒有啊！我做了什麼讓你笑了？

司馬焦又摸了摸她臉上原本傷疤那一處，忽然起身，直接走了出去。

師雁感嘆：不知道一隻貓為什麼跑過來蹭蹭，也不知道為什麼又突然扭頭離開。

但面前有一大堆食物，超棒的，還是不要再浪費時間了。

她吃到了自己一直想吃的赤櫻果，又嘗了嘗其他的菜，覺得冬城諸位的口味真狂放，魔域傳統的亂炒亂燉，除了配料不同，烹飪方式都一模一樣，毫無創新。在這魔域裡，也就只有修真界進口的醬鴨還有一點滋味。

按照以往的習慣，她吃完東西，就要找個地方休息，以前是胭脂樓後花園的大樹樹枝上，或者師家的屋頂樹蔭下，到了這裡……能去哪裡睡？

師雁遲疑地進入之前的殿內，發現屋裡沒人，有兩處地方可以睡，一張大床，一個長榻。

她毫不猶豫地選擇了長榻，因為大床太整齊了，而長榻看起來更軟，那一個圓滑的弧度非常適合她的腦袋，還有抱枕也很符合她的審美，略帶淩亂的感覺更使她睡意濃郁了起來。

她躺上去，覺得非常愜意，長長舒了一口氣。太合適了，感覺像是恰好對準了一個凹槽，能整個人陷進去。

司馬焦坐在屏風後的窗邊，毫不意外地看見師雁選了長榻。那是他剛才弄亂的，又丟了幾個抱枕上去，廖停雁以前就喜歡躺在那種地方，看到就想躺。

師雁很快就睡了過去，她睡熟後，司馬焦來到她身邊，坐在了榻上，抬起她的腳踝，將一枚腳環扣了上去。

這個新的防禦法寶他準備很久了，現在終於能送給她。

§　§　§

當時一覺醒來，臉上少了一塊疤，現在又一覺醒來，腳上多了一個環。

師雁抬起腿，動作特別不講究，她撫弄了一下腳踝上的那個銀色腳環，覺得這腳真很好看，就是那種渾身上下寫滿了「尊貴」的寶貝。

這姿勢看不到全貌，她翻身坐了起來踹翻一個抱枕，摸著腳環翻來覆去地看，是兩條用細鏈串成的銀色細圈，上面複雜的花紋好像是牡丹，又好像是芍藥，鏤空的內芯還嵌著一抹通透沁人的淡淡碧色。

戴在腳上像沒有重量一般，也不怎麼礙事，只有一點淡淡的涼意。師雁以自己幾年來在鶴仙城混出來的經驗肯定，這東西是件法寶，而且品級很高，到底有多高她不清楚，畢竟之前她也沒錢買這麼厲害的法寶。雖然看起來材質是銀和玉，但摸起來的感覺不是。

「妳覺得怎麼樣？」

司馬焦的聲音突然從身後響起。

師雁被他嚇了一跳，而後抓抓耳朵：「滿好的，就是我不習慣戴腳環，不能戴手上嗎？而且這麼珍貴的法寶是送我的？」感覺是傳家寶級別的寶貝，都沒有個贈送儀式什麼的，直接就套在腳上了。

司馬焦看著她，忽然笑了，伸手碰了碰她腳踝上的腳環：「扣上認主之後，我也無法取下來了。這防禦法寶在世間上僅此一枚，任何人都不能衝破這個防禦傷到妳。」

任何人？師雁一愣，下意識地問：「啊，你也不能？」

司馬焦的眉毛動都沒動，只看著她，有種師雁不太明白的溫柔：「對，我也不能。」

師雁聽到後在心裡感嘆，這不就是個防家暴神器嗎？要是連司馬焦都奈何不了這東西，她豈不是可以橫著走了？不只橫著走，恐怕還能躺著走了。

問世間，誰還能降我！

司馬焦仔細看她的神情，端過她的下巴：「妳沒有覺得哪裡不對？」

師雁：「哪裡不對？」她呆了一會兒，終於反應過來哪裡不對。為什麼是防家暴！她為什麼自然地把司馬焦對她動手，直直劃分到家暴的範疇裡面？

司馬焦不是這個意思。

他陡然大笑起來，師雁不知道他在笑什麼，只覺得額頭上被親了一口，司馬焦似乎很高興，蹭著她的鼻尖問：「妳不覺得我是不懷好意，想囚禁妳？」

不是不相信我？被師千縷那個老東西養了這麼多年，不是不記得我了嗎，為什麼還是選擇相信我？

師雁：我跟不上這祖宗的思維，感到迷惘，但看他這麼開心，我覺得還是閉嘴比較妙。

一覺醒來發現身上多了漂亮的首飾，第一個反應當然像是收到了禮物，這不是很正常嗎？為什麼會聯想到囚禁？她也是不懂。

司馬焦的手指擦過她的下巴，抓起了她的手腕。只是輕輕往前一提，師雁就覺得自己整個人飄了起來，好像身體沒有重量一樣。而司馬焦拉著她的手腕，帶著她踩在地上。

師雁都不知道他要做什麼，就突然被他牽著手，往門外快步走出去。

禁宮的地面是光滑的黑色，幾乎能清晰得倒映出人影，師雁赤腳踩在上面，因為步伐急促，腳踝上的兩個細圈碰撞，發出了輕微的叮叮聲。

司馬焦穿著黑色的袍子，他走起路來風馳電掣，就是那種「火花帶閃電」的氣勢，讓人覺得彷彿抬步就能跨出起碼半里。他拉著師雁的手腕，使她幾乎是被拖著跑的，漆黑的地面上映出一黑一青的兩團影子。

師雁沒穿鞋，頭髮也沒紮，起床後還沒洗臉，自覺像個女鬼。但司馬焦不知道來了什麼樣的興致，拖著她就走，連說句話的時間都沒給她。

兩人在禁宮裡走了一段路，空曠的宮殿裡沒有任何其他人的痕跡，舉目望去，都是支撐穹頂的大柱子和穹頂的各色藻井。

這麼空曠的地方，只有他們兩個發出的聲音，有那麼一瞬間，師雁覺得這樣的場景彷彿有點熟悉。

用科學來解釋，應該叫做大腦的既視感。

師雁被司馬焦牽到了禁宮中心，那裡有一座金瓦紅牆的高塔，和整個白色的冬城顯得格格不入，顏色豔麗到有點突兀。

她又覺得隱隱有種熟悉感。

司馬焦帶她走向那座塔。

中間這條路上鋪滿了白色的石頭，散發著寒氣的石頭被嵌在地面上的樣子，讓師雁想起家門口那個公園的小路，也是嵌著石子路，總有些鍛煉身體的老年人在那裡反覆踩著，說能按摩腳底的穴位。

師雁表示自己很懷疑，她曾經覺得那個可怕的石子路不能按摩穴位，只能殺人。當然，現在她不會在意這種石子路，以她的修為，就算是刀子路都能走得面不改色，一般的刀子可刺不破這化神期的金體。

她稍微走神一下子，司馬焦就扭頭回來看她。他先是給了她一個懷疑的目光，然後才看到她的赤腳，接著他動作很自然地一把將她抱了起來，走上了那條嵌著寒氣石頭的路。

師雁：……我真的沒這個意思。

不過抱都抱起來了，還是懶得掙扎了。

但她覺得這位師祖肯定很少抱女人，哪有人抱一個成年女人是用這樣抱小孩姿勢的，她坐在司馬焦的手臂上，雙手搭在他肩上，心想我從五歲後，就沒這樣坐在我爸手上了。

她那個疑似假爹的師千縷同志也沒有這麼親密地抱過她，而這位自稱是男朋友的師祖，當人家老爸倒是很熟練。

她覺得這具身體的反應也滿熟練的，下意識地把手放好了，這可能就是愛情的力量吧？這個身體的愛情後遺症還滿嚴重的。

走過那片寒石路，周圍的溫度驟降，司馬焦推開門後將她放了下來，又改為牽著她的手腕。

這座塔裡面的地面是鋪了地毯，非常華麗的那種，繁花似錦的圖案，周圍的牆壁繪有歌舞昇平、仙人飛天的圖畫，流光溢彩，靈動非常。

「來。」

師雁踩上樓梯，跟著他往上走。這樓梯很長很長，走了一節還有一節，好像永遠走不到盡頭，她仰頭去看頭頂透進來的光，司馬焦的背影也一同落在她眼底，長長又漆黑的頭髮，還有捲起的袍角，又讓她有種熟悉的眩暈感。

司馬焦忽然轉頭看她，說：「那時候妳爬高塔，在樓梯上累得坐下來，我當時覺得……」

「覺得妳真的很弱，我還沒見過比妳更弱的人，我隨手養的蛇都比妳厲害百倍。」

師雁：這個人會不會說話？

真的，原主能跟這祖宗談戀愛，真乃神人也。這樣不會說話的直男，要不是因為長得好看、修為又高，肯定沒辦法跟人談戀愛。

司馬焦語氣裡的笑意忽然就散了，他說：「但現在妳走這樣的樓梯，不會累成那樣了。」有些師雁不明白的嘆息意味。

師雁覺得自己也不能總是不說話，只能乾巴巴地配合了一句：「畢竟化神期修為，爬個樓梯還是沒問題的。」

司馬焦應了一聲，表情又開始莫測起來，師雁再次被他抱著，她雖然才和這位老大相處不久，但他想一齣是一齣的隨便性格已經令她有了深刻認知。

被用抱小女兒一樣的姿勢抱著，司馬焦整個人往上一躍，腳尖點在懸浮的燈籠上，一眨眼間就連上了好幾層樓。

師雁：嘿，這可比電梯快多了！

樓梯旁有憑空懸浮的燈盞，這些燈盞上都是鏤空的花型，要是點亮，大概會把各種花的影子映在地面上，很符合師雁的審美觀。她看著司馬焦毫不客氣地踩著它們往上躍，目光就放在那些燈上。

腦袋上一重，司馬焦摸著她的腦袋：「都是妳喜歡的燈，塔搬過來後新添上的。」還在說話時，那些燈就亮了，果然映出各種花影重疊。

他語氣裡有一點自得，好像在說「早就知道妳會喜歡」，怎麼說呢，還怪可愛的。

只能感嘆，愛情使臭師祖變成幼稚鬼。

她到了最高的一層，在那個同樣空曠的大殿裡，看到了一汪碧綠的池水。

莫名的，師雁覺得這個池子裡好像少了點什麼東西，應該有什麼東西在裡面。司馬焦上前往水裡一抓，水底浮出一朵顫顫巍巍的紅色蓮花，花苞慢慢綻開後，露出裡面一簇燃燒的火焰。

如泣如訴的哀怨哭聲迴盪在整個大殿內，嚶嚶聲不絕於耳，小孩子哭著，如同魔音穿腦。

火焰猛然跳躍起來，像個張牙舞爪的人朝司馬焦的方向撲去，小孩子的聲音恨恨罵道：「啊啊啊啊我要殺了你！你的女人死了關我什麼事！雖然是我的力量但又不是我殺的！是你自己傻，你自己算計別人結果不小心把她燒死了！就只會怪在我身上，還拿水泡我！你有病啊！腦子進水了啊！你他媽不痛，我還會痛啊，臭王八！」

司馬焦一巴掌就把這火焰拍了回去，語氣躁怒：「閉嘴！」

能發出童聲的火苗被拍到一陣瑟縮，它大概已經用光了所有的膽子，終於恢復理智，縮回去繼續嚶嚶嚶地哭。

哭完了之後，它好像終於看到了師雁，大聲罵了一句髒話，又說：「你把這女人找回來了！」

師雁：驚！這裡有會罵髒話的火苗！而且這語氣和我罵人的時候特別像。

司馬焦對她說：「我之前要妳對它澆水，妳教它亂說話，它罵人更不中聽了。」

師雁：真的別用這種「我教壞了家裡鸚鵡」的語氣說話！不是我做的！

師雁覺得自己真的好冤喔。

她自覺自己冤到要下場六月飛雪，司馬焦冷冷一笑，但轉念一想，又不和她計較了。

他帶她看完了那簇哭個不停的火焰，領著她在這座高塔上轉了兩圈，兩人在最高的雲廊上俯視冬城。

「這座塔原本還在三聖山，三聖山被我毀了之後，我就把這座塔搬到了這裡。」

師雁覺得他好像想和自己談人生經歷，見他看著自己，好像想要一個回應，於是措辭了一番說：「看來你很喜歡這座塔？」

司馬焦：「我厭惡這座塔，它囚禁了我五百年。」

師雁一邊想，你這句話我沒辦法接，話題被你句點了，一邊又想大喊被囚禁五百年！這不是孫悟空嗎！

司馬焦：「一直被囚禁在同一個地方，所以我厭惡那些囚禁我的人。一開始就打定主意，等我能離開了，就將他們全都殺了。所以……」

師雁決定當個應聲蟲，於是她似模似樣地點點頭，接話道：「所以呢？」

司馬焦話音一轉：「所以妳也會這麼厭惡我嗎？」

師雁：「怎麼說這種話呢，我聽不懂，要不然請您向大家解釋解釋？」

司馬焦：「……」

師雁當自己沒說過之前那句話，回答說：「我覺得還好，你又沒囚禁我。」

司馬焦：「我把妳抓來這裡，妳不覺得這是囚禁？」

師雁突然指了指遠處的白色山林：「我有點好奇那邊，過兩天能去看看嗎？」

司馬焦隨口答了句：「妳要是想去，下午去就好了。」

師雁點頭「喔」了一聲，心想，你家囚禁是這樣囚的啊？

她清了清嗓子說：「要是我不願意待在這裡，那就算是囚禁，但如果我願意的話，就不算囚禁。」

司馬焦一臉被順順毛很開心的模樣，低低笑了兩聲：「我知道妳心裡更願意相信我。」

師雁覺得，要是這種時候說自己願意留在這裡，一部分是因為懷疑自己身分想搞清楚，其餘大部分的原因是因為這裡待遇更好，赤櫻果能隨便吃到飽，司馬焦大概會一怒之下把自己從這最高層推下去。

所以她只能露出一個假笑：「您說得對。」

＊＊＊

師千縷發現師雁不見了之後，起先並沒有覺得不對。

師雁這個人胸無大志，對修煉也並不怎麼上心，在師千縷看來，就是個得過且過不求上進的廢物。哪怕一開始被洗去記憶，什麼都不記得了的時候，也有種渾然天成的懶散。

不過好在她這些年還算聽話，當初為了能徹底控制她，在她失去記憶的前兩年，他一直沒有讓師雁接觸其他的人，這樣才能培養出師雁對他們兩個人的依賴感。

只是當她一天一夜都沒有回來時，師千縷動用祕法搜尋不到她，在她身上放的尋蹤之術也被破除了，師千縷這才發覺不對。

莫非出現了什麼他不知道的變故？師千縷有不好的預感，立即命令師真緒前去尋找師雁，誰知卻得知了一個令他無法接受的消息——師雁竟然在冬城，在他們想盡千方百計想要避開司馬焦身邊的時候。

這些年來，師家倖存下來的人被司馬焦殺光七八成了，師千縷這個家主手中能用的人不多，為防萬一，他不得不獨自帶著師雁躲避司馬焦的搜尋。

為了掩藏師雁的蹤跡，他布置許多障眼法，讓剩下的師家人前去擾亂司馬焦的視線，靠著一次又一次的精妙布置，這才能完全將司馬焦的目光引向他處，藏了師雁近十年。

而他花費這麼多的時間和心力、人力，到頭來竟然是白忙一場。

「師父，或許師雁去了司馬焦身邊，就能按照我們多年的影響對他動手，就算殺不了他，能傷到他也是好的。」師真緒也不想前功盡棄，只能這樣安慰神情難看的掌門。

師千縷當然也想相信有這個可能，可是他與師雁相處這麼多年，能不瞭解她嗎？他為什麼遲遲不把師雁這個祕密武器用在司馬焦身上，無非就是不相信她會按照自己所想的方法去做。

「不管如何，要儘快查清楚師雁如今在冬城的情況。」

「是，師父。」師真緒問道：「我們是否要暗中聯繫師雁？」

師千縷沉著臉思索片刻後，道：「如今主動權已經不在我們的手中，司馬焦恐怕正等著我們自投羅網，師雁一旦回到他身邊，我們就再也無法動她了。這把原本屬於我們的利劍，如今恐怕已經沒有多大的用處了。」

師千縷想到這裡就覺得自己的氣血翻湧，甚至隱隱有入魔的徵兆。

這些年，司馬焦實在是欺師家人太甚，如果說一開始師千縷還希望能光復師家，重振庚辰仙府，殺死司馬焦，那到了如今，他只希望能儘量保存師家的血脈，留待日後能東山再起。

怕只怕，司馬焦連東山再起的機會也不肯給他們留下。

師千縷和師真緒並沒有在鶴仙城多留，在發現師雁失蹤沒多久之後，師千縷就立刻轉移到了鶴仙城外郊。等到發現師雁回到司馬焦所在的冬城，他更是毅然接連退了幾座城池，藏到了魔域南方。

不得不說師千縷十分瞭解司馬焦。就在他們離開後不久，司馬焦派的人已經到了鶴仙城。這群人的速度特別快，還是沒能抓住老奸巨猾的師千縷。

這一回仍是大黑蛇帶著隊伍，有十幾位修為到了魔將級別的魔修前來抓捕，人數雖然不多，卻各個都能與師千縷正面廝殺。

大黑蛇面對司馬焦時是一臉蠢萌，對師雁這個帶有主人氣息的飼養者也非常天然呆，但面對其他人，牠的天然就變成了天然凶殘。尤其是有著師家氣息的人，牠這些年都不知道咬死了對方多少家眷。

牠對氣息的敏銳，總是能讓牠在追捕師家人的過程中如魚得水，卻沒有在鶴仙城找到師千縷的蹤跡。大黑蛇用牠那並不大的腦袋思考過後，覺得自己現在回去可能會被魔王主人罵，於是牠只能耍賴，跟在其他魔將身邊，轉道前往南方的赤牢三城。

因為司馬焦的一句話，如今南方那三座盛產赤櫻果的城正被冬城魔將鋪天蓋地包圍起來，估計沒多久就會被收入冬城麾下。

這幾年，司馬焦收復魔域的腳步勢不可擋，幾乎有些腦子的都知道，他統一這個長久四分五裂的魔域已經成為了大勢所趨。

所有冬城魔域裡的魔將都在做著統一魔域，然後跟隨司馬焦這個魔主一起攻打進修真界的美夢。然而他們的魔主司馬焦，如今對打下地盤沒有什麼興趣，一心只想著那失而復得的失憶道侶。

因為師雁哪怕不記得從前的事，對他的態度也並不排斥，所以司馬焦對師雁的失憶其實也不太在意，甚至覺得這樣還滿有趣的。

她經常在心裡腦補一些奇奇怪怪的劇情和場面，每次都能把司馬焦逗笑，而且她還沒反應到他能在她情緒激動時聽到她的心聲，所以時常在心裡毫無顧忌地罵他或者誇他，說些奇奇怪怪、漫無邊際的話，這些都很有趣。

只是這幾天，司馬焦的火氣超大，擾得冬城不得安寧。

他為什麼生氣？因為司馬焦知道了師雁這些年殺過不少人，於是怒不可遏——他當初強迫她殺人，她那噩夢連連的樣子至今他還記得，而且她還哭成那樣，他當時答應不會再讓她殺人，意思是不只他自己不會逼她殺人，也會保證她日後不需要殺人。

可是現在呢？她被迫學會殺人了。

師雁說起自己殺的人，語氣平平，眼睛也一點都不紅，沒有半點要哭的意思，似乎也不害怕了。

司馬焦：我要殺了師千縷！

他心裡湧上天大的戾氣，把前來告狀的支渾氏魔將燒成一把灰。

是這位支渾氏的魔將前來稟告他，說支渾氏裡有兩位准魔將被師雁殺了，希望能給一個解釋，司馬焦才知道師雁殺人的事。

支渾氏是魔域裡的大姓，還是冬城之前的老家族，難免自覺矜貴，再加上他們修為高的魔將多，司馬焦嫌麻煩就重用了他們一些人，導致這位支渾氏魔將有些得意，被某些別有用心想要試探的人一拱，就跑過來摸了這個老虎屁股。

司馬焦把人燒成一把骨灰，灑在臉色鐵青的支渾氏主臉上。

「求魔主饒恕！」那位修為滿高的支渾氏主，二話不說就下跪賠罪。

本來，魔域就是弱肉強食的世界，人被弄死了還問為什麼？哪有為什麼，被殺了就是自己沒用，若是不服氣，能殺就殺回去，可動手的人現在是魔主罩著的，他們動不了，自然只能算了，閉嘴就是。

這個道理，大家都知道，只是總有人覺得可以不守規矩。

師雁這幾日在司馬焦身邊，看到的就是像隻瘋貓一樣的年輕男人。偶爾還滿可愛的，不像別人口中的司馬焦，對他聞名四野的凶殘暴戾並沒有準確的認知，直到這一回，她才見識到了司馬焦所謂的「心狠手辣」是怎麼個狠法。

司馬焦和師雁完全是不同類型，是一個動不動就要暴走殺人的男人，對他人的冒犯和惡意太過敏感。師雁有時候看著他都覺得，這位魔王一個人就能包辦暴君和寵姬的所有戲分，既能像寵姬一樣作妖，也能像暴君一樣凶殘。

因為這一時的不高興，他決定殺光支渾氏一族洩憤，師雁甚至不知道他為什麼這麼生氣。

她本來不該說話的，大魔王不高興要殺一群魔域魔修，這跟她有什麼關係？在她看來，這就跟古代帝王要殺人一樣，雖然號稱是因為女人，但實際上跟女人也沒什麼關係，主要還是發洩他自己的憤怒，找回自己的面子罷了。這樣的話，她就算勸也沒用。

只是，她去城外的白山林散步的時候，一群支渾氏的老弱婦孺跑來跪成一大片，哀哀哭泣，都是些在前世坐公車會被讓座的人，哭喊的樣子十分可憐。與自己無關的人死在看不見的地方，沒那麼容易觸動人心，但是在眼前的話，就難免令人覺得不忍，所以師雁還是決定為他們說一句話。

只說一句。

「你要是不生氣了，少殺點支渾氏的人行嗎？」她回去後對司馬焦說。

生著氣的司馬焦看了她好一會兒，說：「如果妳不想殺，那就算了。」

這個之前還凶殘地要滅人家族的男人，又非常寬容地摸著她的頭髮，說：「如果妳不想殺其他人，只想殺那兩個已經死了的兄弟洩憤，我可以讓他們復活，再殺他們一次。」

師雁：「？」復活了再殺？她從沒聽過這麼莫名的操作。

但這種事，司馬焦不是第一次做，他這幾年殺了師家那麼多人，而師家那一些人還未用掉一生一次的寄魂托生機會，所以他們紛紛被親人好友復活。司馬焦沒有阻撓他們復活，而是等他們復活了，再過去一一殺他們一次。

從前靈氣充沛的庚辰仙府太玄峰，如今沒人敢去，就是因為那裡用柱子掛滿了師家人的人頭，很多都是用兩個腦袋串在一起的，那就是復活了又被殺，死了兩次的。

師千縷帶走了廖停雁讓他找不到人，司馬焦就把所有殺死的師家人頭顱掛在他們的故地，師家人甚至都不敢前去收屍，只能任他們曝屍荒野。

師雁不知道這些，她找到了重點，一個翻身坐起來：「人死了還能復活！」

「能幫我復活一個人嗎？」師雁迫不及待地問。

司馬焦對她很好，幾乎是要什麼給什麼，但師雁除了吃的喝的，並沒有向他要求過什麼，只把自己當根種錯了地的綠蔥，鹹魚地過日子，這是她第一次明確地想求他什麼事。

「我有一個朋友叫紅螺，她對我很好，你能讓她復活嗎？」

司馬焦說起復活別人的時候語氣隨意，顯然並不覺得這是多大的事。如今聽師雁說起後，他自然是答應。

「只要妳想，我當然會為妳做到，不過是小事而已。」

師氏用的寄魂托生，是脫胎於司馬氏當初使用的禁術，由司馬氏的一位先賢所創。用屍身或者死者生前常用的物事，喚出完整的死魂，將之用祕術洗去死氣，用特殊的靈氣滋潤，封入還未生出胎靈的早胎之中，再令孕胎者吞下一枚珍貴的還魂丹，此人就會在出生之後擁有上一世的記憶，也繼承上一世所有的感情，重活一回不過覺得自己恍若大夢一場。

普通投胎轉世，三魂七魄中主掌記憶與感情的一魂一魄會消散天地，其餘二魂六魄也會在輪迴之中洗滌破碎，與其他魂魄融合，變成一個新的完整魂魄，再世投胎。所以輪迴轉世一說，大都都找不到前世完整的人格，只有這寄魂托生之法不同，是真正的逆天之術。

司馬氏專門發明出這些逆天的東西，或許這也是他們一族毀滅的緣由。

司馬焦答應後，很快地就解決了這件事。寄魂托生之術最好是需要被寄魂孕者與死者有一絲血脈聯繫，可是紅螺沒有親故，只能費些功夫找到與她魂魄最相融的孕者，巧合的是，那位與她最相融的孕者，是支渾氏的。

這一族的人奪去她性命，也由這一族的人給予她新的生命。

躲過一劫的支渾氏因為此事一改先前的惶恐，喜氣洋洋，支渾氏主更是再三保證，絕對會好好對待那位即將出生的紅螺。

「如果真的有妳說的那什麼重生，一出生就有我現在的記憶和智力，我肯定不會混成這個鬼樣子！起碼能統領一座城當個魔主吧！」紅螺跟她閒聊時，曾經聽她說過重生穿越這些東西，很有興趣地說了很多。

師雁想起她那時大拍桌子的模樣就想笑。

「這麼高興？」司馬焦看著師雁臉上的笑。

師雁也給了他一個笑容：「對，她是這些年來唯一真心對我的人。」

司馬焦撩了一下她耳邊的碎髮，淡聲說：「我也曾真心待妳，只是妳不記得了。」

「不記得也沒關係，妳還在就行了。」

她失去的記憶，是給他的教訓，對疏忽她性命的教訓。

第十六章 按照修真界的平均年齡來說，也算是小別勝新婚吧

師雁躺在窗前的榻上，看著窗外一片雪白的建築。鋪天蓋地的白，要是能多漆上一點藍色，就是地中海式的風格了，或許還能冒充一下著名的藍白小鎮。作為一個丟了工作的失業遊民，現在的她就能享受到更加濃厚的度假感了。

她漫無邊際地想了一些亂七八糟的東西，鹹魚著什麼也不幹，過著只躺在那裡揮霍光陰的奢侈生活。

遠處的天空忽然出現一點黑色，那點黑色越飛越近，最後落在了窗外那一根雕花木欄上。是一隻小巧的黑鳥，鳥只有巴掌大，一雙豆豆眼盯著師雁，彷彿是在審視她，師雁和鳥對視了一會兒，懷疑自己在那雙鳥眼裡面看出了智慧的氣息。

她從一旁的小桌子上拿來一盤瓜子，這東西在魔域其實不叫瓜子，但師雁覺得樣子和味道都很像，然後聽說這位「魔主夫人」叫這東西瓜子之後，這東西在冬城就改了個名，直接叫成瓜子了。

師雁磕了兩顆瓜子餵鳥，黑鳥的鳥喙啄在雕花木欄上，發出了「�嚄」的敲擊聲。牠吃下了

那兩顆瓜子之後，師雁再試圖去摸牠的腦袋，牠也就不動，任由她摸了。

師雁嗑了一小把瓜子，餵了一會兒鳥。好像有種錯覺，她覺得這鳥吃了一小把瓜子，小身體都圓潤了不少，從她身後忽然伸出一隻蒼白的手，將圓滾滾的黑鳥一把捉了過去。

師雁扭頭一看，見到司馬焦捏著那隻黑鳥的嘴。然後那隻黑鳥在他掌中化為一團黑氣，又變成一張黑色的紙張。紙上還有一堆剛剛的瓜子，和剛才黑鳥吃下去的時候沒有區別。

師雁隱約看到被瓜子堆遮住的紙面上寫了兩行字。

師雁：「……」原來是隻魔法信鴿？牠不早說，還裝得像隻真的鴿子？

司馬焦把那一堆瓜子掃到了手心裡，攤開來放在師雁面前，另一隻手拿著那張紙說：「魔音鳥，用來送信，還能送一些輕巧的東西。」

剛才聽話是因為在師雁身上感覺到了司馬焦的氣息，嗑瓜子是因為牠以為那是牠要送出去的「信」。

師雁默默把那堆原封不動的瓜子拿回來吃了，心想這鳥厲害了，以她的修為，都沒看出來那其實並不是真的鳥。

司馬焦看完信後，將那張黑色的信紙對折了兩次，不知怎麼辦到的，又將它化為了黑鳥，放到了師雁的手掌裡。

「喜歡？拿去玩吧。」

師雁摸了摸手裡那隻黑鳥光滑的羽毛，捏了捏那圓滾滾的肚子，覺得這觸感有點美妙，可惜不是真的鳥。

「下午帶妳去看一個人。」司馬焦坐在一旁，又看她玩了一會兒鳥後這麼說。

「喔。」師雁非常老實，和在師千縷面前時是一樣的態度。

司馬焦起身走了。但師雁知道他沒走遠，好像就在周圍的某個地方看著她，所以她真的覺得他像貓，這種暗中觀察的習性和貓是一樣的。司馬焦的氣息掩藏得很好，師雁也不知道自己為什麼能準確地感知到他在附近。

她當做沒發現，捏著那隻乖乖的小黑鳥，等牠時間到了之後，自動散成一道煙塵。

然後過了沒多久，窗外飛過一群黑鳥，這群黑鳥在一片白色的世界裡顯得異常醒目，而且牠們彷彿都有目的性一般，繞著這一層飛了一圈後，落在了師雁開著的大窗前，幾乎站滿了外面那一道雕花木欄。

樣子和鴿子差不多，聲音也是咕咕地叫，就是顏色不同。這回師雁仔細觀察了，確定這是一群真的鳥。說實話她在這裡躺了好幾天，就沒見過哪隻鳥敢靠近這座司馬焦在的禁宮，現在這群鳥突然出現，還這麼井然有序，想也知道肯定不是自己飛來的。

估計是大魔王看她想餵鳥，就趕了一群過來給她玩，在這方面，魔王大人真的有著和身分名聲完全不同的細心。堂堂一位魔主，需要這麼周到嗎？

師雁想得沒錯，就在這禁宮底下，一位身材火辣，能驅使魔物和凶獸的魔將，正面無表情地召喚著附近無害又可愛的鳥類過來。她呢，從前召喚的都是些凶殘的食人魔獸，哪種凶殘她就愛召哪種，這還是這輩子第一次召喚這種小東西，真是渾身上下都感覺不得勁。

但是沒辦法，魔主有令，只能幹了。

師雁餵了一上午的鳥，到了下午，她看到一群人送了什麼東西來禁宮，接著司馬焦就來領她去看那個人。

還真是個熟人，她之前見過一次的姑姑師千度。

這位姑姑被禁制住了，一動也不能動，身上帶著傷，狠狠地瞪著他們。

真實的囚禁：關在小空間裡沒有人身自由，沒吃沒喝，被揍得很慘，就像師千度。虛假的囚禁：想去哪裡就能去哪裡，想吃什麼就能吃什麼，還有人千方百計地想逗她開心，就像師雁。

師千度不能說話，但她想說的都寫在眼睛裡了，師雁看得出裡面寫了大大的叛徒兩個字。師雁看著這個假溫情的姑姑，猶豫地看了一眼旁邊的司馬焦。雖然她沒說話，但司馬焦好像被激怒了，他如果生氣了，氣就會出在師千度身上。

師千度的額心被司馬焦狠狠一抓，顯出一點縹緲掙扎的光暈，師雁一驚，懷疑這是人的魂魄，她來到這個世界好幾年，還是第一次看見從真實人體裡抓出來的魂魄，有點久違地被衝擊到了。

司馬焦抓住她的手，握著就用力壓進了那片扭曲的光暈裡。

師雁的腦子裡想到「搜魂」兩個字，就察覺視角瞬間發生變化，身邊像走馬燈一樣出現許多畫面，隨即又像被人快速翻動一樣消失，很快停在了一段畫面裡。師雁發現在這段畫面裡，有自己出鏡。

好像是在某個宮殿，外面有千傾花圃，屋內也是富麗堂皇，一些人將她包圍，像是要抓她，最後她確實被抓住了，還是師千度動的手。

他們說她區區一個女人沒什麼用，又說她被司馬焦護了一路，帶回去肯定能威脅到司馬焦，輕輕鬆鬆地把她帶走了，帶到了一個叫做太玄峰的地方。許多人在她眼前晃過，她還看到了那個經常給她零用錢的兄長師真緒，他奉命看守她。

他們都喊她廖停雁，而不是師雁。

畫面一轉，師雁看到師千度來到一個奇怪的地方，看到老爹師千縷正在和司馬焦打鬥，只是他明顯打不過，被逼得連連後退，到處都是火焰，噴發的火漿鋪天蓋地。

司馬焦毫無顧忌地開嘲諷，又被師千度的一句話逼得變了臉色。

『你身邊的那個女人，也在太玄峰上，我們死，她也要陪著一起死！』

師千度的笑聲，在世界末日般的爆炸與滿目焦土火漿中，讓人有些眩暈。

師雁覺得眼前一黑，再恢復清醒後，就已經被司馬焦抱在懷裡，腦袋靠在他的胸前。

「她的修為比妳高，我帶妳搜魂，妳也只能承受短暫的畫面。」司馬焦冰涼的手指按在她的太陽穴，穩穩托著她的腦袋。也不知道他做了什麼，師雁覺得自己一下子就好了很多，頭痛的感覺也漸漸消失了。

她從司馬焦的懷裡出來，看到師千度目光渾濁，口水橫流，似乎已經沒有了神智。

搜魂一術十分霸道，要不是施術者比被施術者的修為高出許多，是無法成功的，稍不留神還可能被反噬。被搜魂者，輕者痴傻，重者則魂飛魄散，可是師雁還沒聽說過能帶著別人一起搜魂的，這種操作手法未免也太逆天了！

「現在相信我了？」司馬焦問她。

師雁點頭：「我相信我是廖停雁了。」

她心裡暗暗鬆了口氣，媽啊！還好那個一起生活了好幾年的暴躁老爹師千縷不是親爹，這樣一想，原本的廖停雁也不是太可憐，好歹親爹不是那種想讓她當炮灰，對她不停灌輸仇恨的人。

司馬焦看了她半天，看得師雁都覺得自己背後毛毛的。他們離開這裡，走在禁宮的長廊上，司馬焦偶爾用那種若有所思的眼神看她：「妳好像仍舊不相信自己是廖停雁。」

廖停雁正色：「沒有，我真的相信自己是廖停雁了。」看，她連自稱都改了。

司馬焦突然笑了起來：「妳當然是廖停雁，但現在我開始懷疑，廖停雁不是妳。」

廖停雁覺得自己應該聽不懂的，但她又有點聽懂了。

司馬焦：「從我遇到妳開始，妳就是這個樣子，不管叫什麼名字，我都不會錯認。」他又突然嘆了口氣：「我不會認錯，因為我很聰明，而妳，如果搞錯了我也不奇怪。」

廖停雁：「……」去你的！你再說一句我就不當這個廖停雁了。

司馬焦：「妳知道我為什麼不會弄錯嗎？」

廖停雁假笑：「為什麼？」

司馬焦當做沒聽見她在心裡罵自己，一指點在她額頭上，神態非常理所當然且傲然：「因為我們是道侶，這份印記在於妳的神魂裡。妳以為我是誰，難道連區區神魂都會錯認？哪怕妳如今在其他的身軀中，我也能認出妳。」

廖停雁一愣，心裡有點慌了。那是指什麼，魂魄？身體不是她的，但魂魄是她沒錯，魔王這麼說是哪個意思？

司馬焦聽著她在心裡大喊穩住不要慌，笑得越發意味深長：「妳覺得妳為什麼會對我沒有惡意？妳應該能感覺得到，妳在下意識地依賴我，親近我，就算之前還不知道真相的時候，妳也更願意相信我。」

「因為妳的靈府裡，還開著屬於我的花。」

司馬焦覺得她現在的樣子，有點像從前變成水獺後，被人突然按住後頸僵住的神態。

靈府、神魂這些基本知識，廖停雁還是知道的，就因為知道，她才開始覺得不妙了。她是不是太理所當然地代入了狗血失憶替身橋段？這種玄幻世界，魂魄比身體更高級，這個魔王剛剛還差點空手把人家的魂魄從身體裡拖出來，看過這一幕後，她毫不懷疑魔王也能把自己的魂魄拖出身體。

這樣的大師，會察覺不出自己的女朋友換內核了？

不行，不能再想了，再想下去就要脫離單身了。

司馬焦笑著替她擦了一把額頭上的汗，無意識地將手指搭在她的後頸上，問她：「是不是很心虛？」

廖停雁連假笑都笑不出來了，她確實覺得有點心虛，這幾天她有多理直氣壯地在心裡大聲嚷嚷「廖停雁跟我鄒雁有什麼關係」，現在就有多心虛。

她突然覺得這幾天的好吃好喝好睡，是司馬焦看在她身陷敵營不容易，所以特地挪出來讓她好好休息，現在她休息完了，他就要開始一次性地算帳了。

司馬焦：「妳這幾天休息完了，有件事也確實應該解決了。」

廖停雁心裡一驚，心想果然！

司馬焦湊近她，按著她的雙肩，在她耳邊啞聲說：「替妳恢復修為。」

廖停雁：「……」語氣這麼曖昧，我想到了不太好說出口的事，比如雙修什麼的。本來嘛，按照基本定律，療傷普遍靠雙修，這是玄幻世界愛情故事的規章！

但她還沒準備好，「我到底是誰」這樣的終極哲學問題也還沒弄清楚。廖停雁在腦內幻想了一堆赤身花叢中，雙掌相接、不可明說的療傷畫面，回過神後發現司馬焦扶著旁邊的大柱子在狂笑。

廖停雁：「……」我第一次知道自己的性取向癖好，竟然會是這樣的類型。

她不動聲色地腦補了一路的情色畫面，聽著身旁的腦內男主角走兩步就笑一聲，簡直是個神經病。

最後……療傷竟然不是靠雙修，而是靠嗑藥？

司馬焦坐在她對面，把藥瓶從高到低擺了三排，說：「吃吧。」

一瓶裡面有一顆藥，倒出來乍看以為是帶著香氣的珍珠，要吞下那麼大的圓球，感覺會噎死人。

廖停雁看著那一大堆藥瓶，心想，要嗑這麼多藥，這還不如雙修呢。

司馬焦推倒了一個瓶子，讓它滾到廖停雁身前，說：「是甜的。」

這個人雖然吃東西不太挑，什麼都愛吃，但苦她是絕對不吃的。是個又怕苦、又怕疼、又怕累的懶貨。

廖停雁：「……」哈，騙小孩嗎？丹藥都很苦，我這幾年也是嗑過不少藥的。

司馬焦又推倒了一個瓶子，施施然理了理自己的袖子：「最高級的丹藥，都是甜的。」

是嗎？廖停雁半信半疑地，試著吃了一顆。

竟然真的是甜的！

她並不知道魔域頂尖的幾位煉藥師，為了滿足魔主無理取鬧的要求，在這短短時日內把這些丹藥製出了甜味，差點掉光了頭髮。

８ ８ ８

剛開始作為師雁的那幾年裡，因為這個身體受傷的原因，她著實吃了很多苦苦的丹藥。最一開始的時候，那位假爹師千縷跟她說，她的修為想要恢復到巔峰期很困難，恐怕一生都無法回到煉虛期了，於是只給了她一些丹藥療傷，好讓她的修為穩定在化神期，不至於繼續往下跌。

後來她自己也在鶴仙城找人看了，雖然可以恢復，但需要一筆天文數字的醫藥費，還要請修為比她原本的高出一個境界的能人，為她打通受傷淤堵的靈脈。她當時一聽到那鉅款金額，算了算自己的薪水，再想想師家敗落成那個樣子，就決定一輩子當個化神期了。

反正也不是她自己辛苦練出來的修為，還是得學會知足，化神期就很夠用了嘛。

她那時候怎麼想得到，有朝一日，她能如此快速地恢復到修為巔峰期，只是嗑了一些像糖果一樣的藥丸而已，全程無痛，甚至還想再吃一些那種糖果。其中一種藥還勾起了她的童年回憶，就是小時候吃過的一種白色的疫苗藥丸，好像叫什麼腦脊髓藥物？

「這個還滿好吃的，還有嗎？」廖停雁舔了舔嘴唇問。

司馬焦深深地凝視了她一眼，要人把那些搓藥丸的藥師們全都叫來，正在忙著煉生髮丹藥的藥師們只好苦著臉，先放下手裡的工作，禿著頭去見魔主。

廖停雁心中有些感動，心想：這是什麼寵姬戲分，也太興師動眾了。

這就聽到司馬焦指著她，對那些藥師們怒聲問：「她吃了你們那些丹藥後，為什麼看起來更傻了！」

問得非常真情實感，憤怒也是真實的憤怒……就因為這樣，才更讓人生氣。

廖停雁：「……」我宣布你失去你的女朋友了。不管我曾經是不是，現在都不是了！

司馬焦看了她一眼，換了話題說：「那個清丹毒的丹丸，多做一些過來。」

一位藥師穩了穩心態，挺身站出來說：「魔主，那一顆解清丸足以消去所有陳年丹毒與淤氣，老朽煉製這解清丸多年，預估的藥效絕不會有錯！夫人吃一枚足矣！」

魔主召他們一群人為這位神祕的夫人煉製丹藥，每人一種，若是其他人都是一枚見效，他製的丹藥卻必須吃那麼多才見效，他這老臉往哪裡擺！

廖停雁遮住了臉，不太忍心繼續聽下去。

司馬焦毫不在意：「那就煉製一些沒有解丹毒藥效，但味道一樣的丹丸過來。」

藥師：「？」他終於反應過來了，魔主找他來不是要煉丹藥，是來做點心的。大概是因為這輩子都沒接過這麼簡單的任務，他很久都沒回過神來，似乎有點懷疑人生了。

然後廖停雁就有了吃不完的糖，魔域這些人送東西都十分大氣，不是用筐裝，就是用大箱子裝，帶著「拿去吃到飽吧」的豪邁。

司馬焦也嘗了一顆，幽幽地看著她半晌：「我遲早會抓了師千縷，將他殺個痛快。」

廖停雁：「……啊？」突然提師千縷幹什麼？

司馬焦：「這些年，妳都沒吃過什麼好東西吧。」

廖停雁面無表情地舔糖，不想再跟這個男的說話了。你還我的童年記憶！還我的一片故鄉情愁！

司馬焦坐在她身邊，一腳抬著，手臂架在上面撐著腦袋，擺了個很隨便的姿勢：「妳知道我為什麼不急著向妳解釋身分嗎？」一邊說，另一隻手就摸上了她的肚子，捏了捏。

廖停雁舔糖果的動作一停，眼睛追著他的手看，朋友？你的動作未免太自然了？你摸哪裡？我可還沒確定我們的男女朋友身分呢。

她把手遮在肚子上，不讓自己肚子上的肉被人捏著，司馬焦卻也不在意，順手就摸上她的手，揉了揉她的手指。

他傾身湊近她：「因為……妳很快就會自己發現了。」

廖停雁「喀嚓」一下咬碎了嘴裡的糖粒。司馬焦離她離得很近，聽到那陣咬糖的聲音，唇角往上揚了揚。

廖停雁總覺得，他在惹自己生氣的邊緣來回試探，不是，你這是什麼愛好啊？欠罵嗎？

她帶著對自己眼光的懷疑入睡，入睡前司馬焦告訴她，等她再睡一覺醒來後，修為就完全恢復了。

這個晚上廖停雁睡得特別熟，司馬焦坐在她旁邊，抓著她捏手臂、捏腿、揉肚子、摸胸……當然是為了配合藥效打通受傷淤堵的靈脈，總之翻來覆去替她揉了一身，廖停雁都沒醒。

「怎麼還是這麼能睡？」司馬焦低聲自言自語了一句，靜靜望著她，臉上的笑容就慢慢消失了。

他很少有這麼平靜的時刻，特別是在失去廖停雁的這段日子裡，讓他覺得恍惚之間的這段日子，比三聖山上的五百年還要漫長。

沒有血色的蒼白手指勾起廖停雁頰邊的一縷頭髮，緩緩勾了一個捲，那縷長髮又從他手裡落下去。

§§§

冬城的早晨與夜晚，都是最冷的時間，白色建築上偶爾會結出一些霜花，待到太陽升起，這些霜花就迅速融化消散，最後連一絲水氣都會散在空氣裡。

乾冷的冬城令讓在鶴仙城生活了好幾年的廖停雁不適，所以她所在的宮殿和外面不一樣，有著陣法護持，溫暖如春，廖停雁還偶爾會主動加溼。

這一日早上，禁宮上空覆蓋住一片烏雲，然後下起了雪。這是因為彙聚起的靈力攪動了天空上的雲，所以才有了這場難得的雪。

廖停雁一醒過來看到窗外大雪紛飛，坐起來跑到窗戶旁探頭往外看，然後她才意識到那些彙聚在禁宮上外洩的靈力，是因為自己。

她收斂了一下無意識散發的靈力，靠在窗戶邊閉眼內視。與化神期完全不同的感覺，質變產生的量變，讓她覺得自己現在能打趴二十個從前的自己。

在她熟悉煉虛期修為的時候，發現了體內有一個開關的空間。先前她就隱隱有點感覺，只是修為降到化神期，她打不開煉虛期時那個封閉的空間，也不太明白到底是怎麼回事，現在她能感覺清楚，也能打開了。

就好像在家裡發現了一個祕密地下室，廖停雁興致勃勃地開始翻找裡面的東西。

各種吃的用的都有，包含了衣食住行所需的所有東西被分門別類放著，簡直就是個大型居家倉庫。這些都是自己以前存的嗎，怎麼像隻存橡果的松鼠？

她找到了一些好像是以前常用的東西，一面鏡子，不知道該怎麼用，她看了看放在旁邊，又找出幾尊木片小人，小人背後寫了阿拉伯數字1、2、3，臉上還畫著表情文字。

啊……這不是我以前常用的表情文字嗎？

廖停雁覺得更加慌張了，不是吧，以前那個敢跟魔王談戀愛的人真的是我嗎？我還有這麼不怕死的時候嗎？

簡直無法想像。

小木人偶放在一邊，繼續翻，翻出一本像神怪大辭典那麼厚的術法大全，還有一本自己剪出來裝訂的粗糙筆記本，有個鎖，這個鎖是個小陣法，需要輸入密碼。廖停雁試了一下自己的生日，應聲解鎖。

廖停雁：「……」啊啊啊！

筆記本裡不是她想像的日記，而是記載了術法修習心得的一本學習筆記，字跡當然也是很熟悉的，她自己寫的字。這種隨便寫寫的狗爬字，一般人都看不懂，她若不是趴著都寫不出來，大概也只有她自己能認出來。

翻了幾頁，她看到自己在上面畫了烏龜、雞腿和薯條奶茶，又畫了些亂七八糟的東西，這就代表學到不耐煩了，所以想偷點懶。後面還有像練字一樣的各種寫名字，有鄒雁，廖停雁也有，還有司馬焦，還用不太規則的愛心把那個司馬焦圈了起來。

廖停雁：「……」啊啊啊！

完了，是我，當初跟司馬焦談戀愛的勇士竟然是我！真的是我！

廖停雁摀住自己的臉，不忍直視地用一隻眼睛看筆記上的塗鴉，似乎能透過那些亂七八糟的筆跡體會到當時的心情。

她還在那本筆記本裡翻出一隻千紙鶴，抱著某種說不清楚的預感，廖停雁把千紙鶴打開看了看，裡面寫了幾個字「司馬焦去你的大王八蛋」。

哇——以前的我很囂張啊。果然，那句歌詞怎麼唱來著，被偏愛的都有恃無恐？

不過，雖然是罵人，但怎麼看都覺得帶著一種滿滿的、欲語還羞的喜歡！噫啊啊！怎麼會這麼羞恥？

她默默把那隻千紙鶴折回去，順手放在一旁，繼續翻找。

找到一個首飾盒，是個有空間存儲能力的首飾盒，雖然容納空間不多，但抽出十幾個抽屜，都放滿了各種漂亮的首飾。

只有最小的抽屜上鎖了，還是自己以前的生日密碼。廖停雁把那抽屜拉出來看了一眼，又迅速推了回去，因為太過用力發出「砰」地一聲。

她見鬼似的瞪著自己的手。

天啊。

看來我以前，和司馬焦，是真愛啊。

她又慢慢抽出了那個抽屜，看著裡面紅色絨布上放著的兩枚戒指。這一格裡面就放了兩個戒指，一大一小，是雕了花紋的簡單素圈，內圈裡刻了英文字母，大的那枚是J，小的是Y。

廖停雁咽了口口水。

戒指這種東西，還真的不能隨便送，她以前準備這個東西是要送誰，顯而易見。只是好像還沒來得及送出去，不知道是不好意思，還是因為什麼耽誤了。

「妳在看什麼？」司馬焦再度悄悄出現在身後，向她發來了死亡之問。

廖停雁現在聽到他的聲音就有種說不清、道不明的心虛，手下一重，不小心把那個抽屜整個扯了出來，想再藏就已經晚了，原本不太在意的司馬焦發現她態度不對勁，已經盯準了那兩枚戒指，撿起來觀察了一下。

「這麼緊張，這兩枚指環有什麼問題？」司馬焦不緊不慢地問。

這個玄幻世界並沒有情侶夫妻戴對戒的習慣，在這裡戒指也沒有被賦予這種意義。廖停雁吞吐了一下：「沒什麼，好像是我以前的東西。」

司馬焦「喔」了一聲：「看起來，像是送我的。」

廖停雁：「……」莫名有一點害羞。

她看著司馬焦把那枚大一點的戒指戴在手上，中指最合適，他就戴在中指上，然後又自然地把那枚小的戒指往小拇指上套。

廖停雁看他自己戴上兩枚戒指，面無表情的，不僅不覺得害羞，還覺得心裡好像有什麼小鹿摔下懸崖死了。

行行行，就讓他一個人戴吧，怎麼不多訂幾個讓他戴滿十根手指頭呢？

司馬焦又笑了起來，把戴著戒指的手伸到她眼前給她看：「看到了嗎？」

廖停雁：「嗯，看到了。」看到你這個傻直男戴了兩枚戒指，把我的那個戒指也戴上了，還不合尺寸。

司馬焦就笑著搖搖頭，把小指上並不合適的那枚戒指取了下來，拉過廖停雁的手，替她戴上了。

拉著她的手看了一會兒，他低頭輕吻了一下她戴著戒指的手指。抬眼看她：「我知道，妳以前會喜歡我，現在也會，妳會依賴我，相信我，想要一直陪伴我。」

廖停雁：「……」那您還很有自信呢，我自己都不知道。

司馬焦摩挲她的手指：「因為妳是這樣，我也是這樣。」

廖停雁後知後覺地發現，自己被人告白了。

講什麼「妳是這樣，我也是這樣」，明明就應該反過來，他的意思是「因為我會這樣，所以妳也是這樣」吧？真是個自信溢出來的魔頭。

只是，別人家的男朋友講情話，總會含情脈脈一些，他不是，他就像是隨口一說，態度很不誠懇。

而且說完也不等她的反應就放開手，徑自去翻她拿出來的那堆東西了。

我唯一的男性朋友？你都不給我一點時間回應嗎？——雖然她還沒想好該說些什麼，但總不能連開口的機會都被剝奪吧？

司馬焦在那面直播鏡上點了點，啟動了這個已經十年多沒有被打開的靈器。這個產品的品質很是不錯，迅速重新開機後，顯露出了裡面的畫面。

青山綠水的仙境，一群靈化動物正在碧藍的湖邊喝水。廖停雁瞬間起了興趣，湊過去看。

司馬焦把鏡子給了她：「以前替妳做的，妳叫它什麼『直播鏡』。」

廖停雁心想，我以前的小日子看來過得還滿好的，都弄出直播影片了。她看了一會兒，無意識地一滑，鏡頭就轉變了，畫面猛然變成一片焦土，焦黑的土地上插著黑色的長棍，每根隨意斜插在地上的長棍都掛著一兩顆頭顱。

被風吹雨淋、日曬雪埋的人頭顯露出一種詭異的邪氣，這個突然出現的大型墳場和上一幕的仙境反差太大，廖停雁差點就把鏡子丟了出去。

司馬焦伸手輕輕一滑，很淡定地換了個畫面，口中隨意道：「當初選的地方，如今有不少都已經毀了，沒什麼好看的，下次替妳換幾個地方。」

下一個畫面是一片殘破的亭臺廢墟，荒草叢生，只有從精細的壁畫殘片和依稀可辨的巨大規模，能看出一點這裡從前的宏偉。

司馬焦看了一眼：「喔，好像是庚辰仙府裡的某個地方，破敗成這樣了。」

廖停雁想起自己從前在市井間聽過的消息，司馬焦這個魔主前身是修真界第一仙府的師祖，慈藏道君。

都說他是因為修煉不當入魔了，心性大變。他屠戮了不少庚辰仙府的修士，還毀掉了庚辰仙府的地下靈脈，將好好一個靈氣充盈的人間仙境，變成了一個寸草不生的焦黑荒原。

據說庚辰仙府昔日的中心方圓百里內，如今都沒人敢踏足，而那偌大的仙府迅速垮了下去，倒是餵肥了整個修真界其餘的修士門派。

這些年聽說修真界那邊可謂全城狂歡，到處都是一片歡樂的海洋，每個門派或多或少都得到了好處，幾個頗有能耐的修仙門派不知道從庚辰仙府搜刮了多少寶貝回去，算是一夕暴富。犧牲了庚辰仙府一個，卻造福了千萬家派。

因為這件事太大，相關消息連和修真界隔著這麼遠的魔域裡也流傳甚廣，廖停雁從前在胭脂樓上班時，就沒少聽人說起這些八卦，說什麼的都有。

什麼庚辰仙府裡堆滿了屍體啊，盤旋的食腐鳥多年不散，如陰雲繞在空中啊，聽起來比魔域還像魔域，又或者什麼庚辰仙府的巨城如今都被炸毀了，多少華美宮殿變成灰燼。

當初廖停雁還覺得這些八卦描述得太誇張，現在看來……一點都沒誇張。以小窺大，她只看了幾個零星畫面，就覺得後頸的汗毛豎起來了。

這幾天她每次經歷日常的相處後，覺得司馬老大是隻無害的貓貓時，他就會突然顯露出凶惡的一面，變成天眼神虎，那對眼睛還能噴射出鐳射炮。

廖停雁在心裡想像著司馬焦像架轟炸機一樣地轟炸皇宮，又瞄了旁邊的司馬焦一眼。

司馬焦好像沒注意到她的小動作，不疾不徐地用手指隨意地在鏡面上又滑了幾下，廖停雁就看著那一幅幅殘垣斷壁，然後聽著導致這一切的罪魁禍首在後面淡淡地說：「看來這些年庚辰仙府確實是敗落了，週邊的這座大城也荒涼至此……唔，這裡掛上了赤水淵的旗幟，發展得倒是很不錯。」

「這裡原本是妳常看的一家歌舞樂坊，每日都有不同的伶人歌舞奏樂，如今看起來是換了一門生意，改成了客棧……我看看，這是白帝山的標識。」

「這裡倒是還在。」

停在了一個大廚房忙碌的畫面上。

廖停雁腦袋裡的轟炸機停了一會兒，她抱著直播鏡盯著一陣子，默默吸了吸口水。

大廚房裡的煙火氣很親民，也讓人很有食欲，有剛從蒸籠上端出來的蒸肉拌了汁，赤肉濃醬的；又有炙烤的某種肉塊正在滋滋作響，被人撕成了條狀，撒上不知名的調料粉末，在旁邊等端菜的小子嗅了嗅氣味，狠狠吞了一下口水。

還有清亮點綴著紅色的甜羹、軟綿的甜糕等等，無數道菜色，光看著就知道會很好吃。

廖停雁：「……」魔域的食物，是真的比不過修真界。

她正感嘆著，目光又被旁邊的司馬焦吸引。他好像對熱火朝天的廚房和美食沒有興趣，從那一堆雜物裡又翻出數字小人1、2、3號。

他在木頭人額上一點，三個小人落地長大，圓手圓腿和圓腦袋。三個小傢伙一個嘿咻嘿咻地撿起捶背的小錘子，在廖停雁腳下繞來繞去。一個就地坐在司馬焦腳邊，仰著腦袋，用嘲諷的表情文字看著他們兩個。

另一個笑臉小人左右看看，找到一盤廖停雁還沒剝的瓜子，塞到了嘲諷臉小人面前，嘲諷小人立刻就開始剝起瓜子了。

笑臉小人到一旁自覺地開始整理廖停雁亂翻出來的那些東西，像個勤勞的鐘點清潔工，有東西滾到了司馬焦腳邊，它還湊過去拉開了司馬焦的衣角，把那罐藥瓶撿回去放好。

司馬焦似乎覺得在自己腳邊剝瓜子的嘲諷小人有點礙事，用腳尖輕輕踢了踢它，表達著「去另一邊剝」的意思。

廖停雁指了指三個小人，猜測道：「這是我做的……」

司馬焦指了其中兩個：「這兩尊妳造的。」又指腳邊那個：「這尊我造的。」

喔，原來我們以前還一起造過人呢。

廖停雁看著這一幕，莫名覺得自己這麼多年來真渣，就像一個拋家棄子的渣男。

「我以前的記憶，還能想起來嗎？」廖停雁猶豫地問了一下。按照一般的失憶法都會想起來的，有時是在撞了頭之後，有時是在經歷了生死一刻後，反正或早或晚都得想起來，不然劇情就不精彩了。

司馬焦撫弄雜物的手一頓：「能不能想起來都無所謂，這也不是一段很長的時間，沒有什麼太要緊的事情需要妳記住。」

好吧，你說是就是。廖停雁有點放鬆下來了，要是師祖對於她恢復記憶有所期待，她壓力會很大。

現代社畜大多都不能承受別人的期待，這樣特別累，還是順其自然好。

廖停雁自覺自己不能因為不記得，就穿上褲子翻臉不認人，還是要負起責任來，所以她試著問：「那我們以前是怎麼相處的？」也好參考一下。

司馬焦嗯了一聲：「就這樣。」

廖停雁：「就這樣？」

司馬焦：「就這樣。」

廖停雁雖然表情很正經，但腦內已經出現了不太正經的東西，她清了清喉嚨：「那我再問一下，我們，有沒有那個？」

已經知道她說的「那個」是哪個的司馬焦，往旁邊的榻上一坐，故意懶懶地問：「哪個？」

廖停雁：「就是……那個，婚前性行為？」

司馬焦靠在榻上，眨了眨眼：「有啊。」

廖停雁：「嘶——」不行，腦子裡開始有畫面了。

司馬焦：「還做了很多。」

廖停雁：「嘶——」腦子裡的畫面控制不住，開始朝著需要貼上警語標示的方向去了。

司馬焦：「神交和身體雙修一起。」

廖停雁：「嘶——」畫面有些不能想像，所以搖搖欲墜了。

司馬焦：「妳現在回來了，是該和以前一樣了。」他癱倒在榻上，一頭黑髮如流水一樣落在枕邊，做了個「妳懂的，快像以前一樣過來」的姿勢。

廖停雁大聲吸氣：「嘶——」畫面變成用來遮蔽的防雷圖片了。

司馬焦忍不住了，側了側臉，大笑出聲。他笑到全身顫抖、胸膛震動，毫無形象地躺在一旁，袖子和長袍垂在地上，一腳抬著放在榻上，一腳踩在地上，彎起手指抵著額心。

那脖子、鎖骨、側臉，那修長的身形，都讓人莫名有種想要撲上去，和他滾成一團的衝動。

「來啊。」司馬焦笑夠了，凝望著她：「剛好替妳鞏固一下煉虛期的修為。」

廖停雁：「雙修？」

司馬焦只是笑著看她。

廖停雁：「你先等一下。」

她在自己空間裡翻找了一會兒，想找找有沒有酒這類的東西能壯壯膽，找了半天才從角落裡找到一罐酒罈子，揭開紅封蓋，試著舀了一勺出來喝。又辣又難喝，但確實是酒沒錯了，她又喝了兩勺，見司馬焦一直神情古怪地看自己，她試著問：「你也要？」

司馬焦看了眼她那個酒罈子：「不，我不需要壯……陽。」語氣特別奇怪，剛說完就大笑起來，好像再也忍不住了。

廖停雁想到什麼，在酒罈底部翻了翻，然後她就對翻出來的東西僵住了。

不是，她以前為什麼要囤壯陽的酒啊？這東西不是給男人喝的嗎？她的目光不由得看向了司馬焦的某個部位。

腦內風暴狂捲——修仙人士也有這種隱疾？不好，我是不是知道了什麼不得了的祕密？

司馬焦慢慢就不笑了，他面無表情地和她對視。

廖停雁：「我覺得這一定是誤會！」

其實還真是誤會，她之前什麼都會囤一點，這罈酒就是之前買了一大堆果酒後某個掌櫃送的，結果最後酸酸甜甜的果酒喝完了，就只剩下這一罈，她發現了這是什麼東西之後，就扔到了角落裡，反正也用不上。

可現在，誰還管是不是誤會，當情侶的，相處之間總要有點誤會的。

司馬焦坐起身，作勢要站起來。

一般人看到這個可怕的場景，反應絕對會是往後退或者趕緊跑，廖停雁不是，她一改往日散漫，迅速上前，一把按住司馬焦把他壓了回去：「冷靜，不要衝動！」還急中生智，貼了張清心符在他的腦門上。

執行這個動作的時候，廖停雁還覺得有點似曾相識，彷彿自己曾經這麼幹過。

司馬焦冷笑著一把扯掉腦門上的清心符。

§ § §

一覺醒來後，廖停雁看見窗外的大片竹影和一枝紅色楓葉。

冬城禁宮外有竹子和楓葉嗎？好像沒有，應該是一片白色的才對。

廖停雁猛然一驚，從床上坐了起來。她懷疑自己是勞累過度出現幻覺了，定睛一看才發現不是，眼前這個風雅的居室不是冬城禁宮。

她身上穿了一件單薄的綢衣，輕若無物，貼著肌膚像水流一樣，她踩在地板上，走到落地的雕鏤藻繪木格前，看見外面綠竹紅楓，藍天白雲，還有煙水朦朧，遠山青黛，腳下一片清澈的小湖。

這是哪裡啊？她摸出鏡子照臉。

還是那張臉，就是脖子上多了個牙印。

她傾身靠在木欄上往外看，腳忽然被抓住，整個人往前摔進了水裡。

水裡有個黑頭髮、黑衣服、白著臉的水鬼：「終於醒了。」

廖停雁抹了一把臉上的水，往岸邊爬，爬到一半又被人抱著腰，抓回水裡。

「待會兒再上去。」水鬼說。

廖停雁打量他：「貓不喜歡洗澡泡水的。」

司馬焦：「什麼意思？」

廖停雁迅速轉移話題：「這是哪裡？」

司馬焦：「直播鏡裡那個有大廚房的別莊。」

廖停雁：「……修真界？」

司馬焦：「對。」

廖停雁：「嘶──」

8 8 8

司馬焦，這個曾經搞垮了修真界第一仙府的老祖宗，目前正在著手統一魔域的魔主，在這種重要時刻，竟然帶著她萬里迢迢地跑來修真界一個不知名的城裡度假，就為了她渴求那一口吃的……這究竟是什麼感天動地的男朋友。

又是何等不務正業、任性妄為的大魔王。

廖停雁一想就覺得從前見識過的「室友的男朋友大半夜因為一通電話，跑去買燒烤和蛋糕送到樓下」的行為，完全被比下去了。

鑒於男朋友這麼上進，哪怕她被強按著陪他泡水，她也忍了。

而且周圍的景致也很好，令人心曠神怡。她在魔域住了這麼多年，魔域的景色真是沒什麼好說的，大片的荒漠和荒林，少見繁茂的綠色植物，冬城裡倒是長了一些植物，可是魔域裡的植物大多也和修真界不同，有些怪模怪樣的，顏色也不太鮮亮。

所以她好幾年沒看到這種美景，嗅到這種新鮮純淨的山林氣息，整個人浮在水上，覺得自己好像化成一片落葉。

放空的廖停雁浮在水面上，司馬焦看她浮著，就將腦袋枕在她肚子上，也和她一樣仰頭望著天。

紅楓和竹林沙沙作響，紅色的楓葉落了下來，被廖停雁輕輕一吹，又慢悠悠地往上倒飛，在空中飄來蕩去，像一隻蝴蝶。兩人搭在一起，眼睛都跟著那一片葉子懶散地轉動。

「以前我們也是這樣嗎？」廖停雁問。

「嗯。」司馬焦從鼻腔應了一聲，似乎是半夢半醒間的回答。

廖停雁看著他，他和剛見到的那時候相比，看起來越來越懶散了，倒是跟她有點相似。她以前就是這樣，工作之餘就喜歡爛著什麼也不做，朋友們都說跟她待久了，容易被感染懶惰病，看來這種懶惰病，就連大魔王都無法免疫。

她想著，手下不自覺地繞著司馬焦的頭髮，繞著繞著，順口就塞進嘴裡嚼了嚼。

泡澡時嘴裡愛嚼東西的壞習慣，已經不記得是什麼時候養成的了。之前在胭脂樓工作，他們有準備員工宿舍和澡堂之類的，雖然廖停雁是住在家裡，但她偶爾會在員工澡堂裡洗個澡，一邊泡澡，一邊嚼一種能美白牙齒、保持口腔清新的草梗，這些清潔用品類的東西在澡堂準備了很多，她就嚼來玩，然後習慣了。

意識到這不是牙草，而是大魔王男朋友的秀髮，廖停雁僵了僵，在大魔王一言難盡的注視之下，把他的頭髮拿了出來，在水裡認真仔細地搓了搓，還拿出一把梳子替他梳順了，好好地放了回去。

「好吃嗎？」司馬焦問她。

廖停雁：「不好吃。」

司馬焦的神情不對，廖停雁立刻頓悟，改口道：「好吃！」

他的神情還是不對。

男朋友真的很難哄啊！

司馬焦起身，隨手把頭髮往後梳理了一下，嘴上說：「妳真的饞成這樣，連頭髮都要吃？」

我不是，我沒有！

「起來，去吃東西。」司馬焦說。

小湖並不深，旁邊的木廊就架在小湖上，司馬焦一腳踩上木廊，將那些雕花格推開一些後，轉身把手伸向站在水裡的廖停雁，手上一用力，也把她拉了上去。

袖子一震，他身上的潮溼感都消失了，又是個油光水滑的魔王。

找了件浴袍披上，頭髮正溼著，猛滴水的廖停雁：「……」老大，就這樣搞定了，不考慮換件衣服嗎？

講真的，廖停雁有點懷疑他一直以來都沒換過衣服，怎麼看他每天穿得都差不多啊？雖說他愛泡澡，還是修真人士，身上不會沾染灰塵汙垢，但也不能都不換衣服啊，心理上過不去。

她之前在自己的空間裡發現了不少男裝，各種樣式顏色的都有，可能是男朋友的衣服。她想了一下，拿了一套繡著白色仙鳥祥雲花紋的衣袍出來，在司馬焦面前展開，問他：「換一套衣服吧，這套怎麼樣？」

司馬焦看著她拿出來的衣服沒說話，廖停雁就又翻出一套白色帶著許多墨色花紋的：「這一套呢？要是想換個形象，這套也不錯。」

還拿出了一套淡雅紫的，這一套就比較富貴氣質。

社畜的工作經驗告訴她，想要讓客戶認可是需要技巧的，不要直接詢問對方行不行，而是一次拿出幾種方案，對方自然就不會考慮行不行，而是直接進入挑選其中一套的流程。

現在一樣，她都拿出來三套了，司馬焦有很大的機率不會考慮不換，而是考慮換哪套。

司馬焦：「妳為我準備的？」

廖停雁：「我的空間裡很多，應該是你以前穿過的。」

司馬焦忽然笑了一下，湊近廖停雁耳邊說：「我不知道，妳以前還為我準備了新衣。」

……懂了，以前那個自己替男朋友準備了衣服，但沒拿出來過，大概就像那個準備了但沒送出去的戒指一樣。現在好了，被失憶的自己直接戳破了。

眼看著大魔王那翹起的嘴唇，和一臉暗爽的表情，廖停雁也只能假裝沒事發生過。

司馬焦垂下頭，在她唇上貼了貼。

他脫下了外袍，丟到一旁，廖停雁趕緊撿起衣服，把木窗關上。黃昏曖昧的光透過木窗上的花紋映照在室內，司馬焦脫了外袍，白皙的肌膚也覆上了一層朦朧的暖黃。

他脫衣服的樣子有點好看，拿過一件內衫套在身上的動作也很好看，敞露著的胸膛被白色內衫掩蓋，再穿上黑色中衣和外衫，蓋住了白色內衫，只留下一道白邊。他隨意地拉了一下前襟領口，繫帶的時候，手上彎起的指節尤其好看。

長髮被衣服罩了進去，他又抬起手把長髮從領口挽出來，舉手投足間，衣袖輕擺，長髮浮動，和著這時候的光影，有種幼時記憶中的港式舊電影的韻味，雖說年幼時不太懂事，但關於「美」的概念卻也有些明悟。

廖停雁扯著他的一根腰帶，眼睛盯著他沒有移開，覺得自己可能中了迷魂術。

司馬焦一手拿過她手裡那條腰帶，一手扣著她的後頸，拉過來又親了一下。不是貼一貼的那種親，是捏捏她的脖子示意她張開嘴的那種親。

兩人的影子在室內拉長，旁邊還映著木窗上的花，像一盞才子佳人的花燈投影。

第十七章　路邊遇到的人，也有可能是娘家的人

廖停雁回過神後，發現司馬焦已經拿過腰帶繫好了，這腰帶繫在外袍裡面，抽出手的時候，外袍就落下來將腰身遮住。他繫好腰帶後往旁邊一坐，看著她：「好了，輪到妳了。」

廖停雁：「到我了？」

她看了一眼自己身上的衣服，心想，我這是被美色所惑，才會站在這裡看完師祖換衣服的過程嗎？禮尚往來，現在人家也要看她換了。

她沒理會那坐姿充滿了老闆氣息的男朋友，自己走去一旁的屏風後面換衣服。

她穿起裙子，外面的司馬焦正在哈哈大笑，廖停雁隔著屏風，朝著他在的方向悄悄地拉下眼角，吐了一下舌頭。

司馬焦的笑聲漸漸消失，但隔著屏風注視著她的影子，仍是帶著笑。或許是因為黃昏光影太過溫柔，他臉上的神情也是少見的繾綣，幾乎不像是那個曾經獨自徘徊在三聖山上的人了。

廖停雁打理好自己後走出來，司馬焦就站在門邊：「走吧。」

廖停雁走上前，抬起手把他的頭髮再理了一下，他打理自己很隨意，還有幾縷頭髮落在衣領

裡沒拿出來，廖停雁替他把頭髮打理好了，這才跟他一起往外走。

這是個別莊，占地極大，那座帶著湖和竹林、紅楓樹的院子是專屬他們的。出了一扇門後，外面是四通八達的寬道，牆邊是等待著讓人代步的風轎，負責抬風轎的侍者非常殷勤地將兩人請了上去，速度不快不慢，剛好能讓他們欣賞沿途的景色。

「您二位可是要去珍食樓？」

等到肯定的答案後，隨行配備的導遊兄弟用熱情禮貌的語氣，向他們推銷這裡的美食。

這處別莊的客人們都能有單獨的院子，吃食當然也能獨立送去，但也有人比較愛熱鬧，於是珍食樓就是這一類客人們必去的地方，大家吃飯時還能欣賞歌舞和各種表演。

沿途過去，廖停雁還看到了其他坐風轎的客人。這風轎真的就像陣風一般，悄無聲息的，幾架風轎相遇，輕飄飄地就掠過去了。

珍食樓燈火通明、流光溢彩，上百座獨立的小閣樓圍繞成一個圈，由空中長廊連接著，中心則是一座湖心島，有伶人在小島上表演著節目。

風轎將兩人送到其中一座小閣樓，另有等候在閣樓外的侍從迎了上去，周到的服務讓廖停雁感慨，收費肯定超貴的。

她現在又有種嫁入豪門的感覺了，不管去到哪裡，司馬老闆都不是會缺錢的角色，所以廖停雁也沒有客氣，只要菜單上有的，全都點了一份。

「慢慢上就行了，不用全部都擺上來。」廖停雁囑咐了一句，搓搓手期待著自己的大餐。

司馬焦對吃的沒興趣，倚在一邊等待。

廖停雁真的很久沒有吃過這麼豐盛美味的食物了，魔域畢竟還是有地域差異，口味不同。到了她這個修為，吃這點靈氣不濃郁的食物完全不會被噎到，可以盡情品嘗，滿足心靈和舌頭。

還有各色飲料任君取用，皆用白玉壺裝著，自飲自酌，很有氣氛。有絲竹聲繞耳，還有曼妙歌舞，配上接連上桌的美食，色香味俱全，眼耳口鼻都能得到美妙的享受，幸福感爆棚。

就是在這種時候，外面突然鬧了起來。

聽到喧鬧聲，廖停雁抬頭往外看。

隔著湖水，對面的一座閣樓炸開來了，廢墟裡冒出三人。而他們對面的一座閣樓，站著十幾位紫衣人，正指著變成廢墟的閣樓大笑。

「真是許久未見了，沒想到昔日的清谷天脈主洞陽真人，也入了別門別派。看這樣子，過得還滿不錯的啊？」紫衣人中的領頭者大聲道，語氣嘲諷夾帶著怨恨。

對面穿著青色衣服的三人，一位看起來二十歲上下的年輕人當先上前道：「夏道友如今不也是進了白帝山，還未恭喜。」

紫衣人冷笑：「既然知道我入了白帝山，那就該知道，如今是你的死期到了！區區一個小門谷雨塢，可護不住你！」

年輕人萬般無奈，拱拱手：「無論如何，也曾是同門。如今大家不過是道不同，不相為謀，何必非要糾纏於前塵舊怨。」

一個咄咄逼人，一個語氣雖軟，態度卻硬，眼看就要拔劍當場打起來了。

廖停雁只看了兩眼就吃自己的，偏偏她這個位置倒楣，被打架的人波及到了，那囂張的紫衣人比青衣人修為更高，將他打破的碎塊砸進廖停雁的閣樓，把她面前的桌子全都掀翻了。

廖停雁還舉著筷子，筷子上的一塊醬肉搖搖欲墜。她看了一眼那吐了口血站起來的青衣人，默默吃下了醬肉，放好筷子，一腳把那個追上來還要繼續打的紫衣人踢飛了，砸回了他們自己的閣樓。

踢完這一腳，看到那位青衣人震驚地看著她，廖停雁才反應過來。

糟糕，忘記這裡不是魔域了。

在魔域鶴仙城住了那麼久，她都有反射行為了。一旦被人欺負到眼前，下意識就會打回去，不然在魔域裡要是認輸的話，只會被得寸進尺欺負下去的，流血教訓養成的習慣讓她一時之間沒反應過來，修真界和魔域是大不相同的兩種存在。

她猶豫著，看向躺在一旁的司馬焦。

誰知這時候，那青衣年輕人捂著胸口，遲疑喊道：「妳是……停雁徒兒？」

昔日庚辰仙府的清谷天支脈脈主洞陽真人，也就是這青衣人季無端，神色恍惚地看著眼前的廖停雁，不敢相認。

他在十一年前收了一個徒兒名為廖停雁，與他早夭的愛女長得一模一樣。那時他收下那孩子為徒，只是為了寄託哀思，想要好好照顧這位有緣的弟子，只是沒想到，他那個弟子，最後竟然會捲入那樣可怕的風雲變幻中。

那時候，他也只是個小小支脈脈主，清谷天處於內外府交接處，是個不怎麼引人注目的邊緣之地，所以徒兒被選去侍奉師祖，他雖然心下不安，但也無法多說什麼，只是前去打聽了幾次消息，然而三聖山上的消息，又豈是他區區一個真人能打探到的。

後來聽聞她得到師祖慈藏道君喜愛，隨師祖一同出了三聖山，百位高級內門弟子中，只有她一人僥倖留下性命。那時，連帶著清谷天也盛極一時，只是他感覺到一絲暗潮湧動，越發不安，有心想去見見徒兒，好生寬慰一番，卻無法相見。

後來聽聞她命燈被滅，似乎是死了，又有些消息說她還活著，季無端這個做師父的自覺沒用，也打聽不到虛實，而且那段時間清谷天確實很不安寧，他為了保護餘下弟子們的安全早是費盡了心力。

再之後，就是那一場導致庚辰仙府四分五裂的巨大災難。他遠在內府地域邊緣，都能看見中心處噴湧的沖天火漿，濃黑滾滾的煙幾乎覆蓋了天際，天搖地動，地下靈脈在一日內盡數萎縮破碎，各處靈園、藥園被炎氣灼過，一夕之間凋零敗落，連離得近的靈泉和湖泊也都蒸發殆盡……

那樣的災難，死了那麼多人，內府的幾大宮長老、宮主和幾個家族，曾經那麼高高在上的大人物們面對那麼恐怖的力量，也無力抵抗。死的死、傷的傷，還活著的都倉皇逃了，而他們這些邊緣人物和外府的小修士家族們，全都僥倖地逃過了一劫。

都說是慈藏道君在三聖山閉關時就入了魔，所以才會屠殺如此多的人，毀去了庚辰仙府的萬萬年基業。

庚辰仙府就如同一座高塔，失去了頂樑大柱後坍塌的速度之快，遠超乎所有人的預料，被庚辰仙府欺壓了多年的其他修仙門派一擁而上，瓜分了還在惶惑中的庚辰仙府殘餘勢力。

季無端這個清谷天脈主在這種時候毅然放棄固守，帶著一部分資源和一些願意追隨的弟子們前往摯友所在的谷雨塢，成為谷雨塢的弟子，成功避開了那段最混亂的時間。

如今將近十年的時間過去，他幾乎都要忘記當初有過那曇花一現的可憐徒兒了。

他怎麼也想不到，會在今日突然見到原本以為早已離世的人。

要說他對這個徒兒，相處不久，瞭解的也不是很多，如今久別重逢，他一時間也不知道該說些什麼話好，只是心裡感慨萬千。

季無端還在感慨，廖停雁就呆住了。她不記得以前的事了，諸位，她根本不知道面前這位小兄弟是誰啊！

聽他叫自己徒弟……這是在穿越前有的師父，還是穿越後有的師父？

廖停雁不由得又瞄一眼司馬焦，我需要一點說明，男朋友你說句話啊！

司馬焦從頭到尾就倚在一邊，坐在屋內的陰影處，他收斂了氣勢，季無端本沒有注意到他，發現徒兒拚命看向那邊，他才一同看過去。

噗通——

終於看清楚那邊坐了個什麼人的季無端，腿一軟，跪了下去。

他彷彿回到了庚辰仙府大難那一日，這位師祖屠殺著那些化神期、煉虛期，甚至合體期之上的修士有如砍瓜切菜一般，有不少庚辰仙府低級弟子在那時候才第一次見到了師祖的真容，卻被他身上的駭人殺氣與戾氣嚇破了膽子。

他的威名甚至在他前往魔域之後，在修仙界傳得更廣，導致這幾年儘管大家都知曉庚辰仙府是由他所毀，卻也不敢光明正大地辱罵這位魔王，不敢說他半句壞話，更不敢多提他的名字與道號。

現在，這個遙遠可怕的大魔王，竟然就出現在他眼前。

季無端只覺得自己的心臟被人捏緊，有些喘不過氣來。

就在這時，之前被廖停雁一腳踹飛的那個紫衣人又氣勢洶洶地回歸，身後還跟著他的那些弟子和打手們，神情憤怒地喊道：「季無端，今日我非要讓你死……」

廖停雁一看，正準備動手先把這個找事的人打發了，卻發現那個帶頭的紫衣人和這位師父一樣，猛然僵住，接著就直直跪了下去，看著司馬焦，眼睛都看傻了。他似乎比所有人更害怕，身體都在不斷地顫抖。

這紫衣人從前是某個主脈的一位弟子，身分比季無端更高，於是他也比季無端更清楚慈藏道君長什麼樣子。他帶來的人有兩位，他們也曾是庚辰仙府的弟子，同樣在那場災難裡見過師祖追殺師氏眾人，此時更是面色大變，站立不穩地往前一跪。

就算是其餘不知道發生了什麼事的，見到這個情景，也慌了。

廖停雁：「……」啊，你們要這麼誇張嗎？

男朋友沒動、沒說話，也沒看他們啊。

紫衣人的表情，就好像現代人見到了一隻活生生的大恐龍，廖停雁眼看他顫抖著顫抖著，最後驚恐地扭頭就跑，跌跌撞撞間還撞碎了幾扇門，本來就壞了的閣樓一下子變得更破了。

人跑了個乾淨，看到他們那麼驚懼的樣子，廖停雁不太好意思追著他們打，只能站在原地，看著還沒有站起來的季無端。

司馬焦也沒動，他都沒看來了又跑的一群人，而是放下手坐直了一點，看了一會兒季無端。把季無端看得渾身冷汗，臉色蒼白。

他忽然又想起那個傳聞，慈藏道君能看穿人心，看清一切內心的陰暗面。

廖停雁湊了過去，用手遮著嘴，在司馬焦耳邊問道：「那真的是我師父啊？」

司馬焦順手抱著她的腰，「嗯」了一聲：「好像是。」

廖停雁又問：「那我跟他關係好不好？」

司馬焦：「不清楚。」

看到廖停雁寫著滿臉的「事情這下子大條了」，司馬焦又對她補了一句：「不過，我看得出來，他對妳沒惡意。」

廖停雁一聽就明白了，鑒於這些年她瞭解到的修真界師徒關係，一般都是和親子關係一樣，她這個師父，應該和她關係也不錯。

她捏了捏司馬焦的手，要他放開，走到季無端面前將他扶了起來，態度也恭敬了一些。

看著自己的徒弟和大魔王親親密密咬耳朵的季無端：「……」

他恍惚中被廖停雁扶了起來，聽到她帶著點歉意地說：「不好意思，師父，我出了點事，失憶了，不記得你。」

季無端：「啊……這樣啊。」他其實根本沒聽懂廖停雁在說什麼，他衝擊太大，還回不過神來。

他這次出門帶來的兩個弟子一瘸一拐地找了上來，這兩人的修為都不是很高，被紫衣人打進了湖裡，這時候紫衣人走了，他們才沒了束縛力，連忙上岸尋找師父。

「師父，您怎麼了？」

兩個弟子是他後來在谷雨塢新收的弟子，沒見過司馬焦，也沒見過廖停雁，只覺得向來慈愛的師父不太對勁，十分擔心。

季無端一個冷顫，抓住了兩名弟子的手，生怕他們哪句話說錯，惹得心狠手辣的師祖動手。只要師祖微微動念，他們就不知道會死成什麼樣子。

廖停雁看這個師父嚇成這樣，咳嗽了一聲道：「師父剛才沒受傷吧？」

一個小弟子好奇地看她：「師父?這位師姊怎麼喊您師父?方才是這位師姊幫忙趕走了那些白帝山的人嗎？」

季無端看向沒什麼表情的司馬焦，又看了看露出笑容的廖停雁，說道：「這是為師……幾年前失散的弟子，你們的廖師姊。」

說是師姊，他說完後才察覺這徒兒如今的修為還比自己要高，一時之間覺得自己是不是介紹錯了。但又轉念一想，確實是自己徒兒，他未曾逐她出過師門，不論她是什麼身分，如今自然還是自己的弟子。

他硬著頭皮介紹了，準備看著廖停雁的態度隨時改口。

結果廖停雁也沒有反駁的意思，看向兩個小弟子，態度和善：「原來是師弟啊。」

兩個小弟子紛紛乖巧地喊她師姊。

「師父和師姊能久別重逢，真是喜事一件！師父，師姊也要回我們谷雨塢嗎？」

季無端的心臟都快停了，想把這活潑的小弟子嘴巴堵上。這傻小子，話能隨便說嗎？他顧慮著廖停雁如今的身分，主要還是因為司馬焦。

雖然徒兒看起來和師祖關係親密，但也不知道是什麼關係，如今她好好地活在世上，還有了這樣的修為造化，與他這個師父以及一群師兄們，早就不是同個世界的人了，該如何相處呢？

廖停雁也很猶豫，她不知道該怎麼和這個突然出現的師父相處。按照她的社畜習慣，開場白一定是寒暄一陣子，接著找個地方先敘敘舊，再一起吃吃喝喝的，最後留下聯絡方式分道揚鑣，才能日後再約。

可是司馬焦現在在這裡，她還沒忘記他的存在呢。

廖停雁和季無端都不由得去看司馬焦。

話多的小弟子又有話說了：「咦，這位前輩是？」

季無端想把自己的好奇話多弟子縫上嘴，但他又不敢在師祖面前亂動。

司馬焦走到廖停雁身邊，終於說了一句話：「你們師姊的道侶。」這是對那個小弟子說的。

「多年不見，不帶徒兒回去敘敘舊嗎？」這句話是對季無端說的。

「去谷雨塢看看吧，那裡景色很好。」這句話對廖停雁說的。

季無端腿一軟，又想跪下了。師祖要去谷雨塢！可他能說不能嗎？當然不能，這師祖如果一個不高興，連庚辰仙府都能弄垮，更何況他們區區一個谷雨塢。

唯一讓他略感欣慰的就是，師祖與徒兒說話時的語氣更加溫和一些，看樣子，那句道侶應該不會有虛。

「師姊的道侶，就是我們的師兄啦！」

聽著自己的傻徒弟喊師祖為師兄，季無端差點忍不住把這孩子埋到地底。

他發覺師祖並沒有想要暴露身分的意思，只好勉強維持住了表面上的鎮靜，小心地問：「那您……你們如今，便與我們一同去谷雨塢小住？」他用的稱呼含糊，說得也特別小心。

當然是小住，誰不知道慈藏道君如今在魔域呼風喚雨，就快一統魔域了，難不成他還能長住在谷雨塢不成？

廖停雁聽到師父的這番話，感覺自己像是帶著丈夫回娘家，她應了一聲：「如果不麻煩的話，我們就去看看。」

話說，「回娘家」總是要帶禮物的吧？

司馬焦看了一眼廖停雁沉思的側臉，笑了一下，拿出一枚小瓶放到季無端面前：「你的身上有傷，服下這個。」

季無端又是一個腿軟，差點就要跪下了，緊緊抓著一個徒弟的手才堅強站住。他拿過那個藥瓶，心中忽然升起受寵若驚之感。這可是慈藏道君啊！只聽說過他收別人性命，沒聽過他送人東西的。

他們一行人往谷雨塢出發，在路上，季無端就想開了，像慈藏道君這樣的人物，若是真想做什麼，整個修真界恐怕也沒人擋得住，他既然沒有惡意的樣子，那自己也該大方一些，總不能讓徒兒丟臉。

他是想開了，就是不知道谷雨塢的塢主和那些長老們能不能想開。

谷雨塢在這諸多修仙門派裡並不起眼，屬於中庸之輩，大概就是現代各種大學裡的農業類科系，塢中弟子大多不擅長打架，就擅長養殖生產。他們種植的靈穀、靈果、靈藥等遠銷各大門派，因為這個特性，谷雨塢所在的地域景色優美，地方也大，但當然和庚辰仙府不能相比。

谷雨塢弟子也不是很多，還多數都沉迷於種田，算是弟子之間的關係比較和諧的修仙門派。

他們回到谷雨塢，首先看到的就是一畝畝綠油油的農田。與凡人田地不同的地方，就是那些泥土分為不同顏色，植株的顏色也有各種差異。

「這是一般的普通靈穀，在這裡種植的都是一些外門弟子。」季無端向她介紹。

廖停雁看見田間低頭挽著袖子，正在觀察植物生長狀態的谷雨塢弟子，覺得這門派畫風真是別緻，別人都是怎麼飛仙、怎麼耍帥的，只有他們一進山門，就是一大群人在種田。

「季長老，你們回來啦！」

遠方有弟子和他們打招呼，打完招呼又鑽進了田裡。

季無端把徒兒和師祖送到自己的竹林幽圃，然後長長地吐出一口濁氣，匆匆去找塢主和其他長老說明此事。

塢主和長老們聽聞此事，都跪下了。

大家跪成一片，面面相覷，覺得腿軟一時之間也站不起來，乾脆就著這個姿勢談話。

「無端啊，你真的不是騙我們的？那個、就是那位？真的，真的現在就在我們谷雨塢？」塢主說到後面，聲音低不可聞。

季無端苦笑著：「我怎麼敢拿這種事和大家開玩笑呢？」

「完了完了，我們現在召集弟子們趕緊逃跑，能不能逃掉一半？」一個胖嘟嘟的長老說。

「可別這麼做，惹惱了那位，我們一個都跑不掉。」滿臉桃花的風流長老愁眉苦臉。

季無端見到好友這副模樣，心中有些歉疚，道：「其實，也不用如此焦慮。那位，似乎對停雁徒兒很是不錯，他應當只是陪停雁徒兒四處走走，恰好過來看看罷了，只要我們不刻意去惹怒那位，應當會沒事的。我只是覺得，大家該約束一下弟子，不得讓他們隨意去那位面前放肆，以免惹怒了他老人家。」

「沒錯沒錯，還有我們應當前去拜見一番，不然他老人家若是覺得我們不恭敬，遷怒了怎麼辦？」

大家討論了一陣子，都去換上了自己最體面的衣裳，梳了最正式的髮型，帶上最貴的寶貝當見面禮，然後互相壯膽著，前去面見傳說中的慈藏道君。

然後他們就見到谷雨塢內那些年紀小的弟子們，都圍去了竹林幽圃，正在看著季長老失散多年的徒弟。

「沒騙你們吧，我說了我這位師姊長得好看極了，我師父只有這一位女弟子呢！等到大師兄他們都回來了，見到師姊，肯定也很開心。」

「廖師姊，妳這個叫瓜子的東西真好吃，我怎麼沒見過啊？我們谷雨塢種了很多靈果，我還沒種過這種的呢。」

一群弟子自來熟地擠滿了院子，季無端絕望地聽著他們嘰嘰喳喳，還聽到停雁徒兒說：「這樣啊，我給你一點，你試著種種看吧？說不定真的能種出來。」

「真的嗎？謝謝師姊！」

「師弟師弟，分我幾粒！」

「師姊，這位師兄是妳的道侶，他怎麼不說話？」

廖停雁跟他們開起玩笑：「他不喜歡說話，你們可別吵他，不然他生氣了，就把你們抓去魔域賣了。」

一群小弟子哈哈哈笑了起來，空氣中充滿了歡樂的氣氛。

只有人群後面的塢主和一群長老，虛虛地扶住了身旁的竹子，抬起袖子擦臉上的汗。

∞ ∞ ∞

蘇橫林風塵僕僕地趕回了谷雨塢，在山門前遇到了同樣趕回來的師弟楊樹風，兩人神情都帶著憂慮和一絲焦急。

「楊師弟，你可也是收到了師父的信？」

楊樹風點頭：「是！只是師父如此急著要我們回來，不知是不是谷內發生了什麼要事？」

「我們儘快回去拜見師父，便能知曉了。」

二人進了山門，發現似乎並沒有什麼事，谷中的弟子們還是一樣各做各的事，臉上也不見憂愁，還有人哈哈笑著對他們說恭喜。

師兄弟兩人滿頭問號，恭喜什麼？

一位年長些的師兄對他們笑道：「你們早年失散的廖師妹回來了，正住在季長老的竹林幽圃呢。」

蘇橫林和楊樹風兩人都大吃了一驚，他們兩個是季無端的親傳弟子，當年也見過廖停雁，雖說沒有相處很久，但還是記得這位可憐的師妹。

二人對視一眼，眼中雖然有疑惑驚愕，也有些喜色。

「師父，聽說廖師妹回來了？」蘇横林作為年長的二師兄，一身灰綠長衫格外端莊溫和，面容倒比季無端這個師父還要成熟些。他剛帶著師弟走進竹林幽圃，揚聲問罷後，一眼就看到了躺在竹椅上的兩人。

一男一女，女子自然是面容有些熟悉的廖師妹，而男人……

廖停雁聽到聲音揭開眼罩，就看到兩個男子噗通跪下，而司馬焦看了那兩人一眼，懶洋洋地翻了個身。

廖停雁覺得，可能師祖身上有這種「別人看到他就要跪下」的被動技能。

「兩位……師兄？起來說話吧。」廖停雁扭頭對屋內喊了一聲：「師父啊，又有兩個師兄回來了。」

「回來了啊。」季無端從屋內出來，看到兩個弟子的神情，又是無奈，又是想笑，只好上前把兩人都帶進了屋，先好好解釋一下。

慈藏道君在谷雨塢住了兩日，沒有任何要動手的意思，平常只是在那裡坐著或者躺著，對人雖然面無表情，也不愛搭理人，但從塢主到所有知曉他身分的長老，全都對他感恩戴德。

多麼和善的態度啊！相比起被他搞垮的庚辰仙府，他們簡直幸運得不行！甚至他們都懷疑慈藏道君如今是不是放下屠刀，立地成佛了。

季無端有八個弟子，前五個都是在清谷天收下的，廖停雁是他第六個弟子，第七和第八兩位弟子則是到谷雨塢之後，新收入門下的。

先前已經有三位弟子回來了，他們也曾在災難之日見過慈藏道君的真容，剛回到谷雨塢看到當初那位毀天滅地的慈藏道君竟然躺在家中睡覺，他們也嚇得不行。因此季無端對於安撫徒弟這件事，現在真的算得上是熟門熟路。

他安撫了兩個弟子，又詢問他們二人：「此次出去，你們可尋到了靈源？」

兩個弟子都露出羞愧之色：「我們二人都未能尋到。」靈源難得，他們在外面兩年都沒找到消息。

季無端暗嘆了一口氣，也沒再多說什麼，只道：「既然如此，也不要強求了。眼下你們一路奔波勞累，還是先回去休息吧。還有，既然你們都回來了，明日要為你們廖師妹辦一場宴會，可莫要忘記了。」

兩人這才想起廖停雁。廖停雁剛入門三月有餘即遇上師祖出關，離開了清谷天，彼此相處不多，他們要說感情確實是有，但並不深厚，如今兩位弟子心中難免忐忑。

「廖師妹她與……那位，究竟是？」

季無端道：「慈藏道君自稱是停雁徒兒的道侶。」

兩人再度震驚，「道侶」這個名分不是簡單就能定下的，更何況以那位師祖的身分性情，怎麼也想不到他會願意給任何人道侶的身分。

「不用疑慮過多。」季無端調整好了心情，教導徒弟們：「你們二人要對停雁徒兒照顧親厚，對慈藏道君恭敬，閒暇人士不要湊到他面前便是了。」

眼見兩位師兄震驚又畏懼地和她打了招呼離開後，廖停雁戳戳司馬焦的肩膀，小聲地問：「他們都很怕你啊？」

司馬焦：「但凡知曉我名字的，誰不怕我？」

好像是，她當初以為自己是師雁的時候，魔域那麼多人提起這個冬城大魔王也是畏懼居多，現在到了修真界，更是如此。

好像就只有她一個人不怕？

她還是師雁的時候，聽到大魔王那麼多恐怖事蹟，可是心裡也不是很怕，聽到司馬焦這個名字後，更完全不覺得可怕了。或許，這是潛意識的原因？

她將自己的竹躺椅拉近了司馬焦，把腦袋鑽進他的脖子裡。

司馬焦閉著眼睛一手按住她的腦袋，摸到她後頸捏了捏：「怎麼樣，怕了沒有？」

廖停雁：「噗哧！」

走出來準備詢問徒兒是不是要吃午飯的師父，默默地又退了回去。看到徒兒和師祖親親密密地靠在一起，像一對有情的小兒女說著悄悄話，他不好意思，也不敢湊過去。

但他真的有些佩服這個從前不聲不響的徒兒了，她敢偷親慈藏道君，敢抱慈藏道君的腰，還敢把慈藏道君的頭髮編成辮子，這是何等的勇氣啊！

谷雨塢不少的弟子都回來了，他們不比幾個見過慈藏道君的師兄，大多都不清楚司馬焦的身分。知曉內情的長老們，表面上是讓他們過來見見季長老找回來的徒弟，順便大家一同飲宴聯絡感情，只是那些弟子私底下都被自家師父長輩耳提面命過，千萬要表現出不卑不亢又溫厚可靠的風範，要有同門之誼，其餘的話都沒說。

谷雨塢的宴會，之前本來都很是隨意，但這次考慮到司馬焦，眾長老就決定好好操辦，要辦出規格，照庚辰仙府從前的陣仗來。

還是季無端覺得不太妥當，特地去問了廖停雁。

廖停雁一聽，就說：「既然這樣，也不用忙碌了，大家一起吃燒烤好了，我這裡有很多燒烤架，聽說師兄、師弟、師叔、師伯們都各自有擅長種植的蔬果和餵養的牲畜，大家也不必帶什麼見面禮了，就帶點自己種出來、養出來的菜和肉就好。」

廖停雁也是怕了這些同門，之前一群長老說來送見面禮，看著那些東西，她差點以為司馬老闆是惡名昭彰的強盜頭頭，使得這些人不得不上供最寶貴的東西破財消災，真是讓人哭笑不得。

如果不考慮慈藏道君的身分，廖停雁說的這種大家聯絡感情的宴會方式，更符合谷雨塢的情調，季無端考慮再三後，又看到慈藏道君對徒兒的愛護遷就，決定按照廖停雁說的去做。

於是，谷雨塢召開了一場史上規模最大的燒烤晚會，並不是所有人都嘗試過這種宴飲方式，還滿新鮮的，紛紛響應加入，還未開始就有不少人自帶食材入場。

「廖師姊，妳覺得我們的青靈瓜哪一個更好？」面容相似的兩個年輕修士異口同聲地問。

廖停雁一手拿著一片瓜果，各自吃了一口，細細品味，沉吟不語。

這兩位師弟都是植物種植系的，兩人又種了同一種青靈瓜。他們是雙生兄弟，感情很好，但他們也喜歡種同一種東西，然後互相競爭，谷雨塢內不知道有多少人曾經被迫做過裁判。

今夜的宴會名目是因為廖停雁，她自然也扯上了這件事。

「廖師姊，妳覺得我們誰種出來的青靈瓜，才配被稱為青靈瓜！」兩個師弟又異口同聲。

廖停雁舉起左邊那片瓜：「這個瓜甜。」再舉起右邊的：「這個瓜脆。」

「我覺得，分別叫青靈甜瓜和青靈脆瓜好了。」

兩個師弟面面相覷，忽然哈哈大笑，喊了聲謝謝師姊之後就跑走了，之後又送來了不少切好的瓜果。

「廖師妹，還有妳的道侶，來，嘗嘗師兄養的小仙黃牛肉，剛才我家的師妹用調味料仔細醃漬炙烤了，滋味特別好。」一位師兄替他們送來烤肉。

分量足夠，香味濃郁。捧著另一份牛肉的師弟饞得不行：「廖師姊快嘗嘗，我師兄最不肯殺他那些寶貝仙牛來吃了，這些牛肉我們自己也難得吃到呢！」

說著把手裡那份往司馬焦面前推：「師兄吃啊！」

這一個舉動，看得旁邊那些假裝喝酒的長老們眼皮不停抽搐。

這些長老們擔心不知道內情的弟子們會冒犯慈藏道君，只能坐在附近時時注意，看到這一幕，真恨不得上去把那小弟子扯開，把肉迅速端走，他們知道慈藏道君不會碰那些食物的，惹怒了他可怎麼辦！

廖停雁這時候一把將司馬焦面前的那份，也捧到自己面前：「他這份也是我的。」反正師祖男朋友基本上不吃東西，他就是那個不染人間煙火，吃風喝露就能活的小仙男。

長老們暗自順了一口氣。

小弟子哇了一聲，羨慕道：「真好啊，有道侶的話，就能吃雙份的，我也想有道侶啊，廖師姊，道侶很難找嗎？」

廖停雁想了想：「應該不難找吧。」她找都沒找，道侶自己就出現了，簡直就是送的。

司馬焦笑了一聲，是那種意味不明的笑聲，惹得廖停雁奇怪地看了他一眼。

小弟子：「真的嗎，為什麼很多師兄們都找不到道侶呢？」

燒烤場地頓時響起一片咳嗽聲，單身狗師兄們成群結隊守著燒烤架，各自處理帶來的食物，聞言都有淡淡的心酸。

谷雨塢的女弟子真的很少，然而外面門派的女弟子們，更喜歡用劍的劍修和法修那類人，他們這一種類型，並不被青睞。而且，眾多谷雨塢弟子沉迷於種田，也沒有時間去認識女弟子。

「廖師妹，來嘗嘗這個穀酒吧，是我與師妹自己釀的，用來釀酒的靈穀也不同於外面普通的靈穀，是我種出來的變異種，這酒的滋味很好，喝多了也不會醉，對身體是有些好處的。」一位溫柔的師姊送來了飲品。

之後就來了七八位師姊師妹，送了很多花蜜、花膏之類的，能夠滋補養生、美容養顏的飲品，還有個師妹送了她許多手工製作的純天然靈草化妝品，跟她分享了很久的使用心得。

連旁邊時不時偷看他們的一位長老，都遞來一大罐的蜂蜜。

「這蜂蜜可難得，都是純粹的杞靈花蜜呢，當初我師父要了許久都沒討到幾勺，還是廖師妹得人疼，師伯這才捨得。」一個弟子不明所以，只當自家師伯難得大方一回，笑著說了兩句，被那長老瞪著眼睛，掐著脖子抓走了。

燒烤架在旁邊的幾個師兄師弟招呼：「這些素菜也別有一番風味，師妹要不要？」

廖停雁走過去拿了不少素菜回來，一個師弟問她：「師姊，這是我種的甜瓜，妳要烤一烤來吃？很好吃的！」

師兄們把他按到一旁，紛紛對廖停雁露出笑容：「這小子口味與我們不同，別聽他的。」

「師侄，來，嘗嘗這烤鴨，我們塢內養了許多綠花鴨，肉質鮮嫩，是上好的靈鴨，就連醬香記那個鋪子，都來找我們求貨呢。」又有一位師叔送來鴨子。

廖停雁一聽，詫異道：「醬香記的醬鴨是塢內養的？我很喜歡吃那個醬鴨！」

對，她在魔域鶴仙城，經常光顧的醬鴨鋪就是從修真界進口，醬香記出品，在那個黑暗料理橫行的魔域，她靠著醬鴨撐了那麼久的命。沒想到她和師門的緣分深厚至此！就因為這個醬鴨，她對谷雨塢產生了非常多的好感和歸屬感。

那可是她吃了多年的醬鴨啊！竟然是師叔養的！

司馬焦感覺到她內心的激動，眉毛微微動了動。歸屬感這件事，她是不是太容易產生了？

廖停雁：呵，這裡有這麼多好吃的，無機純天然養殖培育的蔬菜瓜果和肉肉，我超喜歡的。

師叔聽她這麼說，頓時開心大笑：「既然喜歡吃，我多替妳抓一些，下回要是還想吃，自己去後山的雲湖抓便是了。」

說到這裡，他臉上笑容微微收斂：「只是可惜，近年後山的靈氣沒有從前濃郁了，綠花鴨的滋味比不上從前。」

廖停雁啃鴨子的動作一停：「師叔，這是怎麼回事呢？」

這師叔並不知曉司馬焦的身分，聽新師侄問起，就解釋道：「靈氣消退都是正常現象，或許是被地脈影響，或許只是靈氣枯竭。也不知道雲湖還能養多久的綠花鴨，若是靈氣再度減少，我就要替那些鴨子們找其他的地方了，可是這樣的好地方哪那麼好找，說不定那些綠花鴨再吃上幾年就沒有啦。」

長老們對他使勁地使眼色，想讓他閉嘴趕快滾，然而這位師叔壓根沒注意到自己的師父和一群長老們在後面眼角抽筋，他最近為了這件事操碎了心，被問起難免多說了幾句。

「不過塢主與長老們都在想辦法，等找到靈源，埋進後山那一片地界，日子久了，或許能生出新的靈脈，就能暫緩靈氣消減。可惜這靈源珍貴，哪有那麼容易得到？一群弟子長老們輪流外出尋訪，至今都沒能尋到。」

廖停雁神情嚴肅，這不是件小事啊，要是吃了多年的醬鴨停產了，想想就覺得難受。

司馬焦：「……」

他扶了扶額。

師叔又擺了擺手：「不過這件事跟你們這些晚輩沒有關係，既然回來了，就好好吃吃喝喝！來，再多吃一點！」

這天晚上，廖停雁吃了很多，那些食物積攢下來的靈氣都讓她覺得有點飽了。飽暖就會思……思考人生。

廖停雁抓著司馬焦的手：「老闆，你覺得，那些好吃的鴨……後山靈氣有救嗎？」

司馬焦：「有。」

廖停雁：「真的！不過要解決這件事是不是很困難？」

司馬焦要她拿出妝盒，隨手打開一個抽屜，從裡面拿出了一條白色的圓珠項鍊。在廖停雁疑惑的目光中，他指著那條用八十八顆珠子串成的項鍊：「這就是他們找了好幾年，都沒找到一顆的靈源。拿兩顆就足夠用了。」

廖停雁：「？？？」

她之前還嫌棄這條項鍊醜來著。

8　8　8

「諸位，如何？這可是一個天大的好機會！」白帝山的主人風帝語氣激昂：「如果真的如我門下弟子夏衍所說，那慈藏道君如今孤身來到修真界，不正是我們聯手圍剿他的好機會嗎！」

風帝說到激動處，從那鑲赤金、嵌著靈玉的位置上站起來，一副領導者演講的模樣。

可是，在場眾位大小仙門卻沒人應和，一時之間氣氛有些尷尬。

風帝覺得不快，看向與白帝山地位相當的赤水淵：「虞淵主意下如何？」

那穿著火紅長袍的虞淵主正吹著自己的指甲，彷彿指甲上長出了什麼稀罕的花，眼睛都沒移開過，嘴裡含蓄敷衍地應了兩聲：「喔，嗯，我覺得此事不簡單啊，再議、再議吧。」

見他這般沒個正經的模樣，風帝又看向旁邊的拜天宮：「宮主覺得呢？」

拜天宮宮主眼神迷茫，風帝喊了兩聲，才見他慢吞吞動了動，「啊」了一聲，很是茫然地問：「何事啊？會議結束了？」

風帝差點被他們氣死，可拜天宮和赤水淵與白帝山的勢力相差不大，他又不能與這兩尊真的鬧翻，只能暫時忍下來，去問五個主位裡剩下的兩個：「瑞老和商城主呢，您二位應當有些氣魄吧？」

瑞鶴鄉老頭的旁邊不知道什麼時候擺上了星棋盤，正在沉迷地下著星棋，理也不理會他，只有琵琶城的城主商琴音耍著一根釵，撩起眼皮看他一眼，撇撇嘴道：「當我們傻子呢？你把我們叫來後，隨便說兩句話，然後要我們去替你賣命，成全你當老大。天下哪有這麼好的事情？」

風帝被她激得臉色忽紅忽白，表情難看地環顧其他中小門派掌門們，所有人都沒和他對視，低頭的低頭、扭頭的扭頭，還有假裝看著袖子上花紋出神的，一群人都是死豬不怕開水燙的調調。

風帝心中覺得這些人實在沒用，被庚辰仙府壓了多年，現在更是半點氣性都沒有。

他重重哼了一聲：「看來你們仍是不相信，我的弟子夏衍從前乃是庚辰仙府弟子，他能確定那是慈藏道君，我也派了人前往谷雨塢查看，那位的確什麼魔將都沒帶。」

「當年庚辰仙府之事大家都知曉，他受到那般重創，恐怕幾十年內都難以復原。他如今只在魔域休養了幾年，恐怕只是強撐出來的架子，不然他回歸修仙界不會如此平靜，我們也不用如此懼怕他！」

「當年他無端入魔，滅殺了庚辰仙府諸多家族，如此深厚的血債，我們作為修仙正道，難道不該為慘死的同道聲張正義嗎？更別說如今他是魔域半主，誰知道哪日他會不會帶領魔域魔修進攻我們修仙界？說不定他此回就是悄悄潛入修仙界打探消息，為日後大戰做準備！如此，我們更該早日滅了這災禍之源！」

風帝振振有詞，說完滿室皆驚，他見到眾人驚訝甚至是驚恐的眼神，轉身看向他……身後。

「啪、啪——」清脆的鼓掌聲，在極靜的室內響起。

風帝剛剛正說著話，人已經往前走了幾步，如今他便見到他之前的位置上，坐著一個黑袍的年輕男人。

這男人膚色白皙，黑髮披垂，放下了鼓掌的手，道：「說得極好。」

在座的眾人，幾乎沒人曾親眼見過那位慈藏道君的真容。他在修仙界曇花一現，又著實神鬼莫測的，讓所有人都不得不畏懼又嚮往，如今見到這悄無聲息出現的男人，所有人心裡都同時出現一個名字。

是他，司馬焦。

如果不是慈藏道君司馬焦，又有何人能在眾多大能修士齊聚一堂的時候，不引起任何注意突然出現，又安然坐在最上首呢？

「第一仙府壓在你們頭上太久，如今這座大山沒了，你吞了些殘羹剩飯，就迫不及待地想要取代曾經的第一？」司馬焦的聲音裡雖然沒什麼情緒，卻莫名令人覺得充滿了諷刺與不屑。

風帝方才說得頭頭是道、義正言辭，如今見到了司馬焦，他卻不敢多說一個字，只能退後幾步，額頭冷汗直流。

司馬焦注視著他：「你準備如何對付我？聯合這些人圍剿谷雨塢？」

風帝只覺得腦子一疼，彷彿有一隻手毫不留情地在靈府和腦子裡翻攪，他不想開口，然而卻抗拒不了地，如實回答道：「先抓那個廖停雁……」

「啪嚓——」

在場所有人的臉色都白了。

風帝的修為是在場最高的，如果不是這樣，眾人也不會看在他的面子上，前來參與這一場私會。

可是有這般修為的風帝，卻連反抗都沒能夠反抗一下，就在他們的眼皮底下被慈藏道君捏開了腦子，連魂魄都發出一聲尖嘯，被慈藏道君手中升騰的火燒了個乾淨，神魂俱滅了。

他究竟是什麼修為？

虞淵主等人臉色大變，滿眼警惕又恐懼地盯著那突然發難的慈藏道君。

他該不會一怒之下，把他們全都滅了吧？這位連庚辰仙府都說滅就滅，更何況是他們。不少人心底就免不得開始埋怨那個風帝，自從白帝山吞併了庚辰仙府許多勢力地盤後，就越發膨脹起來，如今倒好，不僅自己送死了，還要連累他人。

司馬焦坐回了上首那個位置，場中無一人亂動，也沒人敢走神竊竊私語，全都坐在原地，不敢看他。

「我想要一塊地方。」司馬焦平靜地開口道：「魔域出口附近，往外劃分八千八百里，到孤群山脈止，日後都屬於我，所有修仙門派外遷。」

眾人一聽，全都愣住了，幾個聰明的人已經明白了這師祖的意思，頓時心中大喜！不怕師祖有要求，就怕他沒要求啊！畢竟師祖如果願意，完全可以搞死他們所有人，想要什麼再直接拿，如今願意跟他們交流，就表示不會撕破臉了。

而他要求的那一片地雖有些靈山寶地，但與大多修仙門派都相隔比較遠，因為臨近魔域，風氣也比較彪悍。如果能拿一塊地方給這位老大，交換他們的安穩生活，他們當然求之不得。

司馬焦出門時廖停雁並不知道，他們也不是每時每刻都在一起，她被司馬焦指點了靈源所在後，一早就去找師父了。

雖然她覺得只是付出了一條項鍊——還是她不太喜歡的一條，但這件事對谷雨塢來說是大事，所以季無端師父又帶著她去找塢主，和一群長老開會。

一聽說她願意拿出那麼多靈源幫塢內渡過難關，眾多長老熱淚盈眶，馬上都忘記了對慈藏道君的恐懼，紛紛對著廖停雁一頓誇獎，然後一群人簇擁著她前去後山實地勘察，要告訴她靈源都會用在哪裡，還準備讓她單獨劃分一塊地作為小小的獎勵。

「日後這一塊山谷都分給妳了！」

塢主劃出一大塊的地方。

廖停雁：「不了不了，給我師父吧，我不會種田。」

季無端：「也行，放在妳名下，讓妳幾位師兄幫妳種，想種些什麼與為師說就好。」

因為這件天大的喜事，谷雨塢又辦了一次盛大的宴會，這次廖停雁提議改吃火鍋，還是大家自帶食材，廖停雁那一桌的食材各色各樣的，都擺不下了，養鴨子的師叔尤其大方，嫩嫩的鴨肉堆了一堆。

司馬焦在宴會開始前在廖停雁面前晃了一圈，隨後就回到幽圃泡水，讓廖停雁一個人吃吃喝喝。沒有司馬焦在場，所有人都莫名放鬆，一連吃到了半夜才散場，師姊們拿出來許多自釀的烈酒，不知道喝倒了多少的師兄弟，廖停雁也多喝了一點，有點暈乎乎的。

她走到幽圃後面的石潭邊，見到了泡在水中的男人。

司馬焦睜開眼睛，看到她抱著腦袋坐在潭邊看自己，眼神有些迷濛。他伸出手，被袖子帶起的水花嘩啦啦響了幾聲，沾著水的冰冷手指在廖停雁臉上撫了撫。

「玩得開心嗎？」

廖停雁清醒了一點，點了點頭，笑了一下：「師兄他們種的菜、養的肉都很好吃。」

每次司馬焦在水裡泡著，見到廖停雁時總是喜歡把她拉下水，只是這一次，他沒有這麼做，而是用手描摹著她的眼睛。

廖停雁覺得他手涼涼的，十分舒適，用手摸了摸他的手背，貼了上去，無意識地將鼻子都埋在他掌心裡。

「醉了？」司馬焦問。

廖停雁搖頭：「沒有，喝不多，師姊們沒讓我喝烈酒。」

她話一說完，就把捧著的司馬焦右手丟回水裡，又去撈他的左手：「這手不冰了，換隻。」

司馬焦把手給她：「嗯，醉了。」她不記得從前的事之後，很少這樣主動和他親近。

廖停雁沒有醉，只是夜色這麼好，天上的明月那麼圓，映在潭中，泡在水裡朝她露出淡淡笑容的絕色男人令人忍不住怦然心動，想要更親近一點。

有時候，人不願意承認是某個人迷人，便藉口是月色惹禍。廖停雁搖晃了一下，踩進了潭水裡，伸手摟住了司馬焦的脖子，把臉埋在他冰冷溼潤的懷裡。這是個冰冷的懷抱，司馬焦也反手摟著她，一手習慣性地捏了一下她的後頸，再順著她的頭髮。

潭中的月亮在他們腳邊，天上的月亮掛在潭邊的桂樹梢頭。

潭水裡有掉下來的桂花，廖停雁摸到幾朵零星掉在手背上的小花，就塞嘴裡嚼了嚼。

「你吃桂花嗎？」

司馬焦懶散地回答她：「唔……不吃。」

廖停雁拉著他的衣襟，湊上去親他。

過了一會兒，司馬焦捏著她的脖子把她拉開：「太香了，這股味道。」

廖停雁噗噗笑出聲來。

「你為什麼總是看著我看一會兒就笑？以前也這樣嗎？」廖停雁忽然問。

司馬焦挑眉：「我有總是笑？」

廖停雁：「有啊。」

司馬焦搖搖頭，似乎是不太相信，但不想和她爭執，於是「喔」了一聲：「那就有吧。」

其實真的有，有時候廖停雁就很平常地在那裡嗑瓜子，不小心掉了一粒，咬開的瓜子仁落在地上不能吃了，她露出一個有點喪氣的表情，一轉過眼睛，就看到司馬焦正在看她，彷彿被她的神情逗笑了，露出個短暫的笑容來。

有時候廖停雁翹著腿在看直播，忽然來了興致去數大廚房燉了幾個豬蹄，不自覺嘟起嘴，就見到旁邊的司馬焦看著她笑了一下。

有時候她只是換了件衣服，轉個圈，觀察裙子飄起來的樣子，會發現司馬焦也在看著她微微笑著。

可是她以前只聽人說司馬焦是個心狠手辣的人，沒聽過他愛笑。可能，只有她知道這個祕密。

第十八章　如果嚴冬即將到來，他會為我留下火焰

他們在谷雨塢住了一段時間，日子平靜極了。谷雨塢裡沒有什麼紛爭，不像其他地方，他們一群弟子總是聚在一起吃吃喝喝，廖停雁偶爾會聽他們提起外面很亂，說什麼白帝山的弟子爭權，搞得烏煙瘴氣，被其他修仙門派占了便宜什麼的，反正谷雨塢通常不會參與這些，他們是修仙界最大的靈糧原料供應地。

廖停雁每天身在糧倉，都差點忘記自己的道侶其實是個魔域魔主。

「該回去了。」司馬焦說。

廖停雁想了一下，頓悟：「喔對！紅螺應該快要出生了！」

司馬焦不是指這個，不過他也沒說什麼，帶著廖停雁回去魔域。在那之前，他還帶她去了另一個地方。

「這裡是？」

「秋葉岱山、寒沙縈水、岱縈山。日後，這裡會建起宮殿，妳可以住在這裡。」

「可這裡是魔域外面？」這麼隨便就劃分好地盤了嗎？

「所以？」

「這塊地盤？」

「屬於妳了。」司馬焦點了點那望不到邊際的遠山：「八千八百里，到孤群山脈為止。」

廖停雁：「……」

想想，她在原本的世界連一個套房都買不起，現在呢，這麼大的地要用來幹嘛？

她都回到魔域了，還在思考這個問題。

回到魔域，大黑蛇先來迎接，牠跟著其他魔將去打南方三城，誰知道打下來了回來邀功，卻發現祖宗不在，不知道去哪裡了，連好不容易找回來的廖停雁也不見了，牠獨自待在禁宮之中，簡直待出了憂鬱症。

然後廖停雁拖著變小的犬系黑蛇，見到重生的紅螺。她在孕體裡就得到了各種靈藥澆灌，出生後才沒幾天，已經長成了三四歲的幼童模樣。

廖停雁一開始還沒反應過來這小女娃是誰，被她一把抱住腿，聽她喊著：「有妳的！我沒想到姊妹妳竟然這麼罩！都沒想過我還能復活，還是這麼神的復活。天啊！我這是雞犬升天了哈哈哈！媽的我簡直愛死妳了，再生父母，以後要我認妳當爹都行！」

她靠這語氣跟用字遣詞，認出了紅螺。

廖停雁：這出口成髒的調調，倒是和司馬焦那簇童音火苗有點相似，認他當爹可能更合適。

8 8 8

「苟富貴，勿相忘。」這句話是從前廖停雁對紅螺說的，她那時候還化名叫做呂雁，在胭脂樓當保全。紅螺收入比她高，混得也比她好，兩人當上朋友後，紅螺就常請她吃飯，有時候見到她了，還會隨手丟個果子什麼的讓她嘗鮮。

在胭脂樓那種地方工作，難免會遇到一些危險。廖停雁曾受過工傷，可惜魔域又沒有員工保險、工傷賠償，魔域裡人情淡漠，那時還是紅螺將她拖離戰場，後來還幫忙弄到了一枚不錯的丹藥治傷。

廖停雁這些都記得清清楚楚，見到如今這個活蹦亂跳，狂喜亂舞的紅螺，她也感到很高興。兩人說起分別後的一些近況，聽到廖停雁說完自己和冬城老大司馬焦的故事，紅螺拍著大腿：「這他媽的什麼神仙愛情！老娘好羡慕！」

她說起自己的事，又氣得拍桌：「妳不知道，當初那兩個弄死我的傻子技術有多差！想我修煉風月多年，馭男無數，那兩個的技術能並列倒數第一！媽的，我都想變成怨靈去弄死那兩個了，我沒想到妳真的會幫我報仇。」

紅螺抿抿嘴，撲了上去，抱了抱自己的這個朋友。

「謝謝妳。」

「好了，不用謝。」廖停雁在她的背上拍了下，抱著她站起來：「走，我帶妳出去逛逛。」

紅螺立刻興奮了起來，坐在她懷裡囂張大笑：「哈哈哈哈！其實我這死一次也不虧啊，妳知道我現在資質有多棒嗎？妳看我這張天生的美人胚子臉！嘿嘿嘿，而且我現在還有個當魔域王后的親爹！」

廖停雁：「妳還真的認我當爹啊，那司馬老爺不就是妳娘了？」

紅螺迅速地一把捂住了她的嘴，緊張地左右看：「噓，被魔主聽到這句話，我會死的！」

廖停雁哈哈大笑：「哪有這麼誇張，雖然外面都傳他凶殘，但他其實不怎麼愛殺人。」她在他身邊這麼久了，就沒見他動手過一次。還殺人呢，他都不吃肉葷了，去哪裡找這麼熱愛和平的大魔王。

紅螺一言難盡地看著她：「娘啊，我的娘親啊，妳覺得魔主不可怕，那是因為你們是道侶啊！他對妳沒有惡意，妳當然感覺不到他身上可怕的氣息，我們不一樣啊，我們都是後母生的！他看不順眼，說殺就會殺了！」

「還有什麼不殺人，妳傻子啊？他殺了不讓妳看而已。嘖嘖，不是我在說，這也太講究了！妳又不是沒殺過人，他老人家還怕會嚇到妳嗎？妳當初跟我一起混的時候，可沒有這麼『嬌弱』。」

廖停雁：「講道理啊朋友，如果身邊有人替妳動腦子，妳還想自己動腦子嗎？要是有人事事都幫妳動手，妳還會想自己做嗎？」

紅螺：他媽的，好羨慕這傢伙躺著就能贏。

廖停雁帶著紅螺和繞在腳邊轉圈圈的黑蛇，在禁宮裡面瞎逛著。

紅螺：「這就是傳說中的魔主禁宮啊？外面傳的可神奇了，這樣看來，好像也沒什麼可怕的地方啊。」

廖停雁：「感覺爽嗎？」

紅螺：「爽啊！別人都不能來，就我能來，看看這殊榮，我都能橫著走路了！」

紅螺：「不過妳也太懶了，現在那麼發達了，竟然什麼都不幹。要換成是我，我能帶著大群魔將凶獸和魔主，大搖大擺地回去鶴仙城，讓那些傢伙看看老娘現在發達了，後悔死那些曾經看不起老娘的垃圾！」

廖停雁還想說什麼，剛張開嘴，又閉上了。

她們不知道怎麼的，走到了一處有兩個魔將守衛的週邊宮殿。那兩人看了一眼抱著小孩，身後還跟著蛇的廖停雁，完全不敢阻攔，後退一步請她隨便進出，其實不打算進去的廖停雁看著他們迎賓的樣子，就順勢走了進去。

司馬焦竟然坐在殿內，他面前有好幾個魔將在火焰裡掙扎扭曲，被燒成了一片黑灰，而這樣的黑灰在他面前的地面上，已經鋪了厚厚一層。

廖停雁：「……」哇。

司馬焦往旁邊站著的一群魔將裡看了幾眼，又點出了幾個人。被點到的那幾個人都神情難看，有一人更直接跪下了，哭著求饒，但還是被司馬焦連同另外幾人一起燒了。

很快的，地面上的灰又厚了一層。

紅螺看得汗毛直豎，不由自主地更緊緊抱住廖停雁的手臂，小聲說：「媽啊，那些都是冬城的魔將吧？魔主說殺就殺了？看見了嗎，妳還說他不殺人，這叫不殺人啊？」

廖停雁：「嗯——」

她的聲音雖然小，但司馬焦很快就將目光投了過來。

「怎麼到這裡來了？」

廖停雁作勢轉身：「那我先回去了？」

司馬焦朝她伸手：「過來吧。」

廖停雁只能拖家帶口，帶著見到司馬焦後抖成一團的乾女兒和小狗黑蛇，一起走向司馬焦。站在一旁的魔將和准魔將都看著她，又不敢多看她。

廖停雁坐在司馬焦旁邊，讓紅螺坐在自己腿上，這位剛才還指點江山的小朋友，這下子安靜如雞，一聲都不吭了。

司馬焦繼續點魔將出列，看他那副漫不經心的模樣，廖停雁懷疑他是隨機選人的，就是那種「太陽下山來點名」的點法。

她看到諸位魔將強撐著鎮定的樣子，忽然覺得好像以前課堂上的數學老師點人上臺解題，每一個沒被點到的人都神情嚴肅不敢大意，被點到的則是如喪考妣。

看到他們沒人試圖掙扎反殺，乖乖地上前送死，廖停雁感覺略微奇怪，魔域的凶殘魔將們什麼時候這麼純良了？

她來得太晚了，所以不知道。在那一層厚厚的灰燼裡，就有不少是絕望下試圖反抗的，可結果如何呢？不還是成了一把灰燼。

司馬焦好像殺得差不多了，揮了揮手，所有人又退下堂去。這時候的倖存人員們臉上都充斥著逃出生天的激動。

「那些是？」廖停雁看地上的灰。

司馬焦：「我不在的這段時間有了異心的東西，先處理一下。」

廖停雁感覺到自己抱著的紅螺抖了抖，只好安慰地拍了拍她。

司馬焦總算注意到了紅螺，看了這個小女童一眼：「這是什麼？」

廖停雁舉起她介紹：「紅螺，我之前想復活的那個朋友。」先在老闆這裡露臉掛個號，免得哪天不小心被老闆順手殺了。

紅螺抽了抽小短腿：「……」

朋友求妳放下我，別讓我面對魔主，講真的我現在有點怕。

司馬焦沒說什麼，拉著廖停雁起身。紅螺見機跳了下去，跟在黑蛇後面自己用走的，再也不敢待在乾媽懷裡了。

廖停雁被他抓著手，覺得他手心有些燙，這不太正常，因為他的身體總是涼涼的。她動了動手指，司馬焦抓緊了些，扣住她的手指，沒讓她亂動。

廖停雁看他：「你殺人都是直接用火燒的？」可是她以前聽說，冬城大魔王司馬焦最愛用手殺人，弄得鮮血淋漓才開心。

司馬焦沒回答這個問題，而是笑了一聲道：「他們對這奉山靈火的畏懼，已經慢慢被我刻在骨子裡了。」

廖停雁：「？」

司馬焦用拇指摸了摸她的額角，換了個話題：「我抓到了師真緒。」

廖停雁下意識「啊」了一聲。

司馬焦：「妳想去看他嗎？」

這個問題……一般正確答案肯定是不想，但是想到這些年，這位假哥哥經常接濟自己的零用錢，她覺得有必要去看一眼。

她清清嗓子問：「我能回答『想』嗎？」

司馬焦：「想就去吧。」他說得很隨意，像是並不在意，撩了一下廖停雁的頭髮讓她去了。

看看這強大的自信，不愧是世界第一的魔王。

廖停雁果真去見了被關起來的師真緒。而廖停雁離開後，司馬焦冷漠地注視著紅螺，紅螺緊張地抱緊了旁邊的黑蛇，心裡忍不住想：媽啊，這個老祖宗不會是覺得我纏著他的道侶很礙眼，想讓我消失吧？

司馬焦：「會殺人嗎？」

紅螺：「會的、會的。」

司馬焦又審視了她片刻：「我可以給妳想要的一切，日後，我要妳幫她做一些事。」

紅螺點頭如搗蒜：「可以、可以、可以！我可以！」

廖停雁不知道乾女兒遭遇了什麼，她前去見了師真緒，發現他的情況還好，就是神情憔悴了一點。

「……哥？」看在他曾經借自己錢的份上，廖停雁還是這樣叫他。

師真緒神情複雜警惕，又帶著一絲厭惡地看著她：「既然已經想起來了，還這樣叫我，妳是不是在羞辱我？」

錯了，沒想起來。

廖停雁抓了抓臉。

也許從她臉上的神情看出了什麼，師真緒詫異地睜大了眼睛：「莫非妳還未恢復記憶？既然如此，妳怎麼會投入司馬焦的懷抱？」

廖停雁：「因為愛情？」

師真緒一噎，這話題沒辦法接下去了。他腦中一轉，忽然笑了出來：「雖然要恢復妳的記憶並不簡單，但司馬焦一定能做到。他不為妳恢復記憶，妳猜這是為什麼？因為他有不想讓妳想起的東西，甚至他這段時間對妳所說的都是謊言！他在騙妳！」

師真緒如今已經沒有了任何辦法，他既然被司馬焦抓住，總歸只有一死，就算是死，他也要讓司馬焦不好受，如果能挑撥到這兩人的感情，自然最好。

廖停雁沒再說多什麼，嘆了一口氣，離開了這裡。

她想起與師千縷、師真緒生活在一起的日子。他們總是試圖說服她，生為師家人，就要為了家族而犧牲，個人的喜惡與未來是沒有意義的，只有一族一姓的永恆才有意義。

像邪教洗腦一樣，所以她總是不相信，一度懷疑自己是不是身陷什麼傳教組織。

可是，在一起生活了幾年，真的沒有一絲感情嗎？她是有的，只是這種親情不合時宜，也不能說出口，對誰都不好。

司馬焦還在外面等她。

廖停雁走過去就聽到司馬焦說：「我不會殺他，但他將被永遠囚禁在這裡。」看在廖停雁的份上，他可以不處置這個師家人的魂魄，讓他能正常地投入魂池轉世。

司馬焦說完，用拇指擦了一下廖停雁的眼角。

「只有這一個人，師千縷必須死，明白嗎？」

廖停雁吸吸鼻子點頭。

她主動牽起司馬焦的手：「我不能恢復以前的記憶嗎？」

司馬焦：「妳自己如果能想起來，就自己想。」

廖停雁又說：「我相信你。」

司馬焦：「不相信也沒關係。」他並不在乎這些。若是他喜歡的人，怎麼樣都沒關係，他願意做什麼，只是因為他願意。她信也好，不信也好，愛也罷，不愛也罷。

廖停雁靜了一會兒，組織了一下語言：「道侶，雙修嗎？開靈府的那種？」

她以為司馬焦不會答應，因為這段時間，他從來沒說過要靈府雙修，她總覺得他好像在避開她。可能是因為她失憶，覺得不太安全？

司馬焦卻答應了：「如果妳想，自然可以。」

廖停雁終於明白司馬焦為什麼不做靈府雙修了，她看到了司馬焦的靈府，大地消失了，變成一片翻湧的赤紅火漿，火焰布滿天空，鋪天蓋灼人的焰火流漿。這是一個令她窒息的靈府，她甚至不能觸碰到那些火焰，她的神魂唯一能立足的，只有一小塊開著花朵的地面。

廖停雁失神地躺著，眼睛慢慢恢復清明。

她翻過身體，哽咽了一下。

「你的靈府糟糕成這樣，換成是一般人，是不是早就痛死了？」

司馬焦將她了轉過來：「我會是一般人嗎？」

§ § §

魔域最近的大熱話題，就是冬城魔主司馬焦的道侶，對於這位很少出現在眾人眼前的女子，有人說她是魔修，也有人說她是從前修真界的弟子，各種小道消息傳得滿天飛。

廖停雁的真身是原冬城魔主麾下的細作，冬城內知曉她身分的人雖然不多，但也還是有那麼幾個，司馬焦來到冬城之後，找出了所有知道廖停雁身分的人進行詢問。

這位祖宗如果想知道些什麼，向來都是用最簡單粗暴的方法，所以等他一個個「詢問」完，所有人都報廢了，包括原來那個冬城城主。

這就導致有心人怎麼查，都只能查到廖停雁在鶴仙城的那幾年，還有一些對從前來自修真界身分的猜測，其餘的都像是無從查起的祕密，令人不由自主地對這位神祕女子多了幾分敬畏。

「神祕女子」廖停雁，每日帶著一個三頭身的小女童紅螺，和一條人見人怕的大黑蛇，在禁宮內外或者冬城裡人少的地方閒晃。

她閒晃了幾回，城內又出現了一個謠言，說她為魔主司馬焦生了個女兒，先前有段時間她和司馬焦都不在魔域，就是因為司馬焦不放心，帶她去某個祕密的地方待產。

廖停雁：「……」

紅螺：「那個傳說中的女兒是我嗎？」她對那個先讓自己死，又給了自己新生的支渾族並不喜歡，於是跟他們恩怨了結，沒有在他們族中繼續生活，只跟在廖停雁身邊。

她現在才是個剛出生沒多久的小孩子身體，這個世界上，她只相信自己唯一的朋友，當然是留在她身邊比較安心。

廖停雁不解的是司馬焦聽到這個謠言，竟然也沒反駁，還反問她：「妳不想要個女兒？」

廖停雁老實說：「不太想。」而且，雖然紅螺平常叫自己親爹親娘順口得很，但那都是開玩笑的，哪有真的當人家是親生孩子的。

她不知道司馬焦是怎麼理解的，過了兩天他就帶了個看起來五六歲的男童過來見她。男童也是一張素白的臉，黑色的眼珠和頭髮，穿著黑色的袍子，和司馬焦的臉起碼有七分相似，像是個小一號的白雪公主。

廖停雁：「？」你他媽的！這你私生子啊？

司馬焦對疑似他私生子的小男童沒什麼好臉色，還是那張繼父一般的面孔，倒是小男童非常熟練地跑到廖停雁腳邊繞了一圈。

看到他這熟練的動作，廖停雁心裡有種詭異的熟悉感，脫口而出：「蛇蛇？」

事情很清楚了，司馬大爺不知道怎麼把他那條大戰車黑蛇弄出了人身。但也就只有人身，小孩子好像不太會說話，只會嘶嘶叫，仰著臉朝她露出笑容——講真的，那張和司馬焦相似的小臉露出這種無辜的笑容，帶給人的震撼太大了，有種莫名的可怕，比猙獰的蛇臉還恐怖。

「不要女兒，這個兒子如何？」司馬焦問她。

廖停雁難以置信地看著他，請問您這腦迴路是怎麼長的？

司馬焦按了一下她的腦門：「帶牠出去轉一圈。」

廖停雁只能趕鴨子上架，帶著新出現的小男孩出去招搖過市，果不其然，立刻就有傳言說她早年為司馬焦生下長子，因為仇敵太多，一直被司馬焦偷藏起來教導著。

廖停雁：明明沒有懷孕，卻一下子成為了二寶媽。

黑蛇並不能一直能保持著人身的形狀，牠才剛掌握化形能力不久，還是被外力催生的，經常克制不住，變回蛇體。牠還是蛇的時候，廖停雁還能只把牠當個寵物蛇，可一旦什麼東西變成了人樣，就會不由自主地把他當人看，也投注感情下去了。

司馬焦這幾日不愛動彈，就躺在一張玉床上，長髮像瀑布一樣掛在床邊，露出的手腕和腳踝膚色幾乎能和玉床的玉色融成一片。

廖停雁去找他，看到他的樣子後下意識屏息，抱著變成小孩子的黑蛇蹲在床前看他。

司馬焦閉著眼睛，伸手放在她腦袋上：「幹什麼？」

廖停雁：「你是不是又偷偷在搞什麼事了？」她分不太清楚這個男人難受和不難受的樣子，因為他要痛死了也是這個爛樣子，心情平靜也是這個爛樣子。

司馬焦：「是做了點事。」他睜開眼，側身看她：「怎麼？」

聽他說得非常隨便，廖停雁摸了一下他的手，發現是冰涼的，她有點放心了。她隱約明白，他身體涼涼的時候基本上就是狀態還行，要是變熱，那就不太妙了。

她放下心，想起自己的來意，把小孩的兩隻小手搭在床邊，問他：「你不幫牠取個名字嗎？我以前好像就沒聽過你叫牠的名字？」

司馬焦終於看了黑蛇一眼，這原本只是隻普通小蛇的傢伙，如今變成這樣，幾乎可以說就是他特別催化而成的造物。

這蛇待在他身邊許多年，一直都很害怕他，最一開始並不敢在他面前多待，對他來說和其他死物唯一的區別，就是這條蛇會動會喘氣。只是什麼東西在身邊待久了，都難免會有一點特別。

「牠沒有名字。」司馬焦說：「妳可以幫牠取一個。」

廖停雁：「跟你姓還是跟我姓？」

司馬焦：「……妳還真準備把牠當兒子？」

廖停雁：「……不是你自己說的嗎？你之前是不是又在逗我玩的？」男人的嘴，騙人的鬼。

司馬焦：「算了，隨便取就行了。」

廖停雁覺得有必要詢問孩子的意見，於是低頭問黑蛇：「你想叫什麼？」

黑蛇：「嘶嘶——」

廖停雁特別民主：「行，那就叫絲絲吧。」

司馬焦：「……」

他按了一下額頭，又在床上笑到好像患上什麼低能絕症。

廖停雁看著他笑，自己靠了上去，將腦袋枕在他的頭髮上：「雙修嗎？靈府那種？」

司馬焦的笑聲一停：「怎麼了，還沒疼夠？」

他的神情有點不對，看著廖停雁說：「妳以前也沒主動要過，還是說，妳就喜歡這種疼的感覺？」

廖停雁：「你為什麼說得好像我是一個變態？我很怕疼的，我這輩子最怕疼怕痛了。」

司馬焦：「那妳就安分點。」

廖停雁有口難言，她與司馬焦可能有什麼特殊的感應源，最近總覺得他好像不太對勁、有點慌。可他什麼都不說，她覺得靈府雙修的時候或許能自己找到答案，結果卻被堵了回來。

廖停雁想了一下，把兒子撈起來走到殿外，推推他：「去找紅螺玩。」然後殿門一關，自己噠噠噠地走回去，她腦子裡想像著自己拍著床大喊「你到底做不做」的情景，走回去一看，發現司馬焦坐起來了，正在寬衣解帶，把外衣隨手扔到了床邊，然後又躺回去。

「我不想動，妳要來就自己來。」

廖停雁：「……」老大你怎麼回事？別人家的霸道總裁都是「坐上來自己動」，你就這麼疲憊嗎？看你這麼疲憊，我也好疲憊啊！

她走過去，扳著司馬焦的肩搖晃兩下：「那你告訴我，你到底有沒有事啊！你靈府裡的火怎麼回事，為什麼會越燒越旺了！我覺得不太好，你是不是瞞了我什麼？」

司馬焦：「確實是有點事沒告訴妳。」

他寫了滿臉的「妳能拿我怎麼樣呢」，就是那種祖宗式的睥睨。廖停雁有點抓狂了，可能是被上次他靈府裡的火焰影響了，有點暴躁上火，她狠下心，直接開始扯司馬焦的腰帶。

8 8 8

什麼「你不想動」，騙鬼呢？

廖停雁覺得，自己要是下次再信了這混帳的鬼話就是白痴。

雖然這幾日司馬焦有些異樣，但他麾下魔將們為他建功立業的心仍然沒有減退，三個月後，魔域的全版圖被他們收集完了，整個魔域歸於司馬焦的名下，他成為真正的魔域共主。

同時，他追捕了許久的師千縷也被抓住了。

這一次廖停雁沒去看，師千縷被抓來的第一天，就由司馬焦親手處決了，連人帶魂消散得乾淨清潔。竊取了庚辰仙府許多年，又在司馬焦的追殺下流亡了近十年的師氏一族，終於迎來終結。

只是師千縷死時，那怨毒的詛咒之聲許多人都聽見了，他說司馬焦也終會死於火焰，會落得和他一樣魂飛魄散的下場，師千縷臨死前一擊，用仙器刺穿了司馬焦的腹部。

而司馬焦的身體從傷口處開始燃燒，一時竟無法停下，就彷彿他整個人都變成了易燃物，被師千縷的那枚仙器點燃，這場景令所有的冬城魔將和新歸附的魔將魔主都勃然色變。

最終司馬焦還是暫時控制住了火焰，只是神情非常難看，彷彿隨時都會堅持不住，很快就關閉禁宮不出，將所有的事務都丟給了底下的魔將。

廖停雁聽到消息後，匆匆跑到殿內，看見司馬焦手中沾著一點血，靠在床上，面無表情地注視窗外。她撲過去要看他身上的傷，司馬焦也沒攔著，拿開手任她隨便翻，結果掀開他的衣服，看到的是光潔的腹部，並沒有傷口。

廖停雁：「傷口呢？」

司馬焦：「沒有傷口，師千縷早已廢了，他傷不了我。」

廖停雁：好了，知道了，這傢伙是故意要搞事了。

司馬焦一個月沒有出禁宮，廖停雁也是，被關閉的禁宮就像一座牢籠，隔絕了外界一切。

直到某日，宮外喧嘩大作，背叛者被釣出來了。

司馬焦終於站起身，廖停雁正在嗑瓜子看直播鏡，見狀也拿出自己早早準備好的一把直刀，跟著站起來。

司馬焦有些溫熱的手搭在她的手腕上，捏了捏她滿是瓜子味的手指，將她按了回去，低聲說：「今夜妳就坐在這裡，看看冬城燒起來的樣子。」

他的語氣有些古怪，彷彿帶著嗜血的殺意和一些揮不去的興奮，簡單來講，一般反派的大BOSS要做壞事時就愛用這種語氣說話，怪變態的。

廖停雁看他沒有改變主意的意思，當真就坐了回去，看外面一處又一處全燒了起來，沖天的火光將這一座雪白的城在夜色裡映成紅色。

等到天明時，火焰熄滅。

廖停雁則是在事後，才從紅螺那裡聽到那天晚上究竟死了多少人。光是魔將，就死了幾乎一半。那些剛打下來的城，不少城主並不服氣，現在他們也不用服氣了，畢竟命都沒了。

魔域是個很奇怪的地方，司馬焦越是暴虐，他收服的魔將就越是對他忠心耿耿。他來到魔域後，已經殺了太多的魔修，這一次是最大規模的，好像是為了慶祝將魔域整個收入囊中，所以才辦了個熱鬧的焰火晚會。

就是這一次，終於將那些人徹底震懾住了，廖停雁覺得他就像在馴獸一樣，她跟著他出門巡遊了一次，幾乎所有的魔將只要看到司馬焦出現，看到他的火焰，就下意識感到恐懼和臣服。

「人太多了，就會不好管，現在總算是差不多了。」司馬焦對廖停雁這麼解釋。

廖停雁指出：「可是你壓根就沒管過他們。」只是不順心就殺這殺那的，把所有人都嚇成了聽話的小貓咪。

如果他會一直在，自然不需要特地去管。

司馬焦揉著眉心笑了一下。

魔域外面那屬於廖停雁的大片地盤，很快建起了一座座城池，廖停雁更喜歡那邊，於是司馬焦帶她去外面住，冬城的禁宮則空了下來。

廖停雁覺得他們就像是國家遷都，如今的都城是以她的名字命名，叫做雁城。不少魔修從魔域遷了過來，充實這座城市的人口，而在這座城裡生活的魔修，按照魔域的習俗會自動成為她的附屬，就要遵守她的規則，廖停雁都不知道自己怎麼莫名其妙就成了城主。

不知不覺，他們就在雁城過了七年。

8 8 8

廖停雁覺得自己好像和道侶遭遇了七年之癢。

司馬焦最近對她有點冷淡，不拉著她一起泡水了，也不和她雙修了。哪怕他每夜都睡不著，眼睛爬滿血絲，也不願意和她雙修緩解。

更誇張的是，他半個月前開始把自己關在殿裡，誰都不見。這個「誰」也包括了廖停雁。這些年來，廖停雁什麼時候想見司馬焦都可以去見，不管司馬焦在做什麼都是。可是這一次不行了，司馬焦連她都不見。

「妳覺得這是感情問題？」紅螺因為修煉特殊的功法，才幾年時間已經長大了不少，看起來像個十二三歲的國中小女生——當然說話的語氣神態還是那根風騷的老油條：「男人都這樣，妳管他想什麼，『睡』服他就是了，道侶嘛，有什麼是雙修不能解決的啊？」

廖停雁：「妳這話有本事去司馬焦面前說。」

紅螺立刻一縮脖子：「不了不了，妳自己去吧，現在誰還敢去見他啊，會被殺掉的吧！他老人家越來越喜歡燒人了！」

前幾天有個魔將從魔域過來，還押著幾個意圖闖入禁宮的奸細，準備交給魔主處置。那些人走到司馬焦閉關的宮殿前院就燒起來了，那火焰無色，被燒的人都還沒反應過來，又往前走了幾步，身上的血肉變成灰燼一直往下掉，等走到臺階前，就被燒成就剩下一點的人乾砸在地上，瞬間變成白灰，場面又詭異又凶殘。

能靠近那臺階的唯有黑蛇和廖停雁，但黑蛇到了臺階也不能繼續上前，而廖停雁是唯一還能走到門口的人。

此時，廖停雁坐在一根巨大的樹枝上，望著司馬焦閉關的那座宮殿。她輕輕蹙起眉，連紅螺特意插科打諢一番都沒能讓她展顏一笑。

紅螺打量了她兩眼，拍了拍手掌：「妳保持這個表情，最好再憂鬱一點，嗯，帶著清愁的憂鬱女子，然後妳就可以去殿門前站著擺個姿勢，我敢保證，魔主很快就會從門裡出來哄妳。」

廖停雁：「？」什麼東西？

紅螺：「不行，這個表情不行，要剛才那個。」

廖停雁翻了個白眼，躺了下去：「算了，他想做什麼就做吧，他那個性格，想做什麼別人都阻止不了。這個一意孤行的暴君，我得等著他忙完了再自己告訴我。」

今日的雁城風和日麗，天藍得又乾淨又純粹，白雲堆成一團落在遠處的山頭，綠色的山林前段時間才開完大片粉紅的赤櫻花，如今的新綠特別鮮嫩。

原本她喜歡吃魔域特產的赤櫻果，幾年前司馬焦令人將那些赤櫻樹搬到了雁城，因為生長適應得不太好，還請了谷雨塢的人前來幫忙種樹，於是這些年每年春季，山上都是大片的粉櫻色，再到了七月最炎熱的時候，滿山的赤櫻果就能吃了。

雁城裡住了很多魔修，也住了不少的仙修，都是這幾年搬過來的，因為廖停雁喜歡吃各種食物，城內最大的特產就是美食，前後左右十幾條街都分布著各地特色的美食店，尤其是廖停雁住的行宮外面，就是最出名的美食一條街。

前幾年的時候，司馬焦還常陪著廖停雁一起去那條街上吃東西，廖停雁吃，他就坐在旁邊看著。偶爾還會帶上紅螺或者黑蛇絲絲，帶黑蛇的次數比較多，因為他在吃東西這方面和廖停雁像是親生的一樣。

一個咕嚕咕嚕，一個就嘶嘶嘶。

街上那些老闆又害怕又激動，後來習慣了還敢和廖停雁搭幾句話，他們發現那傳說中殺人如麻的魔主，並不會隨便殺他們——如果他們能做出廖停雁喜歡的食物，還能得到很多好處，要是特別滿意，甚至有可能會掉落稀有物品，高級丹藥、術法靈器之類的。

搞得不僅是魔修們，很多仙修正道也跟著過來開店，正所謂富貴險中求，他們把店開在這裡，找人送來最棒的廚子。廖停雁一度覺得自己像個能掉落稀有物的BOSS，吸引各路人馬一起過來刷寶。

因為這段時間司馬焦在閉關，廖停雁連去美食街的次數都少了很多。

她大部分時間就躺在行宮後面的一棵樹上。這棵巨樹格外高大，視角很不錯，在這裡她能將整座行宮盡收眼底，看著下面一格一格的坊市街道，還有那些種滿了赤櫻樹的山。

這棵大樹叫做香沉青木，這不是普通的樹，它會在陽光下散發出一種淡淡的香氣，香氣能解鬱清心，令人心情舒緩放鬆。

他們剛搬來雁城行宮沒多久時，有段時間可能是雙修得太頻繁，廖停雁被司馬焦靈府裡的灼熱火焰影響，總是覺得胸口悶悶的，所以司馬焦讓人找了這棵樹種下，從那之後，每到天晴有太陽的日子，廖停雁就愛躺在這巨木之上，找個視角很好的樹枝搭個窩睡覺。

黑蛇絲絲也愛纏在樹枝上，這傢伙雖然能變成人身，但幾年來絲毫沒有想長大的意思，仍是那個小娃娃的模樣，司馬焦沒看著牠的時候，牠更愛用蛇身示人，廖停雁也隨牠去。

遠處的天邊飛來了一行巨翼鳥，牠們飛成人字形，翅膀像雲一樣白，翩翩落在雁城裡。那是很多修仙門派喜歡馴養的一種靈獸，一般用來送貨。比如這些，廖停雁就能認出牠們是谷雨塢馴養出來的鳥，因為牠們帶著的都是蔬菜瓜果和新鮮肉類，是那些師兄弟們送來給她的。

也只有谷雨塢的貨才能直接飛進城裡，不需要落在城外再從城門進入。

這幾年，谷雨塢中的不少人也終於知道了她的身分，魔域魔主的道侶。出乎意料的，大家都很和諧，沒人敢鬧事——至少表面上沒人敢，還發展出了一個特色的互市組織。

司馬焦替她創造了一個舒適的、無憂無慮的環境。當外物都不用憂慮後，她唯一需要焦慮在意的，就只剩下了司馬焦這個人了。

她有時候都覺得這個人是故意的，這個心機男。

廖停雁在樹枝上睡了一天，晚上也沒下去，她半夜裡迷迷糊糊地感覺到了什麼，像是有一根細線輕輕拉了拉她的心，讓她從睡夢中自然地醒來。

她很熟悉的那個人影站在不遠處，他在看遠處的山，那邊還有一片波光粼粼的湖。他背著手，長髮和衣襬偶爾會拂過香沉青木的橢圓樹葉。

他是吸血鬼嗎，怎麼老是半夜突然冒出來？廖停雁的腦子裡忽然冒出這一個念頭，她動了一下，突兀地回憶起過往另一個場景：

彷彿也是半夜，她被人從睡夢中喚醒，看到床邊一盞雕花的燈在輕輕晃動，司馬焦在她的床邊，半個人沉在夜色裡，另一邊沉浸在曖昧昏黃的燈光裡。

「行行好，祖宗，您半夜別叫醒我好嗎？你回來了就直接睡，我有留位置給你的。」她痛苦地癱在那裡說。

「不行。」

她就只好頂著一張睡眠不足的臉，捲著被子滾到了床裡面。

廖停雁愣了一下，不記得這件事是在哪裡發生的……是她遺忘的那段記憶裡嗎？

這時候，站在那裡的司馬焦回頭看了她一眼：「半個月沒見到我而已，認不出來了？」

廖停雁盤腿坐了起來，就看著他從樹梢那邊走過來，像隻悄無聲息的黑貓。

「你閉關完了？」

司馬焦：「沒有，出來看看妳。」

廖停雁抓住他的手，他的手是溫暖的，散發著正常人的熱度，他這種正常才是不正常。

「你不要泡水嗎？」

「不了。」司馬焦說著，捏著她的手腕，另一隻手順著她的臉頰摸到耳後，最後停在後頸，將她拉近自己一些：「不高興？為什麼？」

廖停雁：「……」你還有臉問為什麼。

廖停雁：「我覺得你在做危險的事。」

司馬焦：「所以妳擔心我擔心得不得了，想跟我鬧脾氣？」

廖停雁：「……」這話她說不出口，也鬧不起脾氣來。

司馬焦笑了，拉著她的手跳下去，兩人像兩隻貓一樣在行宮屋頂上散步。

黎明時分，司馬焦準備回去閉關了，他拉著廖停雁的手，在她戴著戒指的手指上親了一下，隨即放開她道：「我派人替妳找了隻漂亮的白毛靈獸，今天就會送到雁城，待會兒妳自己去玩，玩得開心一點。」

話音剛落，人影就消散了。

廖停雁獨身在屋頂上佇立，背後是剛漏出一線明光的天。

「誰想要玩白毛，你這個臭黑毛。」

她自言自語著，覺得這日子沒辦法過下去了。

雁城裡今天又很熱鬧，魔將送來了一隻異常珍稀的雪靈狐，這東西因為一些原因已經快要滅絕了，不知道他們從哪裡找來了一隻，魔主特地送來要讓道侶解悶。

巴掌大的雪靈狐，有又柔軟又長的白色毛毛，像黑葡萄一樣水靈靈的大眼睛，又大又軟的耳朵和一團蓬鬆如雲的大尾巴，還有粉嫩的肉球爪子。

毛絨小可愛簡直是治癒良藥，吸狐狸令人身心舒暢，就連黑蛇也沉迷於擼毛團，甚至願意為了更好擼毛團，每天保持著半天的人身。

這麼一隻瘦弱的雪靈狐，跟著廖停雁吃吃喝喝大半個月，就從巴掌大胖成了籃球大，尖尖的小臉都變圓了不少。因為牠的叫聲是「昂——」，牠的名字就叫昂昂了。

原本廖停雁身邊有紅螺，有黑蛇，現在又多了個雪靈狐昂昂，越發熱鬧。有句成語叫雞飛狗跳，「狗」這個任務擔當是黑蛇，雪靈狐就只能充當飛起來的「雞」，這兩位智商半斤八兩，很有棋逢敵手的意味，每天都在廖停雁身邊上演追逐戲。

司馬焦每隔十天半個月，從那個宮殿裡出來時就會找廖停雁，幾乎都是在半夜，把她強行喊醒之後陪她一晚，然後早上又消失了。廖停雁都快懷疑他是不是把自己弄死了，現在已經變成了白天無法出現的幽靈一類。

「我讓人幫妳馴養了一些逗趣的鳥，等等就會運到，去看吧。」像露水一樣消失之前，司馬焦又留下這麼一句話。

這個白天，雁城就飛來了很多的白鳥，這是一群體態優美的鳥兒，最大的特色是牠們能短暫地幻化成人形，披著羽衣在天空中跳舞。

廖停雁：「……」

這不就是個歌舞團嗎？

司馬焦不知道什麼時候讓人為她弄來了這個歌舞團，只要搖晃著鈴鐺，這群棲息在附近的幻鳥就會從山林中飛起，來跳舞唱歌給她看，哄她開心。

第三次出關看廖停雁的時候，司馬焦忽然問她：「把谷雨塢搬到雁城附近如何？」

廖停雁捏住了他的嘴。

廖停雁：「你是覺得我過得不夠熱鬧嗎？」

司馬焦拉下她的手，握在手裡：「過得熱鬧哪裡不好？妳不是挺喜歡的嗎？」

廖停雁看著他半晌，伸手抱住他的腰：「我能進你的靈府看一眼嗎？」

司馬焦把她抱了起來，抵住她的腦門輕敲兩下：「不行，妳現在進來的話，神魂會被靈火焚燒。」

怎麼可能？他們兩個互進靈府那麼多次了，她怎麼樣都不會被燒到的，除非臭老闆瘋到去燒他自己的神魂，才會連帶著她的也會被燒。

……不是吧。

廖停雁撲上去撞司馬焦的腦門，張牙舞爪著：「讓我進去！」

司馬焦一手扣著她的手，絆住她的腿，順勢壓著她的腦袋埋進自己胸口。廖停雁掙扎半天也掙扎不起來，癱在他身上，聽到司馬焦胸口笑聲震動，頓時覺得悲從中來。

真的，這日子過不下去了，司馬祖宗不知道出於什麼原因似乎在找死，她懷疑自己要變成寡婦了。

司馬焦倒是滿開心的，笑了半晌都沒停下來。

單純看他這個態度，實在不像是會發生什麼了不起的大事。廖停雁有些迷惑，不知道他究竟在做什麼。

這年冬日最冷的時候，司馬焦徹底出關了，他在廖停雁身邊待著，和以前似乎沒什麼不同。

一場大雪下了三天四夜，雁城都變成了白色，有點像是魔域裡面那個白色的冬城。

司馬焦在夜裡把廖停雁搖醒了。

「幹嘛？」廖停雁迷糊問。

司馬焦點頭：「可。」

可什麼可？廖停雁還在莫名其妙之間，衣服就被解下了。

廖停雁：「？」等等，請問這件事因何而起啊？

司馬焦抱著她走進那一潭碧色的潭水裡，這裡曾經開著血凝花，花上又養了火焰，但廖停雁很久沒看到過那簇火焰了。她不明白為什麼要在這裡，還來不及想，只能下意識地抱著司馬焦的脖子，試著將額頭貼在他的前額，半途就被司馬焦的另一隻手捂住了。

「不行。」他的手心熾熱，先是抵著她的額頭，然後往下移，遮住了她的眼睛。廖停雁一邊抽氣一邊去抓他的手臂，只覺得唇被堵住，溫熱的液體渡了過來。像是什麼香甜濃郁的汁水，這東西一吞到身體裡，溫暖的感覺就湧上四肢百骸。

廖停雁在沉浮之間，覺得自己的修為突然一節一節地拔高，以令她驚恐的速度突破著。

廖停雁：「等……等一下，你……給我，喝、喝了什麼……」

司馬焦只是在她耳邊笑，牢牢遮著她的眼睛，也不說話。廖停雁有點怒了，心想這傢伙又在搞什麼，扭頭不想喝，可是司馬焦的手緊緊鉗著她的腦袋，她根本無法動彈。

只要他想控制住什麼人，就沒人能掙脫，但廖停雁還是第一次得到這種待遇，往常她不願意做什麼事，司馬焦從來不會逼她。

她被迫吞下嘴裡渡過來的液體，如果不是沒有血腥味，她都快覺得這其實是血。隨著這些液體湧進喉嚨，她覺得整個人好像被拋進了火海，連腦子都被燒成一團漿糊。

明明身在水池裡，那些水卻沒有替她帶來一絲涼意，相反的，它們都像變成了火焰，直往她身體裡鑽。

外面響起雷聲，非常響亮的雷聲，幾乎就炸在頭頂上，廖停雁一個恍惚，覺得神識掙脫了司馬焦的控制，飛了起來。外面狂風捲雪，雷雲堆疊，電光亂舞，她還聽到了不少嘈雜的喊叫聲。

雷迅速而憤怒地砸了下來，廖停雁感受到雷中的恐怖力量，還帶著不可言說的某種意味，她藉由現在這個狀態感應到了一些，不由自主地瑟瑟發抖。

司馬焦將她按進懷裡，他放開了她的眼睛，廖停雁抱著他的脖子，睜開眼就看到他胸膛破開了一道傷口，裡面流動著的血是金色的，沒有血腥味，只有一點點像花一樣的香氣。

是她剛才喝的東西。

廖停雁一時之間氣得想揍這男人一頓，一邊又為他身上的這個傷口心驚，伸手就堵了上去。

「不用。」司馬焦親昵地在她頭髮上親了親：「馬上就開始了。」

「馬上開始什麼！你他媽倒是跟我說啊！」廖停雁實在忍不住尖叫，這個人究竟在做什麼天打雷劈的事，那雷聲裡帶著的氣息已經異常恐怖。

她要被這男的逼瘋了，司馬焦看著她氣急的表情卻大笑了起來，勾起她的下巴，繼續餵她變異的血。廖停雁咬他的舌頭，逮到什麼就咬什麼，想一腳把他踢到十萬八千里之外，司馬焦按著她的後頸，寸步不退。

「我從生下來就承受著各種疼痛，就妳給我的這一點，不疼不癢，知道嗎？」他放開廖停雁，大拇指又擦了擦她的唇，這麼低聲說。

廖停雁感覺自己身體裡的血沸騰起來，快要燃燒了：「你究竟……在做什麼啊。」

司馬焦凝視著她，眼神很溫柔，又溫柔又瘋狂。

他說：「我把奉山靈火煉化了，煉進了我的血肉神魂，再過一會兒，這些就都屬於妳。」

奉山靈火是神火，祂在司馬一族中一共被煉了六次，上一次是司馬萼，為了將靈火煉成純淨之火，讓司馬焦能和靈火融合，她獻出了身體和神魂，被火吞噬得什麼都不剩。

而司馬焦，他是這一族中唯一一個將靈火煉進身體裡的，也是唯一一個用自己的身體再生，硬生生把這火煉化的瘋子。

「放心，不會痛的，我把這火留給妳，以後這世間沒有什麼東西能傷害妳，我的仇敵都被我殺完了，我留給妳的，都是妳喜歡的東西和人。」

「為什麼啊，你好好的，幹嘛要這麼做？我又不想要……」廖停雁覺得自己流下了眼淚，但是眼淚在臉頰上就被高溫蒸發了。

都這麼燙了，她怎麼還沒熟呢？怎麼不燙死面前這個自以為是的大白痴？

司馬焦摸著她的臉：「我本來就不能長久，不能長久的人，才會像我這樣瘋。妳最清楚，在我的靈府裡，有終年不熄滅的火，祂給了我超越一切的力量，但也會奪走我其他的東西。」

當初在庚辰仙府，他吞噬了師氏一族用多年煉出來的新火，又幾乎透支了自己所有的靈火燒毀庚辰仙府的內核和師氏一族大半的修士，從那之後，他的身體就開始產生崩潰之兆。

強大是有代價的，司馬氏一族註定會滅亡。他會死，等他死了，身體裡的火也會跟著熄滅。

可他不甘心，也不放心。

所以他嘗試多年，終於成功把自己煉成了一根「燭」，當他的身體燃盡、神魂燒滅，就可以將這神火改頭換面，送給廖停雁。從今以後，她就是第二個他，能擁有超過一切生靈的力量，只是不用承受火焰帶來的痛苦，這是一朵真正新生的火，不再是奉山靈火。

「老天要我死，可我不想把這條命給祂，這世間我唯獨愛妳，命自然要給妳。」

廖停雁只覺得渾身難受，眼睛都紅了，難受地咬住了司馬焦的手，想狠狠咬掉他一塊肉。

他身上的靈氣瘋狂湧進她的身體裡，碧綠潭水裡閃爍起紅色的光，那是一個複雜的陣法，陣法將他們兩個相連。

雷落下來，落在潭水邊，卻怎麼都砸不到兩人身上。

廖停雁在這火燒般的痛苦中，忽然記起一個陌生的場景，也是漫天的雷和電，她仰望著司馬焦的背影，看他擋在自己身前撕開了落下的雷，像個頂天立地的英雄，就是電影裡紫霞仙子說的那種，會踩著七色雲彩來接她的蓋世英雄。

呸，什麼蓋世英雄！她氣哭了，抓著司馬焦的手不停顫抖。

「你等著，等你死了，我就是繼承了無數遺產的富婆，你一死，我就養幾百個野男人！」

司馬焦在雷聲中大笑，捏著她的後頸，靠在她耳邊說：「不會有別人了，妳這輩子都忘不了我。」

是啊，她一輩子都忘不了司馬焦。

這世上怎麼會有這麼讓人又愛又恨的男人。

「你想得美，你想怎樣就怎樣嗎，我偏不讓你如意！」

第十九章 我把妳留下，我把你找回

雁城的一天，從宮城外那條街道散發出各種食物的香味開始。

這些年，雁城裡的美食店鋪、酒樓越來越多，所有人都以能取得廖停雁青睞為榮。

雁城城主兼魔域魔主廖停雁，是個和前任魔主司馬焦完全不同的主人，她沒有神鬼莫測的脾氣，也不暴躁易怒，多數情況下她都非常好說話。

可是誰都不敢小看這個好說話的魔主，只要她還擁有靈火，那個曾為司馬焦所有，令人聞風喪膽的靈火，就沒人敢挑戰她的權威。

而且司馬焦死了這麼多年，有一些閒言碎語傳了出來。比如說當年魔主司馬焦不明不白的突然死亡，幾乎所有人都覺得那樣的人物不會輕易死去，除非是他身邊最親密的人對他下手，所以一度有傳言是廖停雁為了奪取靈火，殺死了司馬焦。

這個傳言傳得有模有樣，再兼之廖停雁使用靈火殺了幾個有異心鬧事的魔將，魔域上下就理所當然地將對司馬焦的畏懼，又傳承到了廖停雁身上。

這樣心狠手辣、有手腕，甚至能靠心機殺死了司馬焦、奪取權利的女人，絕不可小覷。

被認定為魔域最有城府和心機的女人廖停雁，此時正泡在池子裡降暑，滿臉鬱卒地發出「我要死了」的聲音。

紅螺穿過一條林蔭路，轉過一片如人高的花牆，來到一處半露天的靈池邊。她看見泡在水裡的廖停雁，上前趴在玉欄杆上喊她：「妳今天泡夠了沒有，早餐還要不要吃？」

「要，要吃，等我一下。」廖停雁掙扎著從水池裡爬出來，拖著浸透了水的一頭長髮和睡裙，臉白得像個水鬼。

她在屏風後換了衣服，梳了頭髮，一邊替自己塗上口紅，一邊抱怨：「這破火我真的服了，又疼了我一天。」

紅螺坐在一邊感嘆：「這就是擁有力量的代價。」

廖停雁憤憤地砸梳粧檯，想起如今不知道在哪個宇宙角落裡的司馬焦，更是不知道該如何發洩。

想當年司馬焦因為過度使用自己的血脈靈火，還隨便融合了師氏養出來的新火，把自己的身體弄到崩潰，然後突發奇想地把自己煉成了一根蠟燭，想要燃燒自己的血肉和靈魂，將煉化的靈火傳給了她。

廖停雁當時被他氣得腦子發熱，順勢主動奪取了他的力量，然後主動結束靈火的傳導，反過來把他才燃了一點的神魂，強行從引渡的靈火裡扯了出來。

火最後還是傳遞成功了，但是沒有了司馬焦大部分的神魂做引子，差點就把廖停雁活活痛死。雖然後來不會每時每刻都如此，但也留下了後遺症，就是每個月一次，廖停雁總要疼上那麼幾天。

這段期間除了不流血，簡直就是標準的生理期。

她來到修真界，好不容易當上了沒有月經的女修士，原以為大姨媽就會這樣永久性離開了，沒想到，還是被司馬焦這個大白痴活生生做出了個新的「生理期」。

這些年裡，每個月到了這幾天廖停雁就疼得死去活來，是那種被燒灼的疼，非得泡在水裡面才覺得好一些。每次漂浮在水裡，她都覺得自己已經是條死魚了。

至於那個被她突然爆發要死要活、強留下來的司馬焦神魂，因為之前被那大白痴作死用來煉化靈火，變得有些脆弱。廖停雁不得不立刻動用寄魂托生之法，選個適合的孕者送他重新去投生。

當初司馬焦為紅螺寄魂托生，廖停雁全程圍觀，因此她也知道該怎麼做。

只是這寄魂托生還有個問題，若想成功，最好要托生在有血緣關係的孕者身上，司馬氏一族幾乎所有的血脈都被司馬焦自己殺得乾乾淨淨。

另一種就是和紅螺一樣，抽選與他神魂能最大程度融合的胎體。當初紅螺能迅速挑出適合的身體，是因為紅螺的神魂並不強大，與她合適的人有不少。換成司馬焦就不一樣了，他的神魂哪怕有損傷，也不是隨便什麼胎體就能適合的。

廖停雁根本找不到適合他的孕體，無奈之下，只得把他的神魂用祕法裹住投了出去，讓他能有所感應，自動尋找適合的孕者和胎體。

可是也因為這樣，廖停雁如今根本找不到司馬焦，不知道他到底投身在世界的哪個角落。而且也不知道生下他的孕者在哪裡，所以沒有趁著孕者生下他之前讓他吃下還魂丹。沒了這個外力幫助備份記憶，都不知道靠他自己還能想起多少東西。

差不多十七年過去了，廖停雁派出了無數魔域修士前去尋找司馬焦的下落。這是個浩大工程，找了十七年仍舊沒找到，庚辰仙府曾經有過稀薄司馬氏血脈的人，首先都被廖停雁篩過了一遍。

然後就是那些大門派出生，很有資質的孩子，把魔域和修仙界翻遍了也沒找到。她的網越撒越廣，司馬焦仍然沒有消息。

紅螺知道廖停雁的心病，看見她露出這種神情，就知道她肯定又想起了司馬焦的事。

「急什麼？反正急也急不來，這都多少年過去了，人肯定早就生下來了，沒有找回來就說明他沒有想起來，或者離得太遠回不來。現在我們都開始翻找那些偏遠凡人世界的鄉村角落了，估計很快能找到的。」紅螺照例安慰她。

她尋找的範圍越來越廣，搜索地區都到了大陸最邊緣的凡人世界。

廖停雁之前還做過夢，夢見司馬焦變成了一個鄉村裡的黑臉農夫，農夫皮膚黝黑，身材粗壯，說著一嘴土味情話。她也夢見過司馬焦變成了一個乞丐，到處流浪，被其他的乞丐欺負，他那個壞脾氣忍不了，和人發生肢體衝突，一怒之下打死了對方，最後被關進了牢裡，不見天日。

……如果真是這種狀態，她要怎樣才能找到這祖宗？這也太慘了吧。

廖停雁和紅螺一起，又帶上在外面玩耍剛回來的黑蛇和雪靈狐去外面吃早餐。

雖然司馬焦讓人糟心，但就如他離去前所說的，他留給她的東西，都是她最喜歡的。所以在沒有他的這些年裡，她的生活依舊過得非常平靜，也並不缺人陪伴，反正她所有的苦惱和不順心，都只因為司馬焦這個歷史問題。

廖停雁去吃早餐的時候受到了所有食鋪老闆們的熱烈歡迎，她習慣了那些殷切的注視，隨便選了一家最常吃的食肆。於是這些老闆就像爭寵的妃子一樣，被選中的老闆得意非常地將她們迎了進去，其餘人則唉聲嘆氣，或者重振旗鼓，準備明天再戰。

這是雁城每日都會上演的一齣好戲。

廖停雁在這裡吃到一半，外面忽然響起喧嘩之聲，有風塵僕僕的魔修找來，停在食肆門口。

「魔主，在南大陸搜尋的魔將大人送來最新的消息。」魔修異常興奮地在廖停雁身前行禮。「魔將大人說，這次絕對就是那位的托生了，不僅您做的魂燈有反應，更巧的是那位還是從前的名字，據說連容貌也相似！」

廖停雁聽到這裡，手一抖，一顆皮薄餡大晶瑩剔透的水晶小籠包，就掉在了桌上。

「靠！」她忍不住罵了一聲，豁然站起：「帶上人，我們走！」

人是生在南大陸的扈國，南大陸那邊靈氣甚少，因此，也很少有修仙門派在那附近。那邊幾乎全部都是凡人世界，修仙者在那邊變成了傳說中的存在，普通人連聽都沒聽說過。

那祖宗怎麼跑到那種偏僻的地方去了？

廖停雁也顧不得其他，心情澎湃地立刻出發，都到了扈國境內了才想到要細問：「人究竟在哪裡，現在是什麼身分？」

來報信的那個魔修也是這才想起來，魔將大人在信中好像都沒有詳細解釋。

「算了。」廖停雁揮手：「先就近找個地方停下來休息，然後將祈氏魔將召來詢問便是。」

為了避免在扈國這個普通人國度引起恐慌，廖停雁一行人偽裝成普通人，坐著尋常的馬車，進入了最近的郡城。

恰巧現在是扈國的端夏節，整個溧陽郡都非常熱鬧，城外的河上還有人在賽龍舟。

廖停雁看著人群，幾乎所有人都手上拿著艾草，耳邊插著類似菖蒲的花，手上綁著彩繩，頓時覺得很是親切。這就像原本世界的端午節一樣，她在修仙界多少年都沒見過過端午節了，不由得停下來多看了幾眼。

只是看了幾眼，她便放下了車簾。算了，還是先找司馬焦要緊。

8　8　8

湖邊一座遊船內，溧陽郡守魏顯瑜弓著腰，語氣小心地對面前的人道：「陛下，這裡的人如此多，您萬金之軀，又只帶了這些侍衛，不可在此久留。為防意外，還是早點回臣下的府內歇息吧。」

他說著，不斷去偷瞄那位陛下的神色，生怕自己的話會惹怒了他。

他們這位陛下名為司馬焦，不過大約十六歲的年紀，殘暴之名就無人不知、無人不曉，若不是先王只留下這一個子嗣，他無論如何也坐不上這王位。也不怪朝中幾位老臣都暗中嘆息，說此君主有亡國之相，必是亡國之君。

這位陛下不喜朝政事物，又自小患有頭疾，十分不耐聽人講書，十二歲時還提劍殺了他的一位老師，因此很是為朝臣詬病，結果敢於詬病他的朝臣都被他殺了個痛快。

自古便是仁善之君易被朝臣拿捏控制，反而是昏君暴君之流，一意孤行，為所欲為，更令朝臣惶恐。

陛下年歲漸長，越發不喜歡長留在宮廷裡，時常隨心帶著臣下護衛前往各郡，表面上為私訪民情，實則誰不知道這位陛下只是嫌無聊，才會弄得興師動眾，不顧朝中反對之聲，離宮遊玩，這次還乾脆拋下春祭來到溧陽。

魏顯瑜這個溧陽郡守做了好幾年，心中想什麼面上卻不顯，這些時日盡心盡力地照顧陛下玩樂。今日城外熱鬧，陛下要看龍舟，他也安排妥當，還特地準備了些美人在湖岸邊歌舞。

只是到了地方，也不見陛下對龍舟有多感興趣，只是坐在船邊，百無聊賴地擺弄著腰間的一塊玉玨。

眼看這一坐就是大半日，魏顯瑜站在這裡伺候得有點承受不住，背後浸汗，腿腳痠疼。他養尊處優慣了，怎麼承受得了這些？只好試探地開口，先把這位陛下勸回去歇息，自己也輕鬆些。

十六歲的陛下，面若女蘿，臉若粉敷，黑髮烏眼，端的是一副好相貌，只是臉上莫名帶著一股戾氣，看人時總有種彷彿能看透人心的沉鬱森然。

他似乎沒有聽見魏顯瑜說的話，神情波瀾不驚，不知在想些什麼。

「陛下……」魏顯瑜長居溧陽，與這位傳言中的暴君相處不多，見他不理會自己，忍不住想試著再勸。

那好好坐著的司馬焦毫無預兆地忽然間一拂袖，看也不看，將桌上的一盞茶甩在了魏顯瑜身上，茶杯砸在他的腦門，還淋了他一身的茶葉。

魏顯瑜眼角抽搐，卻什麼都沒敢說，低下頭去，掩飾神情。

就在這時，他看到司馬焦站了起來，一把撕開了掛在窗扇上的半透明繡花錦簾，往外看去，目光彷彿在追尋什麼。

掛簾子的玉勾和流蘇都被他扯得掉在地上，玉珠在地上彈動，滾進了一旁的茶几下。

不只是魏顯瑜，連伺候在陛下身邊的幾個宦者見狀，都面露詫異之色。

其中一人緊張地吞了吞口水，上前輕聲道：「陛下，您怎麼了，可是在找什麼？」

司馬焦忽然按了按額心：「剛才路邊有一個坐著華駕車馬的女子，去為孤找到她。」

「什麼？他現在是扈國的陛下？」

廖停雁先是驚訝了一陣子，隨後又覺得理所當然。之前就覺得這祖宗像個暴君，如今可算是實至名歸了。

可是現在要怎麼辦？她是直接把司馬焦搶回去魔域，還是先接近他，試試他的記憶有沒有恢復，再慢慢來告訴他以前的事？

黑蛇留在魔域震懾下屬，沒有跟來。廖停雁身邊只帶了紅螺和一群魔將、魔修。

紅螺：「當然是先把他帶回去再說，現在他是個凡人，又不能反抗，妳不是正好能將他帶回去嗎？妳想怎麼樣就怎麼樣。還有，得再讓他修煉，哪怕身體資質不好，以那位祖宗的悟性，也一定能修出個樣子。」

廖停雁聽著，卻久久沒有說話。

她有些出神。

他們暫時落腳的這個庭院長著茂盛的梔子樹，濃綠的葉和白花正好就在窗外。她看著窗外的花發了一陣子呆，忽然說：「不，就留在這裡，我不把他帶回魔域，也不要他修煉。」

我想讓他當一世普通的凡人，也只能這麼做。

紅螺很不能理解，睜大了眼睛，喊道：「不讓他修煉？凡人短短幾十年，難不成妳還真的要看他過完這幾十年，然後就這麼死了？到時候妳怎麼辦？」

廖停雁想說，我從前也是凡人，我也沒想過自己有一天會擁有更長久的生命，其實我並不想活得那麼久，久得令人害怕，光是這十幾年，她就已經覺得十分疲累了。

凡人很好，幾十年的人生也足夠了。

也許對司馬焦來說，身為普通人，才是他最幸運的事。他本來是要神魂俱滅的，是她強行把他留了下來，如果一定要追求長久，似乎太過貪心了。

她沒說話，只看了一眼紅螺，紅螺就明白她不會改變主意了。在固執這一點上，她可能和馬焦很有夫妻相。

紅螺雖然仍然不能理解她在想些什麼，但她沒辦法勸，只能指出目前的問題：「既然妳不想把他帶走，那妳就要留在這裡陪他了，可妳要用什麼身分接近他？之後要怎麼做，妳都想好了嗎？妳找了他這麼多年，總不會偷偷在一旁看他幾眼就夠了吧？」

那肯定不夠。

這確實是個問題。

廖停雁思考了片刻：「不然這樣，妳看如何？我用術法讓他做一個夢，然後我再入夢。」不是常有那種作夢之後夢見漂亮的小姐，最後就一見傾心的。

她又想起了洛神賦，臨時發揮，準備套個流傳千古的範本，說：「夢裡的場景就是他在水邊遊玩，突然看到一個淩波仙子站在河邊，一見之下驚為天人。」

這樣做幾次夢，她再找個機會在現實中重現這個場景。這對她來說還是很簡單的，出場就是神女這種高規格，以後要是顯露出什麼特殊的地方，直接就能解釋了。

超完美。

廖停雁滿意地點了點頭，覺得這個劇本非常有神話特色。

紅螺心想：我感覺這不太可靠，姊妹，妳真的要這樣玩嗎？

廖停雁感知到她的心聲，用眼神示意：這種屬於基本操作，還能有什麼問題？

兩人細細討論了一陣子如何假裝仙女下凡，如何切實有效地迷住一個暴君，忽然聽見外面有魔將傳聲道：「魔主，外面來了一隊凡人士兵。」

什麼士兵？她們可是剛到這裡，還什麼壞事都來不及做，怎麼會被士兵找上門來？

莫非是因為她們沒有入城許可證，或者還沒做好假身分，結果被查了水錶？可是，現在的這些凡人國家管理戶籍有這麼嚴格嗎？

廖停雁見到那一隊帶著衛兵的人之後，感覺更加傻住了。因為那帶著士兵的人是個細聲細氣的小白臉，他不是來查黑戶的，而是帶著笑對坐在主位的廖停雁說：「我家郎君在河邊見了女郎一面，心中牽掛，於是令我等前來尋找女郎蹤跡，還望女郎隨我前去拜見過我家郎君。」

女郎是扈國專對未婚年輕女子的稱呼，郎君則稱呼男子。

廖停雁：「……」

明白了，原來是走在街上碰到色狼，被人家看中了相貌，所以才讓人找上門來。想要強搶民女啊？看了看這些士兵，對方可能還有點來頭。

有生之年竟然還能碰上這種劇情？老實說，廖停雁都快忘記自己還有個大美人的設定了。

紅螺和其他充作做下人護衛的魔將魔修們聞言，也是面面相覷。這個……廖停雁從前是世界第一大魔王司馬焦的道侶，後來自己就成了魔域魔主，誰敢看上她啊？就算看上了也不敢說啊，哪曉得會生出這種事端。

可能因為實在太離譜，廖停雁竟然都不覺得憤怒，只有旁邊一夥人高馬大，臉長得凶神惡煞的魔將露出被冒犯的凶狠神情。

哪裡來的小王八蛋，竟敢覬覦他們老大？抽筋！扒皮！煉魂！

也許是察覺到了他們的不善，先前還有高傲姿態的白臉男人這下子雙腿發顫，說話都不自覺地發顫：「我們郎君，並非普通人，若是女郎願意，通天富貴唾手可得……」

廖停雁想笑，「喔，多大的富貴？」

白臉男人又稍稍挺直了腰板：「我家郎君，姓司馬，來自燕城。」

燕城是王都，司馬是國姓，能用這個自稱的人，只有一個——就是扈國國君司馬焦。

廖停雁：「……」

誰？你跟我說誰？

廖停雁：「……司馬焦？」

白臉男人臉色一變：「大膽，不可直呼君王名姓！」

紅螺和魔將們都陷入沉默，這回沒人發怒了，他們都覺得不太真實。

廖停雁：我確實還沒來得及編夢寫劇本吧？

奇怪的沉默中，紅螺拍了拍廖停雁的肩，小聲說：「嗯，那什麼，千里姻緣一線牽，不如珍惜這段緣份吧？」

廖停雁突然反應過來：「！」司馬焦！他變成了一個、一個在，在路邊看到漂亮女人！就要讓人上門強搶的垃圾了！還這麼熟練，說不定不是第一次這麼幹！

你媽的！司馬焦！你死定了！

我跟你講，你要死了！

廖停雁上了來接人的馬車，一路沉默地前往溧陽郡守魏顯瑜的府邸。

她想著見到司馬焦之後要怎麼出氣，對著他的小白臉甩一掌，還是一腳先踢飛他，或者先說幾句再動手……

等到真正再見到他那張熟悉的臉時，廖停雁卻覺得自己無法動彈，只定定地看著他，心裡湧起很多沒什麼頭緒的情緒。

她想起一句詩。

人間別久不成悲。

不成悲，乍相逢才悲。

千言萬語，一時不知從何處說起，廖停雁望著坐在那裡，漫不經心地看過來的男人，一看到他的眼睛，眼淚瞬間就落下來了。

她想說，我找你好久，還想說，我常常作夢，卻很少夢見你。想罵他，狠狠地罵他，更想過去抱抱這個好不容易找到的人，可是不管是親是罵，她都沒辦法去接近他，只能像被定在原地一樣，看著他淚流滿面。

司馬焦：「……」

他原本坐在那裡，沒什麼表情地看著她哭，後來手裡把玩的玉盞掉在地上碎了，他站起來，走到廖停雁面前，略顯粗魯地用拇指擦去她的眼淚：「妳哭什麼？」

他煩躁地看了一眼旁邊帶人來的侍從：「我讓你們去找人，沒要你們搶人。」

內侍被他一眼看得惶恐不已：「陛下，這位女郎真的是自願來的！」

自願來的？自願來的會哭成這個死了夫郎的樣子？

司馬焦簡直被哭得頭疼，遲疑了一下，撚了下手指上殘留的淚痕，覺得自己的頭疾好像要發作了，眉心一跳一跳地疼。

廖停雁哭著哭著，找了個位置，扶著榻上的一座小桌子坐下。

按著眉心準備爆發的司馬焦：「……」

妳怎麼那麼熟練？

8　8　8

扈國國君司馬焦，從幼年開始就少眠多夢。他常有許多亂夢，大多沒什麼具體意象，就是大片的紅色天空，鮮血和火焰，偶爾還有黑壓壓的宮殿和壓在頭頂的鎖鏈，令人倍覺壓抑。

就如同那些曾經教訓他的老師一般，冗長的說教，帶著輕蔑與排斥的眼神，都是令人感到不快的。

只是，偶爾，他也會夢見一個人，一個女人。

有時她會坐在山溪邊，赤腳踩著水，伸手折下頭頂一枝鮮嫩的綠葉，將綠葉隨意地在清澈的溪水中拂動。陽光落在她的腳踝，落在她的長睫和臉頰上，落在她挑起水花的手指上。

他在夢中感覺到非常平靜，甚至帶著柔軟的情緒注視著這一切，他彷彿也通過這個夢感覺到那冰涼的溪水。

有時她會躺在一團錦繡溫柔的被褥中，陷入軟綿中被包裹住，像是一枚裹在糕糖裡的蜜棗，帶著點香甜的氣息。她偶爾會翻一個身，將手伸出來，搭在床邊。而他在夢中會抬起她的手，一一捏過她的手指。

還有的時候，她在夢中對他流淚，彷彿他傷了她的心，令她在夢中都不得歡喜，非得對他垂淚，逼得他無處發洩心中的痛楚才夠。

夢中那個人的臉隨著他的年紀增長從模糊到清晰，也越發生動。只是，她究竟是誰這個問題困擾了他好幾年。

「妳是誰？」

「廖停雁，我是廖停雁。」

與他相遇的時候，她就是廖停雁了。

司馬焦站在廖停雁身前，伸手摩挲她的下巴和臉頰，手指帶著微微涼意，看著她的目光也有許多探究。

廖停雁已經哭夠了，終於從久別重逢裡恢復了過來，她坐在那裡仰頭看司馬焦，像是注視時隔多年再次開放的花，澎湃的心潮退下後，海浪仍然一下又一下地拍在沙灘上，激起小朵的浪花。

如果不是旁邊還有許多人在看著，她可能會忍不住，也去摸一把他的臉。

嗯……是這樣的，她仔細看了一下，目前這位陛下還是個小陛下，十六歲的模樣，和她從前熟悉的樣子不太一樣，顯得更青澀些。以前的司馬焦是個青年的模樣，但畢竟活了那麼多年，平時的神情、動作都帶著成人的氣質，可現在這個司馬焦……真的很嫩。

眼睛還是那雙眼睛，但因為沒有了幾百年的記憶疊加，顯得清澈許多，還有一點圓，臉部輪廓也比長大後的模樣柔和，沒那麼鋒利，鼻子和嘴唇也是，可可愛愛的。

不行，這個感覺就好像突然回到十幾歲的少年時期，看到年少戀人的模樣，都快要被萌死了！哪怕對方以前是個自我的王八蛋，也無法影響他現在的可愛。

這小臉可真水嫩啊。

廖停雁沒忍住，還是伸手摸了一把陛下的臉。

司馬焦：「……」什麼？

面前這個剛才還哀哀哭泣的美人，算是被他搶回來的，他當然想摸人家的臉就能摸，可她又是怎麼回事，這麼自然地反過來摸他的臉，到底他是那個嚇人的壞名聲暴君，還是她才是？

司馬焦古怪地看她：「妳摸孤的臉？」

廖停雁：「……」實不相瞞，陛下，其實你的屁股我都摸過，臉又算得了什麼呢？

司馬焦發現自己被冒犯了，竟然也不覺得生氣，反而有些奇怪地問：「妳看起來似乎並不怕孤？」

廖停雁：啊？我現在還要表現出怕你才行嗎？

但是她初來貴地，都沒補完前道侶的新身分，也不知道這暴君做了些什麼令人害怕的事情，所以現在要從哪裡開始害怕起？老實講，這麼多年她的演技完全沒進步，不知道能不能應付這個司馬焦。

司馬焦：「莫非妳沒聽說過孤殺人如麻？」

廖停雁：「哇……哇喔？」驚恐表現得很失敗。

司馬焦對她呆愣的樣子很不滿意，覺得這女郎大概是年紀太小，又在家中被養得太好了，竟不知人間疾苦，連他的名聲都沒聽說過，恐怕她也沒辦法想像他殺人是怎麼回事。

司馬焦於是大搖大擺地坐在她旁邊，往榻上一靠，揮手要那些站在一邊的侍從們都下去，然後眼神放肆地上下打量廖停雁，用一種變態變態的語氣說：「孤曾將一個對我破口大罵的人剝了皮，掛在宮門口，等到他被風吹雨淋，變成了一具白骨。」

廖停雁：嗯，那還真的是好可怕——如果沒有以前那個動不動要滅人家一族，一動手就弄死整個庚辰仙府內部人員，還燒掉大半個魔域，把魔將用來當堆肥的司馬焦做對比的話。

司馬焦看得出面前的美人沒有覺得害怕，低低笑了兩聲，挑了下她的下巴：「妳就不怕若是惹怒了孤，也會被孤如此料理？孤可不是什麼憐香惜玉的人。」

當然，這男的和憐香惜玉這個詞生來無緣，她記得，她當初剛入庚辰仙府，被選進他的三聖山高塔後，就看著他弄死了一堆堆的大美人，只要他想殺人，從來就不分男女。

對，當初的記憶她想起了一小部分，是司馬焦把自己當蠟燭燒了之後想起來的，可能是當時被刺激到喚醒了。

十六歲的司馬焦，湊近她故意嚇唬人似的說起自己那些「豐功偉業」，廖停雁不僅不怕，甚至還想笑。

算了，還是給陛下一點面子吧，畢竟也是好可怕、好可怕的陛下呢，噗噗。

「好……好怕喔。」她嗓音有點顫抖，忍著笑的那種抖。

司馬焦：「……」總覺得面前這女人怪怪的。

司馬焦：「看樣子妳還沒有意識到自己的命運，孤乃國君司馬焦，而妳，會隨我前往燕城王都。」從今以後就要離開家鄉，被關進那個宮城牢籠。

廖停雁矜持地點點頭：「好，我答應了。」

司馬焦：「……孤不是在詢問妳，孤是要告訴妳，從今以後，妳就是孤的女人了。」他意味深長的目光掠過她的身體，等著看她倉皇失措的模樣。

倉皇失措什麼的是不會有的，廖停雁猶豫地看著小陛下水嫩的臉蛋，心想：年輕真好，就算是說這種屁話，看到他的嫩臉也不生氣了。

不過，做他的女人，這不太好吧？現在就考慮這種事實在太早了。

雖然這不是現代，但司馬焦現在這身體才十六歲，毛可能都沒長齊，他大概也沒回想起以前的事，心智還是個十六歲的叛逆少年，她真的下不了手。

不行，我的良心不允許我睡未成年的小男孩，至少再等兩年。

「陛下，我們兩年後再說好嗎？或者一年後？」

廖停雁委婉地把下一句話的主語從「你」變成「我」：「我還小呢，有些害怕。」

司馬焦：「……」這個人到底在說什麼屁話？

他沉下一張小白臉：「妳以為妳能選擇？只要孤想，妳立刻就能屬於我。」

廖停雁：別、別逼我犯罪！我的意志可是很薄弱的，道德感也越來越少了，一個不注意就會真的動手了。

也許是因為她現在是個比司馬焦強很多的強者，聽十六歲的小男孩怎麼逞威風都覺得想笑，廖停雁自覺如今是個成年人，還是個一根手指能把司馬焦壓在床上動不了的大魔頭，所以很是包容他。

呵，不管你說什麼，我都不會跟你這個小屁孩生氣。

結果等她被「搶」到寬敞的馬車上，押回去王都燕城的路上，司馬焦看她理所當然地躺在自己旁邊，安安穩穩準備休息的樣子，冷不防地對她說：「妳是不是傻子，怎麼都沒反應？妳這樣要是入了孤的後宮，會被孤後宮裡的那些女人生吃了。」

成熟大人的絕不生氣。

廖停雁：後宮那些女人？什麼女人？司馬焦你要死了，你十幾年的生命到現在就要提前結束了！

看廖停雁終於變了臉色，司馬焦覺得十分舒爽，心想，怕了吧，他略帶得意地道：「妳若能得孤歡心，孤自會保妳無憂。」

他盤算著現在自己後宮的情況，想著近來最出風頭的幾個是長什麼樣子，他出來一趟有點記不太清楚了。

作為一個皇帝，他當然有個後宮，裡面的美人有按照規矩採選上來的，也有人送的，各地的王侯都愛互送美人，扈國風氣向來如此，司馬焦這個國君尤其愛送別人美人姬妾。

他看哪位臣下不順眼，就會送哪位臣下美人。他送出去的，都是在後宮爭鬥裡名列前茅的佼佼者，隨便拉一個出去都不是省油的燈。

他養著各方送來的美人，就好像是養一群蟋蟀，讓她們鬥，誰有手腕、有心機能勝出，就是他眼中能派上用場的東西。

這個糟心的陛下，每次送一個美人出去，都美其名為「君臣相和」，可人家前任扈文王要是送將軍自己的後宮美姬，是因為人家兄弟感情好，不分你我，他呢，他都是打著搞事的想法去做的。送一個美人，能把一個臣子家裡弄得翻天覆地、雞飛狗跳，他都不知道搞散了多少個大臣和諧的家庭。

搞得現在那些臣下最怕的就是逢年過節，陛下心血來潮開宴會，他在宴會上總要送出幾個美人，那哪是送美人，簡直就是送喪神。

廖停雁不知道這些內情，她磨了磨牙，看著像大爺一樣坐在那裡的司馬焦，忽然抬手揮了一下。司馬焦眨眨眼，慢慢閉上了眼睛，他的眼皮蓋了下來，只是眼珠仍然在轉動，好像想掙扎著醒來。

廖停雁的手臂攬在他的脖子上，輕聲安撫了一句：「你睏了，睡吧。」司馬焦這才沒有再試圖掙扎，慢慢睡了過去。

廖停雁把人弄睡著了，這才捏著他的手腕按了按，旋即撇嘴。

呸，這個童子雞。

不過，他這個身體，是真的很不好。

廖停雁仔仔細細地替他檢查，發現他的神魂還是在當年受了損，也與現在這具身體融合得不是很好，他大概時常會感到頭痛。眼下也有烏青，這麼一閉眼，安安靜靜地就看出來了，睡得估計也不好。

他是祖傳的睡不好嗎？怎麼都換了具肉體，還是睡不好？

身體太弱了，有神魂的影響，也有胎裡帶的病。他自己可能不太在意，年紀輕輕的，如果是普通人沒有靈藥來治，可能最多只能活個三十多歲。

她剛才還有點生他的氣，可現在看到他這具破身體，又覺得心疼，還好她是修仙人士。

「你怎麼到哪裡都能把自己弄得這麼難受？」廖停雁低聲說，啄了一口陛下的臉頰。

她摸出一支玉壺，這是谷雨塢師兄送的參露，靈氣不是很多，修仙之人大概就是喝個味道，但對普通人的身體來說是頂尖的滋補良品，她這裡有很多更好的，但現在這個最合適。

她抿了一口，低頭吻住司馬焦的唇，餵了一小口給他。他現在連這個也不能多喝，但以後可以每天讓他喝一點。

司馬焦擰起眉，手指彈動了一下，不太安穩的樣子。廖停雁攬著他的脖子，一手在他腦門額心拂過，讓他平靜下來，然後靠在他胸膛上。

他的感覺很敏銳，哪怕是個普通人的身體，神魂也還是那個司馬焦。

他如今的胸膛有點單薄，果然是個十幾歲的少年，胸口不像從前那麼冷了，帶著少年人特有的暖意，只有手是微涼的。他的心臟在緩慢跳動，代表進入了沉睡。

廖停雁注視他的下巴出神了一會兒，也蹭了蹭他的胸膛，一起睡了過去。

８

８

８

司馬焦醒來，發現自己在馬車上睡著了。他很少能安穩睡著，更別說是在行駛的馬車上，而且他回想起睡著之前，發現記憶竟然有些模糊，彷彿是與廖停雁說著話，說著說著就感到了睏倦——這個女人不太對勁，他立刻察覺到這點。

不對勁的女人抱著他的脖子，靠著他的胸口睡得很香。司馬焦才剛醒過來，腦子還不太清醒，下意識就抱著她的腰，捏了捏她的後頸，做完後他才清醒過來，看著自己的手，表情神祕莫測。

這女人究竟是何方神聖？

畢竟司馬焦是個「臥榻之側不容他人鼾睡」的典型暴躁皇帝，還沒有活物能在他旁邊安然睡著，一般來說，只要旁邊有人，他絕對睡不著。

「醒醒。」司馬焦搖晃起懷裡一睡不起的女人。

廖停雁心神放鬆，睡得正好，感覺到了這頻率熟悉的搖晃叫醒服務，自然而然就有條件反射——這是司馬焦又鬧她了。

於是她也接著條件反射，抱緊了司馬焦的脖子，往人家頸窩裡埋臉，含糊地說了兩聲：「嗯嗯，不吵。」

但壓根就沒睜開眼。

司馬焦感覺到她的鼻子和唇都湊在自己脖子邊，呼吸簌簌地掃著脖頸，渾身都不對勁。是那種理智上察覺到不對，但反應不過來，警惕心和對危險的預估都沒有的奇怪感覺。

這個廖停雁有一張常在他夢中出現的臉，莫非就因為這樣，他就能容忍她至此？司馬焦不甚明白，擰眉深思了半日。回過神後發現自己還把人抱在懷裡沒放開，手還彷彿有自己的意識一般摸著人家的肚子。

陛下滿面思慮之色，心想：還滿好摸的。

他搓了搓手指，也罷，就放在身邊觀察一陣子，若有不對，遲早會露出馬腳。這女子這般親近討好自己，既然是這樣，回宮之後給她高一點的位份便是了。

他想著，掀開車簾往外看了眼，燦爛的陽光落進車內，照在廖停雁的臉上。

廖停雁：「……熱。」

司馬焦：「……」

他屈指敲敲車壁，馬車立刻緩了下來，內侍拉開紗門和錦簾，跪在車門前：「陛下——」

他一眼看見司馬焦抱著廖停雁的樣子，面露愕然之色，又在司馬焦驟然沉下的臉色裡迅速惶恐地垂下頭去。

司馬焦：「取冰過來。」

為了時刻準備滿足陛下的各種需求，車隊裡帶了大量的奢侈享受物品，內侍應聲下去後，很快就命人端了冒著寒氣的冰盞上來安放好。

廖停雁其實在喊完那聲熱之後就醒了，她睡迷糊了沒防備，差點準備直接用術法想要降溫，好險想起了現在是個什麼情況，才和凡人帝王司馬焦第一天見面，要是就來這麼神幻的，可會嚇壞他了。

萬一被他誤認為是妖怪怎麼辦，比如什麼意圖禍亂朝綱的狐狸精什麼的，她不太想走這個劇本。

還是在他身邊太放鬆了，不能這樣，得注意一點。

司馬焦：「醒了就起來，孤的腿都被妳壓麻了。」

廖停雁慢吞吞地坐到一邊，看他的腿，凡人的身體真的太脆弱了。她一陣恍惚，眼前忽然浮光掠影般地出現某個片段。

穿著黑色長袍的司馬焦坐在巨蛇背上，低頭看坐在懷裡的她，似乎有些嫌棄地說：「妳就這麼一點修為，太弱了，豈不是我稍稍用力妳就會沒命。」

轉眼又是這個司馬焦，毫不猶豫地刺破了自己的手掌，將血餵給了她。

她也曾是這麼脆弱的普通人，是他把她變成現在這樣的。

馬車裡的十六歲陛下沒注意到廖停雁的神情，他讓人打開冰盞，取出裡面冰過的水果，示意廖停雁吃。

「吃吧。」

他靠在那裡敲敲自己的膝蓋，忽然想，我為何這麼自然地要讓她吃？

廖停雁眨眨眼，抱著散發寒氣的大桃子，湊到司馬焦旁邊，作勢替他捏麻木的腿，實則為他拍進去幾道靈力，讓他的身體能血脈暢通。

正想讓內侍過來按摩的陛下鼻子哼哼兩聲，又大爺般地靠了回去，覺得這個美人很是愛慕自己，又是投懷送抱的，又是暗送秋波，還主動替他捶腿。

陛下有點膨脹了。

廖停雁捶了三下就收手吃桃。怎麼講，果然是由奢入儉難，吃太多修仙界靈食靈果，這個滋味就不太夠了。

司馬焦：「……妳不會討好人嗎？」只捶三下是什麼意思？

廖停雁：「……陛下的腳還會麻？」不就是腳麻嗎，她都用了靈力，捶三下足夠了。

司馬焦：「……」確實不麻了，但、但是，妳對孤的討好僅此而已嗎？

他用威嚴而帶有壓迫的眼神凝視廖停雁，一般而言，他露出這樣的神色，不管是那些大臣還是內侍宮人或者後宮美人，全都會嚇得不行。

廖停雁：不是，你非要這樣看我嗎？你在撒嬌嗎？

算了，她想，才十六歲，叛逆期都還沒過，滿足一下他又怎麼樣。老草不跟嫩牛計較，捏腿就捏腿。

雖然目的達到了，但是陛下不知為何覺得廖停雁想的好像和自己不太一樣，他有種感覺，甚至覺得自己聽到廖停雁在心裡愛憐地喊他小陛下。

司馬焦：「……」是錯覺吧。

他看著窗外的河流，忽然想起一件事，又敲了敲車壁。

「陛下。」馬車外騎著馬的一人湊近，低聲道。

司馬焦道：「魏顯瑜如何？」

侍從道：「魏郡守已經回府了。」

司馬焦揉了揉自己的額心。忘記料理魏顯瑜了，他到溧陽當然不是隨便來的，魏顯瑜這個人先前與南堰侯勾搭，暗地裡做了不少小動作，他這次來本來是準備順便把魏顯瑜解決了，只是……他看了眼旁邊的廖停雁，只是出了點事，一時間竟然忘記了這件事。

他在「暫時放過魏顯瑜」和「趁著現在還沒走遠，直接叫人回去料理魏顯瑜」兩個選項中猶豫了片刻，選了後者。

來都來了，肯定不能放過他。他當即派了幾人回頭，去解決這件事。

那幾人在幾天後追上了隊伍，帶回了令司馬焦滿意的結果。

他手底下有一群聽話好用的內侍，對他忠心耿耿，和他後宮那些蛇蠍美人齊名，在諸位大臣眼中都不是些好東西。蛇蠍美人毀家，狠手內侍要命，一內一外，殺人惹事都齊了。

這些年，凡是讓司馬焦不痛快的人，都會落得可怕的下場。

如果不是因為都被司馬焦整怕了，像他這樣隨意出宮閒逛，一走就是一兩個月，朝中早就鬧翻天了，怎麼會這樣安靜如雞。

也虧得他不理朝中事務，基本上都是由幾位老臣代理，幾位分別代表著不同勢力的老臣，在朝中就能支起一場大戲，司馬焦這個本該是主角的君王，最後反而淪為了看倌。

一個令人畏懼又討厭的看倌。

司馬焦的儀仗車隊剛進入王都燕城，就有不少在城門等的人飛奔回去報知各方，司馬焦回來了，表示大家的好日子又要結束了。

廖停雁覺得滿新鮮的，她和司馬焦在一起也很長一段時間了，他那時雖然很厲害，所有人都害怕他，但他基本上不願意搞什麼很誇張的架勢派頭，出行都喜歡只帶著她和黑蛇一起，被人打擾了就會不高興，但現在他這個前呼後擁的架勢，真的是很「皇帝」了。

車隊一路沿著寬闊的主街，直通宮門，沿路上已經有重兵把守，隔絕了其他人接近。

燕城王宮是一片寬廣的宮殿，與廖停雁曾見過的那些修仙界魔域建築都不相同，這座宮殿大概有些歷史，建築大氣，青色的磚牆有一種質樸厚重的氣息，或許就是獨屬於凡人的時光痕跡，與修仙界那些永遠保持著嶄新的華美不太一樣。

她當了很多年的「修仙人士」了，幾乎快忘記自己曾經也是個普通人。

司馬焦見她望著窗外，表情有些落寞出神，心裡就不太高興。莫非她不願意入宮？都到這時候了，才意識到今後會有什麼樣的生活？她這表情是什麼意思？

司馬焦一不高興，就決定把之前打算給廖停雁的位份再升高一點。

這樣她總會高興了。

若是這樣還不高興，那就太過恃寵而驕了，他是不會一直容忍的。

完全沒發現陛下腦補了什麼東西的廖停雁，被帶到了司馬焦居住的宸殿，洗澡更衣，打理好了之後去參加晚宴。

司馬焦每次在外面遊蕩回來都要開個宴會，和久別的臣子們增進一下感情——用送大家美人的方式。

他的後宮們坐在一道屏障相隔的內殿，能隱隱綽綽看到一個個婀娜的人影，外殿則是大臣們，一個個神情沉重得好像在參加喪宴。

司馬焦帶著廖停雁最後一個到場，廖停雁走在司馬焦身邊，覺得所有人都在看自己，比看司馬焦的人還多。

司馬焦坐在主位，也沒讓廖停雁去內殿坐，直接讓她坐在自己身邊，這一舉動又引起一片譁然，廖停雁耳尖地聽到內殿那一群美人都瞬間騷動了。

「開宴。」

司馬焦聲音一出，就有絡繹不絕的侍從送上熱菜酒水，撤走原本的糕點零嘴，翩然的舞姬也扭動起腰肢，從殿外飄然而至，眨眼間就是一片歌舞昇平。

廖停雁看看面前的菜色，滿有食欲地準備開吃，她自顧自吃了一口，聽到旁邊奉酒的內侍發出一聲倒抽氣的聲音，頓時想到現在不比從前，不由得筷子一頓。

司馬焦語氣隨意地對廖停雁道：「想吃什麼就吃。」

扭頭又語帶不快地對那內侍道：「滾下去。」

那內侍趕緊擦著額上的冷汗下去了。陛下的性格好像比從前好了一些，真是撿回一條命。

廖停雁吃了幾口嘗鮮，見司馬焦撐著下巴看自己吃，都不動筷，忍不住問：「陛下不吃？」

這段時間在路上也是，他都很少吃東西，他以前就是這樣，什麼都不愛吃，可現在是凡人了，要是不吃東西，他怎麼活？難怪把身體搞成這樣，這個人的壞毛病也實在太多了。

廖停雁心裡盤算著要什麼時候幫他開個小灶、滋補一下，隨手幫他舀了個丸子，「陛下，這個好吃，你嘗一嘗嗎？」

正好來送酒的內侍見狀，嚇得手裡的托盤都摔了。

廖停雁：不是，你們幹嘛這麼震驚？

司馬焦厭煩地看了一眼碗中的丸子，揮揮手讓那個嚇得跪在一邊的內侍滾蛋，一邊答道：「不吃。」

他這挑食的基因難不成是寫在神魂裡的嗎？

廖停雁無奈，夾回來自己吃了。

也許是因為今晚的陛下實在太無害，大臣們沒等到他作妖，紛紛放鬆下來，享受歌舞盛宴，酒過三巡，不少人就醉了。按習慣，臣子們出列祝酒。

然後是賞賜環節。

司馬焦照例賞兩個美人下去。

有一位大臣姓趙，這兩年來風頭很盛，算是司馬焦的嫡系，很得司馬焦重用——看重他夠無恥夠心狠，才二十來歲就把他升為了九卿之一的少府。這位本就飄飄然好幾個月，又喝了不少酒，有點醉了，此刻為了表示親近，便用半開玩笑的語氣道：「陛下新得的美人，臣下看到倒是喜歡，不知可能割愛？」

場中突兀地安靜下來。

司馬焦沒有說話，他將目光轉向了趙少府，臉上一絲表情都沒有。

殿中的歌舞聲樂停了下來，嘈雜祝酒也沒了聲音，眾人都察覺到什麼，自發地安靜下來，於是只剩下一片壓抑的死寂。

「你想要孤的貴妃？」司馬焦探身，輕聲問。

這聲音輕飄飄的，卻如同炸雷，把所有人都炸得一陣心驚肉跳。

貴妃？這位陛下的後宮裡，所有的美人都沒有位份，只是最低階的美人。皇后、一品三夫人、九嬪這些頭銜都還空置著，從未見他為哪個美人提位份，如今他卻不聲不響地，忽然就帶了一個貴妃出來？

一個來歷不明的女子，突然就成了貴妃？

若說司馬焦會被美色所迷，所有人都不信，可現在，他們又都不太肯定了。

趙少府終於有些清醒了，他愕然地望向司馬焦陰沉的臉，哆哆嗦嗦地跪了下去，結巴道：「臣、臣下喝多了，一時、一時糊塗……」

司馬焦輕飄飄地點了點桌案：「拔了他的舌頭，吊死在宮門口。」

先前一直如影子般站在附近的內侍出列四個，凶神惡煞地撲上前，當著眾人的面，兩人按住手腳，一人掰開嘴，一人拔舌頭。

「呃啊！不——嘔——」

廖停雁還舉著筷子，看著兩個人拖著抽搐的一具身體越走越遠，殿中長長一條紅色的拖痕無人清理，殿內外一片寂靜。

司馬焦這時又看著廖停雁，微微笑了起來，一張少年的臉上絲毫看不出方才的陰沉戾氣，他語氣和緩地說：「怎麼不繼續吃了？來嘗嘗這道牛舌。」

好像是殺了個人，終於舒爽了，對面前的菜色也有了興趣。

廖停雁：「……」

第二十章　如果仍然堅信相愛，失憶就是一種情趣

廖停雁這個半路貴妃就這麼莫名其妙、堪稱輕率地成為司馬焦的後宮之主，鑒於司馬焦還沒有皇后，她如今就代表著最高等級。

司馬焦可能是對於帶人升級這件事有著天然的愛好，動不動就大跳級。不僅跳級，司馬焦還大袖一揮，讓廖停雁住進了梓泉宮——皇后的宮殿。

陛下向來任性，誰都奈何他不得，他都這麼決定了，也沒人敢出來說個不字，何況那宴會廳前的血還沒擦乾淨呢。

廖停雁住進梓泉宮，心想，不和司馬焦住在一起也好，晚上能召下屬們來問些事情，順便讓紅螺帶人回魔域去看著情況。

雖然梓泉宮只住她這麼一個主人，但裡面的人不少，來來往往著，愣是把一個這麼大的宮殿烘托出熱鬧無比的氣氛來。

負責伺候她的宮人女侍一大堆，粗略一看，起碼有上百人，內殿裡貼身伺候照顧的、負責她頭髮的、負責她珠寶首飾的、負責她衣服的、負責她熏香的、負責她鞋子的……從頭到腳，連指

甲染色也有專人負責。

除此之外還有負責她庫房財務的、負責管她的茶水、管飲食用膳、管夏天用冰冬天用炭、管庭院花木、管燈火窗戶、管殿內掃灑……半天之內就已經全部到位，分工細緻到廖停雁都有點記不清。

凡人皇帝，怎麼日子過得比修仙人士還要奢侈墮落？當然，修仙那時司馬焦是不喜歡太多人在身邊湊近打轉，他的感覺太敏銳了，但凡有人在身邊就容易被影響，會特別煩躁，而且那時候很多事能直接用術法高效完成，相比起來，凡人皇帝真的是太誇張了。

廖停雁幾乎是被一堆人像菩薩一樣供著收拾好，再被花團錦簇地移送到了寬大的床榻上，點熏香，放簾子，女侍們又有序地魚貫退下。

廖停雁抖開被子躺下，睡到半夜，被人吵醒了。能靠近還不驚醒她的，這世界上就一個人，司馬焦。

我說你怎麼又半夜出現？

廖停雁看到床邊的那個黑影，竟然一點都不覺得奇怪。他這個半夜出沒的毛病可能和不愛吃東西一樣，是寫在人物初始設定裡的。

她又想起一點從前的片段，是在庚辰仙府的三聖山上，她一次半夜醒來，看見黑衣的師祖在奇怪的花叢裡徘徊，還隨手殺了個很漂亮的女孩。那種花是日月幽曇，腦子裡突然冒出了這個念頭，至於女孩是什麼身分她就不太記得，好像是哪個慘遭淘汰的參賽隊員。

他不在的這些年，她回想起了不少東西，這幾天想起來的格外多，雖然都是像碎片一樣的記憶，但是都讓她覺得既新奇又感慨——我以前是腦子壞了，才跟這種臭毛病特別多的變態談戀愛吧？

司馬焦坐在床頭看她，不點燈也不說話，要是普通人定會被他嚇出個好歹來。但廖停雁無所畏懼，她看看這個黑眼圈有點重的陛下，主動朝他伸出手：「陛下，你要一起睡嗎？」

司馬焦一早就發現這個人不怕自己，但聽她這麼說，還是一頓：「妳不是很怕孤對妳出手？怎麼如今改變主意了？」

廖停雁：「……」不，我是怕自己對你出手。

廖停雁：「要不要睡啊？很晚啦，你不休息啊？」普通人熬夜不僅會有黑眼圈，還會脫髮，甚至腎虧，她心有戚戚地摸了一把自己如今那頭烏黑亮麗的頭髮，還是修仙好。

司馬焦沒理會她的話，一手撐在枕邊，居高臨下地注視她：「妳是什麼？」

他仔細看著廖停雁，湊得很近，好像要將她完全看透。

他靠太近了，呼吸相聞的距離下，廖停雁忽然就很想笑，仰頭在他臉頰上親了一下。真是可愛啊。

「啾。」

司馬焦：「……」他緩緩坐直身體。

半晌，他才說：「妳是妖物？迷惑君王，妳的目的是什麼，使孤亡國？」

廖停雁：這都什麼跟什麼，你幹嘛瘋狂幫我加戲？

廖停雁：「……我不是，我沒有，你別胡說。」

司馬焦：「那是精怪之流，想藉由王朝運勢修煉？」

廖停雁：「……我真的不是，真的沒有。」

不是，我這張臉有那麼像壞蛋嗎？

司馬焦壓根不好好聽人說話：「妳是用什麼辦法進入孤的夢中？」

廖停雁：咦？夢中？

她坐起來：「你夢過我？」

司馬焦皺眉：「不是妳用了什麼方法讓孤夢見的嗎？」

嘿，你還很理直氣壯呢，你自己惦記著我，還怪我啊？

廖停雁正色道：「實不相瞞，陛下，其實我是天上的仙女下凡，我們緣定三生，所以我才會前來找你再續前緣。」

司馬焦嗤笑：「妳以為孤是三歲孩童，連這種鬼話都信？」

廖停雁：「你是不相信仙女下凡，還是不相信緣定三生？」

司馬焦毫不猶豫：「不相信仙女下凡。」

廖停雁：「……」

媽的，我這份美貌難道還稱不上仙女嗎！

司馬焦站起來：「算了，看妳這麼努力編瞎話逗孤開心，今夜就不為難妳了。」陛下心情不錯，站起身甩著袖子走了，顯然沒把她的話放在心裡。

行，你說了算。廖停雁「啪」地一下倒回了床上。

第二日，廖停雁見到了司馬焦的後宮，一群活色生香的大美人跑到她眼皮子底下，說是要請安。臉上看起來都是一片乖順，但各人眼中嫉妒、排斥、算計，種種惡意都快溢出來了。

看著她們，廖停雁又想起三聖山上那一群開局就死、結局全滅的美人們。歷史，總是驚人的相似。

在司馬焦的後宮想平安活到現在，很不容易吧，這都是些依靠自己的努力和實力活下來的人。

貴妃是一品三夫人之一，美人們都喊她夫人。

「夫人家鄉是在何處？」

「夫人初來王宮，若是不嫌棄，盡可召我們前來陪伴解悶。」

司馬焦走過來時，正見到廖停雁被一群美人圍在中間，在他看來，就如同一群食人妖花圍著一朵瑟瑟發抖的小白花，所有人都對廖停雁不懷好意。

「貴妃。」

廖停雁正體會著左擁右抱的感覺，忽然聽到司馬焦語氣沉沉，他大步走過來，臉上神情明明白白地寫著準備發脾氣。這很正常，他一年三百六十五天，有三百六十四天都在發脾氣。

「貴妃喜歡什麼花？」司馬焦先是這麼一問。

為什麼問這個？廖停雁莫名其妙，還是答道：「芍藥。」特別是粉色的芍藥，輕盈剔透，格外輕靈。

司馬焦朝她笑了笑，似乎也覺得芍藥不錯。

然後他點了兩個美人，翻臉道：「將她們兩人埋進芍藥花叢裡，想必明年的芍藥能開得更好看。」

廖停雁：雖然這兩位剛才對我的惡意有點明顯，但你這個陛下主動幫我搞定後宮美人是不是搞錯了什麼？我記得你在回宮的馬車上還一副準備看我吃癟的樣子。

把其餘那些嚇得面無人色的美人趕走之後，司馬焦道：「妳不是妖怪嗎，難道察覺不到她們在瞪妳？被冒犯了也沒反應，若是她們害妳，妳又當如何？方才那兩人，有一個善用毒草，妳離她那麼近，竟沒有半點防備。」

他眼裡寫滿了怒其不爭。

魔域老大廖停雁：……說來你可能不信，我真的不怕這個，而且請問，您給我發揮的空間了嗎？您沒有。

「我真的不是妖怪。」她說。

司馬焦：「罷了，不與妳說這些。」

他拉著廖停雁往自己來時的方向走：「妳還是跟著孤，不要亂跑了。」

廖停雁終於發現了，這位陛下病得滿嚴重的。

她被帶到前朝大臣們議事的地方，司馬焦讓人幫她搬了個座位和小桌子，放上零食，要她打發時間。

大臣們沉默片刻，看到坐在主位上沒說話的司馬焦，有志一同地裝作沒看到廖停雁的存在，繼續討論之前的事。

司馬焦之前在這裡坐得好好的，聽他們吵了一陣後，忽然站起身走了，他們還以為陛下是不耐煩他們的爭吵，決定一走了之，結果誰知道他是去把那位不知來歷的貴妃接來了。

真是個昏君！原來還以為他是不好美色，現在看來是沒到年紀，看看如今，這不就露出端倪了！

個個大臣痛心疾首著。

廖停雁聽了一陣子，發現他們是在爭吵修建運河之事，這件事似乎吵了許久，現在還沒能定下。

朝中一方說要修，修運河各種便利，造福後世，還能把瀾河分流，避免每年瀾河的洪水災害。一方說不能修，不可為黎明百姓再添負擔，修運河不是個簡單的工程，那麼長的距離，不知要征多少役夫，到時候勞民傷財，定會惹得天怒人怨。還有一方是牆頭草，這邊站一會兒，那邊站一會兒。

司馬焦聽著，一句話也不說，隨便他們吵。

他只在最後輕飄飄說了句：「既然大司空說要修，那便修吧。」

美髯中年聞言，露出自得神色，一拱手贊道：「陛下聖明！」

「陛下三思，陛下不可啊！」另一個剛才舌戰群雄的鬍子老頭幾乎快要哭出來了，心中滿是絕望。如今國內情況不穩，諸方王侯虎視眈眈，朝中又怨聲載道，這樣的境況下，應當維穩才是，可陛下……陛下他分明清楚，卻半點不在意。

老頭當過司馬焦的老師幾年，因為還算識相，平安升官，可他如今真是憂慮極了，在殿中就老淚縱橫著。沒有什麼比輔佐的帝王明明有能力當個明君，卻非要做個昏君更痛苦的事了。

廖停雁在一旁被他哭得吃不下去。

這天夜裡，她坐在窗邊，發了個訊號，召來了兩個魔將。

「魔主！」兩個魔將齊聲道。

然後他們收到了這輩子最奇怪的命令。

廖停雁：「會修運河嗎？」

魔將：「？？？」

修仙人士，修為到了一定程度，移山填海也不是難事。廖停雁沒有親自去辦，把這件事交給了手下幾個魔將。

沒過兩天，一個消息傳得沸沸揚揚。

——上天顯靈！一夜之間憑空出現了一條長長的運河！直通燕城王都旁邊的慶縣！

新出現的運河連通瀾河與蝸江，解決了瀾河的水患問題，又順便搞定了北部四郡的水源問題，還連通南部幾個繁華郡縣，造出了一條便捷的河上商道。

朝中所有大臣都差點瘋了，廖停雁看到三天前那個哭得一把鼻涕一把淚的老爺子差點當場跳起老年迪斯可，熱情洋溢地吹捧了一大堆狗屁，直誇司馬焦這個陛下得上天眷顧。

這一天，廖停雁算是見識到了什麼叫做睜眼說瞎話，反正就是閉著眼胡亂吹，所有人都在吹司馬焦。一夜之間，大家都忘了他是個暴君。

司馬焦：「……」

當天晚上，一群挖完了河溝的魔將前來覆命。

「魔主，屬下們已經造完了運河！」

廖停雁滿意地誇獎他們：「不錯。」

沒說兩句，司馬焦忽然闖了進來，腳步聲就在簾外。

廖停雁一驚，她下意識覺得司馬焦如今是個普通人，好對付得很，就沒怎麼防備，眼看人就要進來了，廖停雁條件反射地手中一動，把兩個魔將變成了兩隻貓。

她這些年學到的有趣術法之一——變貓變狗變老鼠變鳥，都行。

廖停雁動完了手才反應過來，看著面前兩隻傻眼的魔將貓，心想，我是傻了嗎？直接讓他們用法力隱身不就好了，反正現在的司馬焦也看不出來。

司馬焦已經走了進來，看到兩隻站得忸怩的醜貓：「這是什麼？」

廖停雁：「啊……野貓吧，哈哈。」

兩位倒楣魔將：「……」魔主，為什麼要營造出一種彷彿背著前魔主偷情的感覺啊？我們可是無辜的。

司馬焦欺近廖停雁，把她壓在榻上：「運河之事是妳做的吧，嗯？妳還說自己不是妖怪？」

眼看要朝著不能描述的劇情發展了，縮在一旁的兩個魔將貓：「……」我們要不要走啊？留在這裡看的話，會被殺的吧？

廖停雁向他們做了手勢——快走！

天降福澤，忽現運河的神跡傳開的時候，南堰侯正在準備做邪教洗腦懶人包，傳揚當今陛下司馬焦的暴君行徑，準備以此作為引線點爆北方六郡。

他都準備好了，下一步就是以北六郡今夏大乾旱，進一步論證司馬焦不得天命，散播流言，動搖民心。

他身邊有個神道人士，有幾分能力，這位老神仙斷言司馬焦的王朝不能長久，是個短命鬼，而他南堰侯才是真正的天命之子，只要他順應天命造反，一定能得到最後的勝利。

老神仙除了算出今夏乾旱，還算出南部幾郡今冬的大雪災和明年春天的瘟疫，這些都是南堰侯準備利用的造反大事件。

可是，他正準備大幹一場，就發生了這種事。

出師不利，南堰侯愁到連早飯都吃不下去，摸著自己的髮際線找來老神仙詢問：「如今怎麼辦？不是說司馬焦不得天命嗎？」

老神仙眉眼耷拉，一張泥胎雕塑的木然臉，捏著手指，發癲似的抖動片刻後道：「我夜觀天象，司馬焦身邊出現了妖星！正是這個妖星阻礙了你的大事，需得除掉她！」

8 8 8

「我可能還要在這邊住幾年，設個魔域駐燕城辦事處吧，萬一下回還有修運河這種工程也好有人做。」廖停雁終於找了個空隙和紅螺說上話：「魔域那邊妳幫我多看著，要是有人鬧事……嗯，應該沒人敢鬧事，鬧事的這幾年都燒完了。」

紅螺蹲在窗臺上跟她說話，是個隨時能往外撤退的姿勢，她說：「這個我倒是不擔心，就是這個雜沓地方，半點靈氣都沒有，讓人來這邊常駐肯定不方便。外派人員一年一換怎麼樣？還有妳一個人在這邊我也不放心，過段時間把妳兒子和寵物都送過來。」

廖停雁：「不是，妳把他們送過來，我怎麼跟司馬焦解釋？」

就跟他講，這蛇蛇叫絲絲，是你的遺孤，雖然能變成和你長得很像的小男孩，但其實不是你親生的；這狐狸叫昂昂，是你以前送我的珍稀寵物，但是因為吃太多，被我養成了狐狸豬？

紅螺：「管他的，妳撒個嬌不就行了，我看妳把他迷得昏頭轉向，還不是妳說什麼他都好好好的。」

廖停雁：講道理，好像是他把我迷得昏頭轉向的，上次就差點沒把持住。唉，年輕人，就是容易衝動。

紅螺一邊跟她說些廢話，一邊用眼睛偷看門，雖然她也能感覺到有人過來的氣息，能提前避開，但要她面對一個不再是魔主的司馬焦，她還是有點潛意識的敬畏……反正就有點怕。

紅螺：「好了，差不多了，我先走，妳自己注意。」

紅螺走了沒多久，司馬焦就來了，他每天都要花很多時間和廖停雁待在一起，而廖停雁最近為他的飲食和睡眠操碎了心。想要讓這祖宗吃點東西，比從前讓她的小侄子乖乖吃飯更難。

沒有辦法，她只能等他每晚睡著之後，借助外力讓他睡得更沉，然後趁機替他餵一些靈露之類的，為他滋補身體，再用神魂稍稍安撫他受損的神魂，減少他頭疾發作的次數。

這一切在司馬焦看來，就是他每到夜裡睡在廖停雁身邊，就會陷入異常的昏迷，而醒來後就會發現自己神清氣爽，精力充足，連頭疾都沒再發作了，日日都睡得很好。

他為此還思考過：這是什麼樣的妖怪，才會不吸人精氣，反而有益？

他不知道為什麼和妖這個設定槓上了。

過了幾日，魔域駐燕城辦事處搞定了，十個魔將帶領上千名魔修正式入駐，他們到了這裡，當然要先來拜見過魔主。

恰巧廖停雁坐在花園裡賞花吃茶，這時天降黑雲，一群魔修像下餃子一樣嘩啦啦地落下來，一下子站滿了這一片花園，如果不是都隱藏了自身，恐怕會引發騷亂。廖停雁臉色不變，讓周圍毫無察覺的宮人們都離開站遠一點，她自己假裝欣賞風景，實則聽著面前的魔將回稟。

魔將正說到他們就近住在了城外，說到一半卡住了，廖停雁一看，發現是司馬焦面無表情地走了過來。

發現魔將們默默退後了一步，並且下意識噤聲的樣子，廖停雁心想，祖宗真是積威深重，哪怕變成這個樣子，還是令人心裡怕怕的。

反正他看不見這一大堆凶神惡煞的魔將魔修，廖停雁很淡定，當做他們不存在，對司馬焦說：「陛下怎麼過來了？」他這時候應該在前朝聽大臣們吹捧啊。

司馬焦剛才確實是在聽大臣說廢話，但他見到天邊黑雲籠罩到宮殿上，心中覺得有些不對，就直接過來看看。

結果他看到了什麼？上千個裝扮奇怪，一看就不像好東西的人包圍了廖停雁。他原本以為是廖停雁遇到了危險，但仔細觀察後卻發現這些人彷彿對廖停雁很恭敬，更像是她的從屬之流。而且從遠處那些宮人毫無異樣的反應來看，其他人似乎不能看見這些人。

司馬焦迅速弄清楚了現在的狀況，他也彷彿沒看見這些人，從他們之間穿過，直接朝廖停雁走了過去。

廖停雁見司馬焦毫無異色地穿過人群，魔修們自覺地退了一大步替他讓路，而他走到她身邊坐下，開始用一種奇怪的眼神打量她。

廖停雁：「……」你又怎麼了？

她藉著喝水的動作對旁邊的魔將打個眼色，讓他繼續。魔將原地平移一公尺，離司馬焦遠一點後才壓低聲音繼續說：「還有小殿下，他比屬下們稍慢一步，很快也會到了。」

小殿下就是黑蛇。

廖停雁扶了一下額，覺得有點頭痛。她現在就希望絲絲來的時候，不要變成巨蛇的形態，不然她不好遮掩。

司馬焦聽著旁邊的人說話，再看著廖停雁的表演，瞇了一下眼睛。

廖停雁真的覺得司馬焦在這裡怪怪的，莫名覺得壓力很大，於是她也不多說，直接讓屬下們撤退。她哪知道這麼普通的障眼法能瞞得過普通凡人，卻瞞不過司馬焦，他就算是凡人了，也不是一般人。

一群魔修又像來時一樣乘著黑雲走了，不知道是不是錯覺，廖停雁覺得他們走得有點快，好像屁股後面有凶獸在追。

司馬焦無動於衷地坐在那裡，看著一群人飛走了。

會飛，果然是妖。司馬焦重新審視了一下廖停雁，她看起來很懶散，不太像什麼有出息的角色，可是以方才的情形來看，她或許還是個地位不低的妖王。

陛下不動聲色地想：有些出乎意料。

半夜裡，廖停雁照樣把旁邊的司馬焦治了一遍，讓他陷入沉睡中，然後剛準備繼續睡覺，就聽到了窗戶外面有聲音。

「篤、篤、篤——」有人在敲窗。

不會是絲絲來了吧？廖停雁從床上坐起來，一抬手，用術法遠程控制打開了拴上的窗。果然，窗外冒出一個圓圓的黑色腦袋，黑蛇竟然是用小屁孩人形來的，雖然這些年沒長身高和智商，但是多少還是有進步了。

絲絲從窗外爬了進來，懷裡還抱著一隻很胖的雪靈狐。

雪靈狐昂昂叫了兩聲，像隻小野豬衝著廖停雁而來，被廖停雁抱在懷裡擼毛，黑蛇先在廖停雁腳邊轉了一圈，然後很快找到了床邊，趴在那裡看著司馬焦。他認出來主人的氣息，興奮地原地轉了兩圈，用腦袋使勁鑽了鑽司馬焦的手臂。

廖停雁抱著狐狸豬小聲喊：「喂，別太用力，萬一被你吵醒了……」

話音未落，她就見到司馬焦睜開了眼睛。

廖停雁：「……」靠，怎麼是醒的！

司馬焦：「……」她果然想瞞著我。

司馬焦看了一眼廖停雁僵硬的表情，又看了一眼靠在自己旁邊滿眼孺慕之情的小男孩。這小男孩有一張和自己特別相像的臉，要說不是親生的他都不信。

在這一刻，司馬焦心裡終於相信了之前廖停雁說的緣定三生的屁話。

這大概是我從前和她生的孩子，司馬焦在一片僵硬寂靜的氣氛中，拎起床邊的黑蛇，捏著他的臉仔細看了一陣，然後很淡定地說：「既然來了，就住下吧。」

廖停雁：「？」

廖停雁：「呃……他是……你想起來他是誰了？」

司馬焦：「猜到了。」

廖停雁：「……」但我覺得你沒有猜到。

司馬焦不給她解釋的機會：「我都知道了，妳也不必隱瞞。」

廖停雁：「你都知道什麼了？」

司馬焦：「知道妳很愛我。」不然為什麼要帶著孩子找過來？連妖都不當了，跑來當他的貴妃，果然是很愛他。

廖停雁：「……」他腦補了些什麼亂七八糟的東西？她怎麼就沒有司馬焦以前的讀心術呢！

第二天，司馬焦帶著黑蛇去上朝了。

嚇壞了一大票大臣。

這小男孩是誰？看臉的話絕對是陛下親生的，可是他怎麼看都有五歲了，陛下才十六歲，也就是說陛下十一歲就……嘶，雖說也有十二歲成家生孩子的，但十一歲就能讓人生孩子，陛下還真是……天賦異稟。

司馬焦把黑蛇領到自己的臣子們面前，也不管他們能不能接受，用一種聽起來不太在意，但實際上非常微妙的語氣說：「孤的孩子。」

大臣們：果然是親生的！不愧是搞出神跡的陛下啊！

面面相覷一陣子，當然還是先誇再說。而且這位小殿下乖巧坐在那裡，一句話都不說的樣子真的和他親爹完全不一樣，真令人感動！先皇死得早，司馬焦年幼繼位，不少大臣都是看著他從小屁孩長大的，他從小就是那個暴躁好殺的死樣子，哪裡比得上這位小殿下的乖巧。

真好，看起來是個好控制的繼任者，只要能堅持過司馬焦這一朝，到了下一朝，他們的好日子就來了！

眾位大臣並不知道，乖巧的小殿下原型是個比宮殿還大的巨蛇，能一嘴把他們全部的人都吞進肚子裡——還不夠塞牙縫的。

「不知道小殿下的生母是？」

司馬焦：「貴妃。」他想到昨晚廖停雁很不好意思承認的嘴硬模樣，笑了一下，覺得這個啞巴孩子也順眼了不少。算了，畢竟是她生的，還特地帶過來給他這個父親看，好好養著，讓她高興一點就是了。

眾人恍然大悟，就說嘛，怎麼會突然無緣無故帶了一個貴妃回來，原來是早有前緣，還珠胎暗結！那位貴妃也是個狠人，看起來不聲不響，年紀也不大，沒想到這麼敢。

流言像風一樣傳進後宮，正在吃瓜的貴妃連瓜子都掉了：「……」媽的，風評被害！

司馬焦，一個走到哪裡都要造謠黑她名聲的道侶。

８８８

「好吧，我必須告訴你，這孩子其實不是我生的。」廖停雁嘗試心平氣和地和十六歲的陛下講道理。

陛下坐在她對面，聞言冷冷一笑：「不要騙人了，這孩子臉長得和我相似，一雙眼睛卻像極了妳，妳抵賴又有什麼用，抵賴這件事就不存在嗎？」

廖停雁：我不抵賴這件事也是不存在的！

黑蛇絲絲坐在這對道侶中間，趴在桌子上晃腿，像個慘遭爹娘離婚，對未來不知何去何從的迷茫小男孩。

廖停雁也陷入迷茫，對著黑蛇的臉仔細看，心想，這眼睛跟我長得很像嗎？我怎麼沒看出來啊？她從前過年回老家，總聽家人說哪個表妹長得和自己哪裡很像，可是每次都看不出來。此時此刻，她不禁懷疑起自己的眼力是不是不太好。

難道別人都看出來了，只有我沒看出來？她想起這些年來對她和黑蛇的母子關係毫不懷疑的魔域眾人。

廖停雁：「他確實是你一個人搞出來的。」餵了太多血，餵成了變異蛇，最後也不知道做了些什麼讓他能變成人形。

司馬焦：「越說越離譜了。」他用一張掌握著全世界真理的臉對著廖停雁，完全不相信她的實話。

對的，這世界上就是實話比較難以令人相信。

其實不管是十六歲的陛下還是幾百歲的師祖，他們都是一模一樣的，又固執又自我，覺得全世界自己最棒最強，其他人都是傻瓜，也只相信自己認定的東西。比如說從前認定了愛她，就要把所有的一切都給她，現在認定了她是妖女，就怎麼解釋都不聽。

真是頭疼。

只能先湊合著，還能怎樣。

「行吧，是我生的，你的孩子，這下行了吧。」廖停雁不想解釋了。

司馬焦早有預料般地道：「我就說妳騙不了我。」小夥子還很得意呢。

嘿，這傢伙怎麼這麼欠揍呢？

不過廖停雁看著道侶不知天高地厚的嫩臉，在心中冷笑，行，祖宗，你就這麼認為吧，等到你自己恢復記憶，看看你再想起這一段是何感受。聽到打自己臉的聲音了嗎？聽到久遠之前的自己發出的呼喚了嗎？

好，我等著。

司馬焦接受了忽然出現的兒子，也順便接受了廖停雁那隻養成了豬的寵物狐狸，偶爾跟她躺在一起的時候，也會順手摸兩把狐狸豬的毛，但最愛的還是摸廖停雁的腰。

廖停雁轉眼來了一個月，每月的靈火暴躁期如期而至，痛得她臉色慘白，癱在床上動彈不得。

司馬焦發現她的異狀，讓人去喚醫者過來，被廖停雁一把抓住了手：「沒用的，他們看不出什麼來，也沒辦法緩解。」她聲音虛弱，半闔著眼睛說。

司馬焦看她這個樣子，心裡就有掩不住的暴躁和怒火：「究竟是怎麼回事，妳會這樣是因為什麼？」

廖停雁終於看了他一眼：「……以前受過傷。」

司馬焦神色陰沉，語氣裡帶著風雨欲來的怒氣：「是誰，誰傷了妳！」

廖停雁忽然用力捏住他的手：「就是你。」

司馬焦斷然道：「不可能。」他想都沒想就反駁了，他有一種盲目的自信，覺得這個世界上再也沒人會像他一樣護著面前這個女人。

廖停雁疼得難受了，想起這些年來每月的痛苦，又想起當初抓出司馬焦神魂的那一刻心裡的驚怒，她吸了一口氣說：「你以前特別厲害，有你保護我，沒人能傷我，所以唯一能傷我的就是你自己了。」

「你殺了我一次。」廖停雁的語氣很平靜飄渺，不像平時說話那麼隨意。

「不可能。」司馬焦仍是這麼說。

廖停雁：「你那時候要死了，你想要我跟你一起死。」

司馬焦陷入了沉默，看著廖停雁蒼白的臉不吭聲。他遲疑了，因為他想像了如果遇到那種情況，不確定自己會不會這麼做。他現在從某種程度上來說，就是一個比從前好解讀的司馬焦，所以他的遲疑代表著，他可能真的想過要殺她。

廖停雁發現自己竟然都不覺得害怕。對啊，這才是司馬焦。可他那時候怎麼偏偏要犧牲自己，留下一切給她呢？

司馬焦俯身，托起廖停雁的臉：「妳沒有騙我？」

廖停雁：「你在十七年前，確實殺了我一次。」

他在她面前湮滅，就像也殺了她一樣。

司馬焦這個人，實話不相信，她現在說的假話，他卻好像真的信了，顰眉抱著她，一時不知道說些什麼，只是緩緩地撫摸她的頭髮。

他凝視廖停雁此刻的臉，眼前忽然出現一幕短暫的畫面，他抱著她坐在碧色的潭中，渾身彷彿燃燒起來一般，而她望著他，眼裡都是淚，搖頭朝他大喊著什麼，看起來好像要崩潰了。比起平時隨便癱著的人，就好像有什麼在她眼睛裡碎了。

司馬焦愣住，按了按滯悶的胸口。

那是什麼，他從前的記憶？

廖停雁抓住司馬焦的手，司馬焦也回神握住她的手，語氣放緩了許多，可能是他這輩子最溫柔的語氣：「真的很痛嗎？」

廖停雁吸氣：「真的很痛。」

「我好疼啊，司馬焦，我好疼。」

以前沒有這麼痛，之前那十七年，司馬焦不在的時候，到了那幾天她就找個池子泡著，痛到極致就大聲罵司馬焦，覺得好像也沒什麼難熬的。可是現在罪魁禍首司馬焦就在身邊，她忽然覺得格外疼痛，讓她特別想讓司馬焦跟自己一起受罪。

她做到了，當她用虛弱的語氣說自己很疼的時候，她看到了司馬焦的神情。那一瞬間她覺得他好像也很疼，竟然難以忍耐地微微抿起了唇。

這時候她又心軟了。

算了，故意鬧他幹什麼？司馬焦就是這樣的人，而且這樣的疼，或許他有生以來的幾百年中，日日夜夜都在承受著。他之所以不像她這麼怕疼，何嘗不是因為他已經習慣了。

廖停雁不說話了。

司馬焦卻好像更加不能忍受：「要做些什麼妳才會緩解？」

廖停雁：「……泡在水裡會好一點。」

其實不會，需要泡在冰冷的靈池裡才行，但這裡沒有那樣的靈池，普通人的身體在這種靈池旁邊是會被寒氣入侵的，現在的司馬焦承受不了這個。

聽到她這麼說，司馬焦將她抱到了梓泉宮後的一汪泉池裡，他抱著廖停雁走進去，自己也一起泡在裡面，用唇蹭了蹭她的額頭：「有沒有覺得好一點？」

廖停雁靠在他少年的懷裡，吸了吸鼻子，繼續騙他：「好一點了。」

泉水清澈，他們的衣袍在水中糾纏在一起，廖停雁在身體細密的疼痛裡，回想起了許多從前的事。好像只有用疼痛的刺激，才能讓她的記憶一點點失而復得。她如今恢復的許多記憶，都是在靈火燒灼這幾天的疼痛中想起來的。

她想起來在庚辰仙府裡的時候，司馬焦也愛浸泡在水中。她記得一開始，他浸泡的是寒池，那麼冷，連她也受不了的冰冷寒池，可是後來不知不覺間，他就開始隨便找個水池泡著了。為什麼？好像是因為那時候司馬焦不管在哪裡泡著，都想讓她一起。是因為她受不了寒池，所以他只好隨意找了普通的水池泡著嗎？

廖停雁在時隔多年後，猛然明白了當年那個在夏日山溪邊凝望她的司馬焦。他那時的心情，是否和現在的她一樣？

他或許那時候也承受著比她如今更甚百倍的痛，只是他還能靠在那裡，不露出絲毫異色，朝她伸手說：「過來。」

平靜到讓她覺得，那只是個愜意又慵懶的午後小憩，一段尋常又舒適的時光。

那時候他們的痛苦並不是互通的。

回憶裡的司馬焦猛然消失，如今這個什麼都不記得的少年司馬焦，正沉默地為她擦拭臉頰上不知何時落下的淚水。

「真的這麼痛？」

他的眉頭始終蹙起，仔細擦完她的眼淚，又親吻她的眼睛，充滿了憐愛的味道，明明是個少年而已，明明是個不知道什麼是憐惜的暴君，此刻的溫柔卻彷彿從熟悉的神魂之中延續而來。

廖停雁抽著氣，仰頭去找他的唇。

司馬焦撥開貼在她臉頰上的溼髮，托著她的腦袋親她。廖停雁抱住了司馬焦的脖子，雙手抱著他的背。他抱著她靠在池壁上，頭髮浮在水中，抱著她的手慢慢撫著她的背脊。

廖停雁忽然覺得，身體裡靈火造成的刺痛有所緩解，她離開司馬焦的唇，將腦袋靠在他肩膀上喘氣：「我好一點了。」

「嗯。」司馬焦側頭親吻她的脖子，用鼻子蹭著她耳垂。

廖停雁：「好像親一下之後，就沒剛才那麼痛了。」

司馬焦思考片刻，動手解她的衣服。

廖停雁：「等等。」

廖停雁：「我還很痛，你放手。」

司馬焦：「我試試，妳乖一點，不要吵。」

廖停雁：「我不試！我廖停雁今天就是痛死，死在這裡，也不要這麼做！」

過了一陣子後。

廖停雁：「你是不是覺得疼？」

司馬焦：「……」

廖停雁：「不然還是算了？我們以前……那個時候也沒見到你疼啊，還是你現在年紀太小了……」

司馬焦捏住她的後頸：「住嘴。」

廖停雁：「噗哈哈哈哈哈！」

司馬焦卻沒有被她笑到惱羞成怒，他看著她的笑容，眉頭稍稍一鬆，臉上也露出了一點笑意，緊緊抱著她換了個姿勢，用拇指擦了擦她的眼角：「是不是沒有之前那麼疼了？」

好像是真的有效，靈火被司馬焦安撫下來了。

廖停雁想起自己剛才被美色所惑，沒能把持住，忽然覺得有點羞恥，她捂住了臉，又乾脆把腦門磕在司馬焦的肩上，司馬焦就在她耳邊笑，笑聲酥酥的。

他們就像是兩株在水中招搖的水草，無聲而溫柔地糾纏。

「妳真的很愛我。」廖停雁在迷糊中，聽到司馬焦這麼說，他按著她的腦袋，壓著她緊緊貼在自己懷裡。

廖停雁閉著眼睛，同樣抱著他，輕輕「嗯」了一聲。

如果我不愛你，不管在哪裡我都會過得快樂。

可如果我不愛你，在哪裡我都不會過得這麼快樂。

§ § §

大臣們在下面爭論了半天，都沒聽見上首的陛下說一句話，眾人不約而同停下來往上望去，發現他完全沒有在聽他們的話。

雖然陛下從前也不太聽他們說什麼，表現得非常隨便，但今天他竟然在發呆，一隻手放在鼻端，輕輕撫動，不知想起了什麼，臉上露出一點罕見的真實笑容。

不像那個會因為心情不好就要殺人的陛下，像個想起心上人的少年。

大臣們：「……」驚！

司馬焦注意到了他們見鬼的神情，乾脆站起來，「你們自己看著辦，孤要去夏宮避暑。」

他帶著怕熱又愛泡水的貴妃去夏宮避暑了。之前吹捧了他好長一段時間的大臣們又開始痛心疾首：陛下被美色所惑！沒救了！肯定要亡國了！

夏宮是先皇所造，是個夏日消暑的行宮。先皇雖說沒有司馬焦這麼暴戾愛殺人，可他好享樂，還愛女色，在令大臣們頭疼的程度上和兒子相差不大，他下令建造的行宮異常精緻華美，和燕城皇宮的質樸大氣完全不同。

這座夏宮並不大，但處處都是景致，座落在酈雲山下，靠山環水，夏日清涼，確實是個避暑的好去處。

往年司馬焦也曾來過這裡，只是他在哪裡都待不久，平常在這裡住個幾日也就罷了，這回要帶貴妃過來住，便早早令宮人將夏宮清掃一遍，使得長久沒被人好好使用過的夏宮煥然一新。

廖停雁一眼看到夏宮就覺得不錯，這裡比起灼熱的雁城王都，感覺清幽多了。而且這夏宮後山也有山溪，除了沒有靈氣，其他地方都特別像他們當年在庚辰仙府裡泡過的池水。

廖停雁每月就疼那麼一次，一次要疼上幾天。這次剩下的日子，都是在夏宮後山的山溪裡待著。

其他都還好，就是要注意不能讓宮人待在附近，否則不小心撞見什麼就尷尬了。畢竟司馬焦前兩天才剛經歷了人事，這兩天時常會幫她止痛。

畢竟是個少年人，貪歡一些廖停雁也很瞭解，她唯一不瞭解的是，以前的老祖宗司馬焦，到底是怎麼裝得那麼人模人樣的？當時那祖宗表現得好像完全不在乎這些事。

換成小陛下，他就直接多了。廖停雁發現他沒有從前那麼「矜持」，然後她才猛然明白過來，從前那個成熟版的司馬焦，原來還背著幾百歲的師祖形象包袱，那包袱可能有一噸那麼重。

人間的山水與修仙界的山水也沒什麼不一樣，廖停雁躺在清涼的溪水裡看著頭頂的綠葉，伸手折了一枝，在水中拍了拍，順手就挑起水花潑到司馬焦身上。他坐在旁邊，披著一件黑色的外袍，懶洋洋地一歪腦袋，躲過那兩點水珠。

見到他看著自己的神情，廖停雁忽然認可了紅螺說過的一句話——

他被妳迷得神魂顛倒。

以前廖停雁對這句話嗤之以鼻，司馬焦這個人在別人看來是瘋狂，可在她看來，這個男人永遠是理智的。連去死都安排得清清楚楚，這樣的人怎麼會有「神魂顛倒」的心情可言，但現在，看他注視自己的目光，廖停雁忽然就明白了。

——他確實在迷戀著我。

從前她和司馬焦在一起的時間其實並不多，兩人若說是談戀愛，也不像普通人那般戀愛，就好像是水到渠成一般，或許少了幾分年輕男女情熱時的激情。廖停雁那時甚至很少會覺得羞澀，因為司馬焦表現得太理所當然了。

而且那時候的司馬焦實在太聰明、太敏銳，他能察覺到她的每一分情緒，所有會令她感到尷尬不適的事情，到了他那裡都能輕描淡寫地淡去。他就像個善於營造安全場所，等待著獵物自己進入，然後圈養起來的獵手。

可是現在的司馬焦忘記那些了，他現在的身體裡流動著不會讓他疼痛的血，他也不記得幾百年的沉重枷鎖，不記得司馬這個姓氏讓他經歷了多少的血腥，在他記得的這十六年記憶裡，她占了一個特殊的位置。

他無法那麼熟練地對她擺出「一切盡在掌握」的姿態，還會用這樣的眼神追逐她——那是看心上人的眼神。

對這個隔世的情人，廖停雁破天荒地察覺出一點羞澀來。

她側了側頭，看向一邊的藍天。司馬焦走過來，他坐在她身邊，一手撐在水裡，低頭凝視著她，有些不講道理地占據了廖停雁大半的視野。

廖停雁：「……幹嘛啊？」

司馬焦不說話，他笑了一下，是那種少年人狡黠的笑，他彈了兩滴水在她臉上。廖停雁下意識閉了一下眼睛，就覺得一根手指點在自己的臉頰上，追逐著水珠落下的痕跡滑動。

幼稚。廖停雁在心裡說，手忽然澆起一捧水拍到司馬焦臉上，然後她以完全不符合自己平時懶散的敏捷身姿躥起來跑到岸上，避開司馬焦可能會有的反擊。

她站在岸邊的大石上笑。

司馬焦就坐在水中，單手拂去臉上的水珠，手指一點她，揚唇嘲笑：「幼稚。」

廖停雁：「……」

你是個小陛下，你說我幼稚？

她默默泡回了水裡，結果司馬焦立刻對她潑了一大灘水，劈頭蓋臉式的。

廖停雁：「？」你媽的！就知道這傢伙不是好東西。

司馬焦撐在水裡大笑：「哈哈哈哈哈哈！」

在夏宮，日子是過得很悠閒，廖停雁過了那幾天痛苦，也不多愁善感了，每天就是癱著。她不太想承認司馬焦是跟自己學壞了，他以前偶爾也會學她一樣癱著，但現在他有時候癱得比她還徹底，這可能就是放下負擔後的放飛自我。

不過，好歹作為一個狗皇帝，他的日子也不能一直如此悠閒平靜。

這一天晚上，廖停雁察覺到不對勁，緩緩從沉睡中醒來。她連眼睛都不用睜開，就用神識看到了夏宮各處混進來的陌生人，這應該叫做刺客。

她的神識視角是俯視，那些動作敏捷，藏在樹影裡的人影在她看來，就好像是遊戲地圖裡標示得非常清楚的移動紅點，一目了然。

她半撐起身體，在司馬焦耳邊說：「醒醒，有人來刺殺你了。」

她說了三遍司馬焦才睜開眼睛，廖停雁看著他的神情，懷疑他沒聽清楚，又補了句：「你醒醒，外面有很多人要來刺殺你。」

司馬焦「嗯」了一聲，抱著她又躺了回去：「這次隔了四個月才來，他們越來越不濟了。」

他充分表現出了經常遭遇這種事的熟稔，和對敵方勢力的不屑之情。

廖停雁看到那些刺客紅點被藏在宮殿週邊的內侍們砍了出去，那些內侍是司馬焦貼身的一群隨侍，平時低眉順眼，一到殺人的時候就顯露出了凶神惡煞的一面，把那些刺客打得落花流水，於是外面的一點喧嘩聲很快就平息了下去。

廖停雁：這樣的大好時機，我一個魔域老大，竟然沒能出場大發神威？

她心裡覺得有點可惜，閉上眼繼續睡，可是沒一會兒她又醒了，把司馬焦搖醒。

「醒醒，又來了一群人。」這次人數比較少，但是顯然比之前那些厲害。

司馬焦按了按額角：「妳半夜不睡覺，別叫醒我。」

廖停雁：「你信嗎？我這是跟你學的。」

司馬焦把她按了回去：「沒事，妳別管那些了。」

廖停雁睡不著，她開著神識看直播情況，發現有個特別厲害，已經突破了防線，正往……嗯，黑蛇所在的宮殿去。

這回他們來夏宮，把黑蛇一起帶來了。畢竟在陛下心裡，現在的黑蛇是他們的愛情結晶。噗，說到這個就想笑。

廖停雁：「啊，有個刺客去絲絲那邊了。」

司馬焦坐了起來，面無表情地下床，連鞋也沒穿，「吭」地一聲抽出了牆上的一把劍，踹開門出去了。

廖停雁：「……等等？」

你不是知道你兒子是「妖怪」嗎，這麼急著過去幹什麼？廖停雁趕緊也起身追過去了，她倒不是怕黑蛇怎麼樣，她就是怕司馬焦被兒子突然變成大黑蛇的場景嚇到。要是把他嚇壞了，難不成她還要學白素貞去盜仙草嗎？

那個刺客確實很厲害，在普通凡人境界裡的厲害，遇上了一隻巨大的黑蛇也沒辦法，只能含恨九泉了。

司馬焦到的時候，正看到一隻巨大的黑蛇張開血盆大口，「啊嗚」一聲把那個提劍的刺客咬住。黑蛇其實不想吃人，牠就是習慣咬點什麼，結果被突然出現的司馬焦一嚇，直接就把嘴裡的人吞了下去。

黑蛇：「嘔——」

只吐出那刺客拿著的一把刀。

司馬焦看著黑蛇。

黑蛇扭了扭身子，覺得主人不太想看到自己變成蛇，於是又乖巧地變成了那個黑髮小男孩，坐在床邊晃晃腿。

親眼看見大蛇變活人的司馬焦：「……」

隨後趕來的廖停雁也看到這一幕，忍不住捂了一下臉。

司馬焦扭頭看了她一眼，神色略複雜，廖停雁在電光火石間突然和他的思路對上了，明白了他在想什麼，搶答道：「我不是蛇妖！」

司馬焦看了一眼她的腰，心想，果然是蛇妖，然後他說：「不用跟我解釋這個，我不在意。」

廖停雁：「……」媽的，我在意啊！

司馬焦又按了按額角，指指他的假兒子：「他怎麼什麼亂七八糟的東西都往肚子裡吃，妳沒教他垃圾不能吃嗎？」

廖停雁：「他一直是你在教的！」你當初還把大黑蛇當垃圾桶，讓他處理垃圾！你給我清醒一點！

司馬焦：「我不在的時候，妳這個當娘的也不教他？」

廖停雁：「……我無話可說。」再說就是髒話了。

不知道為什麼氣氛突然就變成了家庭兒童教育，黑蛇宛如一個看到爹娘吵架現場，不知所措的傻孩子。

司馬焦：「算了，我又沒怪妳。」

廖停雁：「你倒是有臉怪我呢。」

司馬焦擁有著大部分男人都沒有的明智，知道及時停止和妻子的爭吵，能免於戰火擴張。他對準了無辜的兒子：「把剛才那東西吐出來，以後不要隨便吃。」

黑蛇：「嘶嘶——」好委屈。

司馬焦：「我兒子怎麼還是不會說話，他是不是腦子有什麼毛病？」

廖停雁：「……」你問我啊？我都不知道你是怎麼把他搞出來的，有毛病也是你的毛病。

發現廖貴妃的臉色微妙，司馬焦又揮揮手：「算了，我也不是嫌棄妳，到底是我們的孩子，不會說話就算了。」

廖停雁神情複雜地看著他，覺得自己可能不需要出聲，這個人一個人就能搞定這一齣家庭劇了。他自己搞出問題，再自己解決問題。

兩人回去睡覺，司馬焦忽然捏著她的腰：「妳能變成蛇？變一個給我看看？」

廖停雁：「我不能。」

司馬焦：「受過傷所以變不回原型？」他合理推測。

廖停雁：「因為我不是蛇妖啊。」她給出了更合理的答案。

司馬焦：「妳還在因為剛才的事生氣？話都不好好說了。」

廖停雁：「……」看來這個人是聽不了實話了。

她吸了口氣：「行，你看著。」

她在司馬焦的眼皮底下變成了一隻油光水滑的水獺，然後一本正經地說：「看到了嗎？這才是我的原型，水獺。」

司馬焦陷入沉思，究竟在什麼情況下，一隻水獺妖怪能生出一隻巨蛇妖？

他把自己的水獺貴妃抓起來後說：「我覺得……妳這個樣子異常熟悉，我好像見過妳這個樣子。」

說著，他腦子裡確實出現了一些畫面，是他將水獺揣在懷裡的畫面。他抱著水獺，揉著她的肚子。

司馬焦深信不疑：「原來是水獺妖。」

廖停雁：「……」

好後悔，不該帶他去泡水，腦子都進水了。

第二十一章　其實我是水獺，你是黑蛇

廖停雁原本只是想跟司馬焦開個玩笑，誰知道一下子把自己坑了，這傢伙自從聽了她的玩笑話後，就認定她是個水獺妖了。

真要說的話，水獺妖是個什麼鬼，這從前聞所未聞的妖怪種類，他怎麼會就這麼自然地接受了？

不僅接受了，他還很喜歡，時常想讓她變成「原型」，廖停雁沒理他。不能再縱容他這樣下去了，她現在可是老大，沒有一個老大會這麼好說話的。

廖停雁：「我跟你講，你要是再揉我的肚子，我就把你變成小雞。」

她想了想又嘴賤地添了一句：「或者變成蛇，你的原型是蛇，你知道吧？」

司馬焦已經透過「合理」的推測知道了自己上輩子可能是個厲害的蛇妖，他捏著廖停雁的臉頰不許她睡覺，說：「妳可以讓我變成蛇，不過妳自己也要變成水獺。」

這男人竟然不惜自己變成蛇也要擼水獺，這是一種怎麼樣的執念？這個陛下不能像師祖一樣完美隱藏自己的喜好，所以說，其實以前的那個司馬焦心裡是很喜歡她變成水獺的？

果然是很喜歡吧，廖停雁想起那時候他到哪裡都愛把自己放在身上。

沒想到，師祖看起來一張狂霸酷跩臉，竟然愛擼水獺？

他以前對蛇蛇那個態度，可能是因為蛇蛇沒有毛吧？對吧？

夏宮後山的山溪，這幾日時常出現一條大腿粗的蛇，還有一隻皮毛油亮的水獺，水獺趴在蛇身上，顯得十分有靈性。

8 8 8

南堰侯好不容易搜羅了幾個奇人異士，以重金籠絡，想讓他們刺殺廖貴妃和突然出現的小殿下，當然最好的是能乾脆殺了司馬焦。

為了掩護這幾人，南堰侯犧牲了不少的手下，一開始的那兩群刺客都是用來令司馬焦放下戒心，轉移視線的，最後這一群的幾個人才是他的殺手鐧。他們在之前兩群人的幫助下，混進了夏宮的守衛之中，這些奇人異士有會易容術的人，悄無聲息地頂替了夏宮幾個不起眼的內侍。

幾個人踩好蹲點，得知陛下和貴妃午後會在後山山溪裡納涼小憩，而這個時候他們身邊都沒有伺候的宮人，可謂是最好下手的機會。後山的守衛內鬆外緊，只要能突破外面的防線，到了裡面，他們要殺那狗皇帝和貴妃自然是輕而易舉。

這些不愧是南堰侯花了一半身家重金求來的，成功突破了防守，來到山溪邊。

「怎麼回事，人怎麼不在這裡？」一個嗓子尖尖的男人將這一條山溪看過一遍，疑惑道。

「這溪裡浸著酒壺，應該就是這裡沒錯。」目光最沉穩警惕的男子指著溪水裡沉浮的酒瓶說：「或許他們是去了上游或者下游，時間不多，我們分頭去找！」

一位細眼長眉、沉默少言的男人一言不發，迅速順著山溪往前尋找，而另一個身形微胖的，眼睛咕溜溜地四處轉，忽然指著水潭的一叢垂吊蘭草花下：「你看，那是一條黑蛇！這山間竟然還有這麼粗的黑蛇！」

「好了，這都什麼時候了，你還管黑蛇白蛇，趕緊把狗皇帝和他那個貴妃找到、殺了才是要事！」沉穩男子看了眼溪中那一條沒有搭理人意思的大蛇，旋即移開目光。

這四人分開尋找之後，蘭草花下那條黑蛇昂起頭，朝著他們離開的方向吐了吐蛇信，隨後又垂下腦袋，繼續盤踞在水裡。

一隻水獺趴在蛇身上，撩開用來遮太陽的蘭草，朝那幾人消失的方向看了看，爪子撓了撓臉上的鬍鬚，忽然口吐人言：「怎麼又有刺客？這四個刺客有點不一樣啊。」

他們好像摸到了一點點修行的邊緣，但不是從什麼正經途徑，也沒有正式的修煉，只是掌握了一點比普通人更厲害的能力，可能是遇過一些奇緣的那一類。

她故作嚴肅地說完，覺得差不多該輪到自己閃亮登場了，站起來撫了撫肚皮上溼潤的毛：「今天就讓你見識一下我的能力。」

一條蛇尾巴把她拽了回去，捲起來。

變成了黑蛇的司馬焦：「不用管，外面那些侍人很快就會發現不對，過來捉拿。這麼大的太陽，妳亂跑什麼？」

廖停雁被捲在尾巴裡，心想，你為什麼用尾巴這麼熟練啊？畢竟你以前不是真的蛇啊，你進入設定都這麼快的嗎？

她剛把陛下變成蛇的時候，出於個人喜好，還幫他加了紅色的花紋，結果這個陛下不肯，還說什麼兒子是黑蛇，他為什麼會有花紋，非要她去掉了花紋，簡直把廖停雁笑到岔氣。

她用爪子抓了抓蛇的鱗片：「我是想讓你看看我現在有多厲害。」

可惜都沒有什麼厲害的對手，害得她如今堂堂一個魔域老大，竟然還要靠處理幾個小賊來展現自己，簡直就像是用屠龍寶刀剁螞蟻，用洲際導彈射蒼蠅。

司馬焦：「別折騰了，我知道妳很厲害就行了。」

廖停雁躺了回去：「我感覺有點委屈。」

司馬焦：「嗯？」他隨口應了一聲。

廖停雁把雙手放在腹部：「以前都是你護著我，有什麼危險，遇到什麼敵人，你都會像這樣——」她伸出一隻爪子，擺弄一番：「這樣刷一下地解決掉。」

簡而言之，她也好想在陛下面前耍個威風喔。她現在都這麼厲害了，為什麼沒有機會？這個武力值放好玩的嗎？

感受到她身上的抑鬱之情，司馬焦昂起腦袋：「把我變回去。」

他們兩個變回人，司馬焦順手理了理她的頭髮，然後拉著她坐下，自己從水中撈出一瓶酒來喝了一口：「好了，等著吧，他們等等找不到人就會回來了，到時候隨便妳怎麼辦。」

他這是為了哄美人一笑，把自己擺在這裡當魚餌了。

廖停雁：「……我覺得你在心裡說我幼稚。」

司馬焦抿了口酒，似笑非笑地看她一眼，慢聲道：「沒有——」

「他們在這裡！」

四人找了過來，還沒開始說反派必備的台詞，比如什麼「今日你們就要命喪刀下」之類的，就同時感覺腦子一痛，栽倒在地，人事不知。

廖停雁收回打響指的手，背在身後，側身看一眼司馬焦，矜持地問：「怎麼樣？」

司馬焦放下酒壺，平淡地拍了兩下手掌：「不錯。」

廖停雁坐回他身邊訥訥地說：「我覺得，這好像沒什麼成就感，也不爽。」

司馬焦：「可能是因為妳沒殺他們。」

廖停雁：「我都抓住了，你不問一下背後主謀？」

通常權謀電視劇都會這樣演的，等等她還能展示一下玄幻世界的問話技巧，雖然沒有司馬焦以前那個誠實豆沙包厲害，但對普通人完全沒問題。

司馬焦：「這麼簡單的事還需要問？」

廖停雁：「你知道是誰？」

司馬焦：「南堰侯。」

南堰侯？就是這個人欺負我的陛下嗎？很好，你已經得罪魔域魔主了。

廖停雁揮揮手，讓那四個人睜開眼睛站起來，她望向那四個人，神情冷淡，瞳孔微動，語氣忽然有些飄渺冰冷：「你們回去，處理了南堰侯。」

那四人陡然清醒過來，看起來和之前沒什麼異常，然而他們此時看向廖停雁時，眼中都是敬畏和虔誠，毫不猶豫地跪下：「是！」

然後他們四人就毫不猶豫地轉身離去了。

廖停雁一回頭，見到司馬焦在看自己。

「怎麼了？」

司馬焦忽然一笑，仰頭又灌了一口酒，才道：「以前妳的說話行事都讓我覺得很熟悉，但是剛才妳的樣子……我似乎沒有見過。」

他笑起來，帶著手心的溫暖，貼在廖停雁頸脖一側：「令我覺得有些陌生。」

廖停雁忽然就沒了笑意，她微一側臉，避開了司馬焦的手，看向他放下來的那一壺酒：「你離開我十七年了，我又不是永遠不會變的。」就像他，從前也不愛喝酒，可現在，他卻時常小酌。

司馬焦攬著她的後頸把她拉回去，壓著她的腦袋讓她趴在胸前：「為什麼生氣？因為我說妳陌生？」

「只要妳一直在我身邊，所有如今的陌生，都將變成日後的熟悉。」他低下頭，唇貼著廖停雁的耳廓，姿態非常親昵，低聲繼續說：「而且妳一直在我身上尋找熟悉感，也想讓我在妳身上尋找熟悉感，特意費心思重複過去相似的場景，不會累嗎？」

廖停雁：「……」

她覺得手指像是被燙了一下，有些顫顫的疼。她沒想到他會突然戳破這一點，戳破她那些祕而不宣的心思。

司馬焦總是這樣，他看起來總是什麼都不在乎，也沒有注意，但其實心裡什麼都明白，也什麼都清楚。

從前是這樣，現在也如此。

十七年，這不是一個很短的時間，至少對她來說不是。她是久別重逢，他是宛若初見，她不擅長談愛，籌碼只有他最熟悉的樣子。不論是夏日山溪還是水獺，都是她在這漫長時間裡想起來的，但他不記得了，所以她重現一遍。

廖停雁默默起身，走進了溪水裡，她把自己變成了一條普通的小魚，混進了那一群拇指大的小魚中間，她現在不太想和司馬焦說話。

司馬焦伸手攏了一把長髮，也走進了水裡，他彎腰去看那些小魚，思考著什麼，伸手下去抓魚。那些小魚在他手指伸下去的時候就一哄而散了，司馬焦不以為意，繼續在那裡抓魚，好像一定要抓到那個和自己躲貓貓的廖停雁。

他在山溪裡轉來轉去，忽然猛地一捧水，合攏手掌往岸上走，帶著笑對手掌中說：「好了，別生氣了，我們先回去。」

走到岸邊，他背後被人潑了一堆水，廖停雁出現在他身後，繃著臉朝他潑水：「你認錯魚了！」這男的什麼眼力啊？

司馬焦卻早有預料般地扭頭，放開了手——他的手掌裡只有一捧水，沒有魚。他岔開腿坐在岸邊大石上，帶著笑撐著下巴看她，非常壞。

他是故意的，他在騙她。

廖停雁跟他對視片刻，躺回水裡，又變成了魚，這次她是真的不想理這個傢伙了。

司馬焦走回水裡，伸手往水裡去抓魚，那些小魚還是一股腦地游走，只有一條像死了一般，僵硬地漂在水裡，一動不動。司馬焦忍下喉嚨中的笑，兩手把那魚捧起來，故意發問：「這次沒認錯吧？」

他手裡僵硬的魚翻個身，朝著他吐水：「呸——」

司馬焦大笑起來，捧著她回去。

其實，他想起了不少事，只是都沒有她，也並不令人心情愉快。

「如果妳不是現在這個樣子。」

「如果妳不是『廖停雁』。」

「我也會喜歡妳。」

「妳信不信？」

魚吐了個泡泡：「……憑什麼？」

司馬焦：「憑白無故。」

廖停雁：「故弄玄虛。」

司馬焦：「虛與委蛇。」

廖停雁：「……」蛇字開頭的成語有什麼來著？蛇蠍心腸？可是虛與委蛇的「蛇」讀音同「移」，這樣不算吧。

司馬焦：「哈哈哈哈哈！」

廖停雁的臉一黑，媽的，我為什麼要突然跟他玩成語接龍！

§ § §

這一年冬日格外地冷，南部幾郡從入冬起就下了好幾場大雪，比往年冷上許多的天氣讓平民們的日子難熬了起來，沒有足夠抵禦嚴寒的衣物炭火，很快就開始出現被凍死的人。

一開始只是路邊無家可歸的乞丐，如漆黑的石頭一般被凍在路邊，然後就是一些偏遠村子、貧民棚戶區、體弱的老人小孩……因為這一場寒流來得突然，一時之間死的人又太多，底下的官員不敢上報，強行將凍死的人掩埋，不允許任何人離開原籍地。

因此這一場災禍，一開始燕城王都方面並不清楚，等到消息瞞不下去又傳開來，大臣們匆匆前去皇宮尋找陛下商討，卻發現陛下根本不在王宮裡。他總是如此，說走就走，如今越發誇張了，竟連一點消息都沒傳出去。

王宮裡如今只有個小殿下，坐在司馬焦常坐的那張椅子上，晃著腿一臉天真地看著他們。

大臣們：要亡國了！肯定要亡國了！

他們心中譴責了一番陛下，又痛心疾首了一回，然後聚在一起討論怎麼面對這場百年一遇的大雪災。反正陛下平時也不管這些，他們自己處理就好了。

然後問題又來了，畢竟不是所有官員都大公無私，大家各有各的想法，又開始扯起嘴皮來。他們還在爭吵，陛下和貴妃此時卻身在千里之外的南明郡，也就是讓他們爭論不休的「受災區」。

前兩日，廖停雁在宮裡待得無聊，發現今冬燕城王都沒有絲毫下雪的預兆，反倒是南方寒氣迫人，她便突然起意想要去看雪。她在修仙地界時好幾年都沒看到大雪了，有些想念，所以在商量過後，她帶著陛下乘著飛行靈器飛到了南明郡賞雪。

漫天的白雪和鉛灰色的天空，讓這個婉約的南方大郡變成了雪嶺，雖然確實好看，但廖停雁只看了幾眼就擰起眉。

有時候修為太高真的不太好，她的感知能力非常強，強到她能透過重重雪層，看到裡面被凍住的屍體，神識再拉高一些，一眼望去，甚至有些死靈怨氣徘徊。

廖停雁徹底沒了賞雪的心情，她的神情變化引起了司馬焦的注意，兩人站在南明郡一座城樓之上，司馬焦身上搭著一件黑色的狐裘，他溫熱的手掌蹭了一下廖停雁的臉，蹭掉了落在她臉頰上的一片雪花。

「怎麼，這雪不好看？」

「這裡死了不少的人。」廖停雁牽住他三根手指，有些懨懨的。

司馬焦沒什麼表情：「既然如此，那就去個沒有死人的地方看雪。」

廖停雁：「……」忘記了，這個祖宗從前在修仙界就是帶來無數腥風血雨的人物，他並不在乎這些。

廖停雁重新說：「看到這裡死了這麼多人，我覺得不舒服。」

司馬焦這才眉頭動了動：「那就處理一下。」

廖停雁思考了片刻，仰頭看天，天空之上隱隱有什麼在閃爍。她忽然揮手，「砰」的一束靈氣直衝雲霄，震散了那些冰冷的雪雲。天光乍現，陰沉了一個月的天空驟然出現了一點太陽的蹤跡。

她聽到隱隱的雷聲，沒放在心上，就是看了一眼司馬焦。她得到靈火之後，但凡做點什麼事總能聽到雷聲，只是得到靈火之後，她也不怕雷聲了。

就好像司馬焦給她的不只是靈火，還有他的某一部分特質，讓她對這個世界少了許多畏懼。

「不只南明郡，寒流一路往南而下，我現在震散一次，過段時間又會聚集起來。」廖停雁決定把魔將們找來幹活。畢竟一個人幹活太累了，拯救世界需要人手。

她和司馬焦一起住進了南明郡郊樅景山的一處莊園裡，這裡的山林也被雪覆蓋，還未化去的厚厚積雪在陽光下閃耀，天地清朗，這景致讓廖停雁感覺稍微好了一點。

先前駐守在燕城王都的魔將們趕到，滿臉迷茫地領取了自己的任務——清雪救災。

魔修：「我們……我們可是魔修啊。」

魔將滿面猙獰：「爺爺我也記得我們是魔修，可是魔主不記得了！不然你去提醒她一下？」

魔修轉了轉眼睛：「我們真的要去救這些凡人？都死這麼多人了，魔主肯定也是隨口吩咐，不如我們——」

魔將瞬間露出了忠君愛國的濃眉大眼，一抬手：「來人，這個人公然違抗魔主之命，把他綁到魔主那裡去！」

魔修：「！」

捕獲一隻試圖陽奉陰違、偷偷蒐集煉屍材料的魔修。

魔將們帶著老實下來的魔修們各自奔赴受災嚴重的幾個郡，驅散寒流，以人工停雪。其實這件事並不難，就是有些瑣碎，幹完活回來彙報的魔將得到魔主的認可後，紛紛放鬆離去。

魔將危厄是速度最快的一個，他見完魔主準備離去時，恰巧在走廊遇上了司馬焦。這個前任魔主統治魔域的那段時間，所有人看到火焰都覺得心驚肉跳，危厄也是一樣，他從未見過那麼強大又殘暴的魔主，三番兩次差點被他嚇破膽子，哪怕他現在是個凡人，危厄也下意識感到恐懼。

他忍不住屏息，站在一邊想等這祖宗自己離開。反正他現在又看不到我，魔將危厄在心裡這麼安慰自己。

「危厄。」

魔將危厄一僵，對上司馬焦的眼神，背上一瞬間寒毛直豎。他看到我了！看到我了！

等到司馬焦走了，他才恍然回神，想起剛才他說了什麼——「將雪帶到這一處樅景山。」

只說了這麼一句，就直接走過去了。

危厄忽然猛地一拍手，哇啊！前任魔主他、他竟然記得我的名字！忽然覺得好榮幸、好驕傲啊！

不過，「將雪帶到樅景山」這是什麼意思，樅景山就是這一片山頭，他老人家想讓這座山下大雪？現任魔主想讓雪停，前任魔主想讓下雪……嗯，他是不是知道太多了，是不是惹上事了？

他的一位下屬聽聞此事後，搖搖頭：「將軍，您可還記得前任魔主在魔域時嗎？道侶要什麼他給什麼，就算不要，只要喜歡也會尋來給她，你看，如今這做法不是很熟悉嗎？依我看，是我們現在這位魔主想看雪，或者從前的魔主想和道侶一起看雪！」

危厄：「嘖嘖，道侶也太麻煩了！」

小小抱怨一句，然後乖乖去做，將寒流與雪雲趕至這一片荒無人煙的山林，替山莊裡的兩位老大人工降雪。

廖停雁正在面見紅螺，紅螺偶爾會從魔域過來看看她，順便帶一大堆谷雨塢送來的特產，幫廖停雁改善一下生活。

紅螺一來就看到她把魔將們指使得團團轉，她不明白了：「妳這是在幹什麼，閒著沒事管這些幹嘛？」她畢竟還是個土生土長的魔修，很是不能理解廖停雁的做法。

廖停雁也沒多說，只說：「可能因為我終究是個凡人。」

紅螺翻了個白眼：「妳這個修為，妳跟我說妳是凡人？」

可是有再高的修為，心是凡人的話，也就確實算是個凡人。這可能就是她能看著魔域和修真界裡面的那些人鬥來鬥去，看著各種死人死法，卻受不了凡間這一國一地的雪災死人的原因。能接受波瀾起伏人生中的犧牲，但看不得平凡人生裡的災難。這大概就是所有普通凡人的心理。

紅螺也不願意為了這種事和她多說：「算了，這點小事，妳想做就做吧，反正只是一些普通人。」

廖停雁就在這個時候發現了外面在下雪，她先是一愣，然後閉目一瞬，神識發現雪只存在於這一片山林，存在於她眼前所見。

後山松林上的雪還沒化完，這一場大雪下來，大概又能維持很久的純白世界。

廖停雁打開窗戶，任由紛飛的雪花飄進來，帶走屋內的溫暖氣息。她來這裡是想看雪的，知道這一點的只有一個人。

紅螺正和她說起司馬焦：「妳到他身邊也大半年了，他想起來多少了，有沒有想起妳？你們現在怎麼樣？」作為廖停雁最親密的朋友，她總是很擔心自己的朋友出現感情問題。

她說了半天，發現廖停雁沒回答，她看著窗外的雪，臉上帶笑。

算了，不用問了。

她耳朵一動，忽然快速說：「我說完了，先走，下回再見。」說完就從窗戶跳了出去，瞬間消失。

紅螺一走，司馬焦就走了進來，他自然地坐到廖停雁身後，抱著她一起看窗外的雪。廖停雁習慣性靠在他懷裡，手指微動，屋內的暖爐就開始散發熱度，他們周圍的空氣都變得溫暖如春。下大雪的時候，天地之間總是格外寂靜。廖停雁有那麼一瞬間想問司馬焦想起多少事了。他能讓這場雪出現，就表示他確實想起了很多。

可是，廖停雁終究沒有開口問，她只是覺得很安心。

她很早就知道，司馬焦遲早會想起來的，他畢竟不是轉世，而是寄魂托生。

如果說轉世是把一台電腦零件拆開，分開重裝到其他的電腦上，那寄魂托生就只是一台電腦重新安裝系統，還是備份了資料的那種。就算當初生下他的孕者沒吃還魂丹，他的記憶也會慢慢找回來，只是之前廖停雁不知道這個過程會需要多久。

真要說的話，她自己的記憶想完整找回可能會更難一些。因為司馬焦他只要隨著年齡增長，就自然能想起來了，而她每次都需要藉由神魂的疼痛，才能想起被洗去的記憶。

廖停雁這一輩子都在「順其自然」，她捏著司馬焦的手，感覺到他身體裡那一點微弱的靈力湧動，慢慢睏倦地閉上眼。

順其自然吧，世上的事都是越想越複雜的。

南方幾個郡的大雪都停了，唯一沒有停的只有無人踏足的一片樅景山。

司馬焦和廖停雁去後山松林漫步，一把紅傘落滿了雪，變成白色的。林中有一處小徑，通往山上一處野亭，反正兩人無所事事，乾脆拾階而上，踏雪尋亭。廖停雁少有這種願意自己爬山的時候，往常她都只待在一個地方「冬眠」。

正所謂春睏夏休秋乏冬眠，是所有社畜的生活習性，哪怕廖停雁不是社畜很多年了，還是沒有改變。

兩人走在山徑上，司馬焦走在前面一點，他頭上沒有傘遮著，肩上積了雪，而廖停雁落後一步，舉著一把傘替自己遮著雪，兩人就這麼一前一後地走著。廖停雁轉動傘，有雪落在司馬焦的狐裘上，被他輕輕一抖就掉了。

他扭頭挑了一下眉，又繼續不緊不慢地走著，沒把她的騷擾放在眼裡。

山上那個野亭荒涼敗落，破得差不多了，幾乎被雪掩埋著。兩人轉了一圈，踱步到亭邊的一棵枯樹下。司馬焦伸手搖晃了一下，枯枝上的雪瞬間落了廖停雁滿頭，她才剛收起那把用來耍帥的傘。

廖停雁：「……」

司馬焦在她反擊之前，折下那根抖落了積雪的枯枝。他的手指在枯枝上點了點，那根枯枝飛快地長出花苞，眨眼就開了幾朵粉色的山桃花。

這是回春術，很普通的一個術法。

廖停雁默然片刻，接過那枝在雪中露出粉色的山桃花。

司馬焦便牽著她的手回去了。

「我知道妳在怕什麼，但是我以前說過，只要我在，妳就什麼都不用怕。」

廖停雁晃著那枝不合時節的桃花，心想：我又有什麼好怕的，在這個世界，我唯一怕的不就只有你嗎？

但她的陛下就像這一枝花，想開就開了，半點不由人。

§ § §

廖停雁半夜突然驚坐起來，看到床邊插在花瓶裡的那一枝山桃花，伸手把身旁的司馬焦搖醒，震聲問：「你都想起來了，還讓我變成水獺給你看？還假裝是蛇妖逗我玩！」

司馬焦沒睜開眼睛，啞聲「噓」了一聲。他把廖停雁拉回來按在胸口上，安撫地拍拍她的背，臉埋在她的頭頂。

司馬焦：「睡了。」

廖停雁瘋狂搖頭，甩了司馬焦一臉頭髮，終於把他鬧醒了。他只好放開廖停雁，攤開躺在床上，捏了捏鼻梁，斜睨她一眼。

廖停雁：呵，半夜把人搖醒果然很爽啊。看到了嗎？不是不報，時候未到。

司馬焦：「妳……不如坐到我身上來搖？」

廖停雁發出了嫌棄的一聲：「噁呃……誰要滾床單！」

司馬焦坐起來：「好吧，那我來。」他突然撲向廖停雁把她壓在床上，然後滾了一圈。

廖停雁：「！」你搞什麼！

滾了幾圈停下來，廖停雁吹了一下甩在臉上的頭髮，覺得司馬焦是不是腦子又有病了，大半夜的滾床單？

廖停雁：「請問，你在做什麼？」

司馬焦：「自然是滾床單。」

廖停雁想起了久遠以前的「摸魚」事件，臉色頓時有點猙獰。她出力，抱著司馬焦的腰往回翻滾：「行，來滾啊！」

外面守夜的宮人聽到這大半夜的聲響，臉上露出微妙的神色，陛下和貴妃……嘖嘖嘖，真是激烈啊。

兩人玩鬧似的滾了兩圈，把床上的被單、枕頭滾了一地，廖停雁的腦袋撞到了床架，司馬焦則伸手擋了一下牆，讓這場幼稚的遊戲停下來，他的手掌捂住廖停雁的後腦勺，低頭在她臉上親了下：「好了，睡吧？」

廖停雁：「……」我剛才在幹什麼？為什麼現在每次生氣，就會突發性被他傳染白痴，這個人是有毒嗎？

看到她的表情，司馬焦笑了起來，廖停雁感覺到他胸口裡的震動，覺得鼻子癢癢的，就近湊在他胸口蹭了一下。

蹭完發現司馬焦的表情不太對。他的手指撫到她的衣襟內拉開，朝她的脖子上蹭了蹭：「行吧，待會兒再睡。」

然後他們滾了另一個意義上的床單。和剛才鬧翻天的踢枕頭踹被子不同，這一次安靜又纏綿。廖停雁在這個時候，總會懷疑司馬焦從前是不是真的是蛇妖，那細密無聲的糾纏令人戰慄窒息。

「嘶——」她吸了一口氣，抓緊司馬焦的肩膀，耳邊還聽到司馬焦微微的喘息和笑聲。

「我是想起來了，和我想看水獺有什麼關係？」

廖停雁：「……」捏他屁股！

之後廖停雁再追問他想起了多少，司馬焦只說：「該想起來的都想起來了。」

廖停雁就沒再問這個，只是像影子一樣跟著他，司馬焦去哪裡，她就去哪裡。司馬焦偶爾會故意一個人出去，然後就悠哉地看著她匆匆出來找。

廖停雁：「祖宗！別離我太遠！」

她每回看著司馬焦那一臉「真拿妳這個黏人小妖精沒辦法」的神情，就上火得像是生理期來了，忍不住朝他大聲嚷嚷：「祖宗！你有點自覺好嗎！」

司馬焦意外地很喜歡看她變成暴躁鹹魚的模樣，看夠了才問：「什麼自覺？」

廖停雁簡直被他氣到飛起來，繃著臉快步走過去，她剛準備開口說話，司馬焦上手一把將她抱了起來，抱著大腿抬起來的那種，廖停雁差點被他抱得倒栽下去。她往前趴在司馬焦身上，被他抱著，往那仍積著厚厚一層雪的石階走去。

只暴躁三秒就恢復成原樣的廖停雁摟著他的肩：「你就一點都不怕嗎？」

還是之前那條路，司馬焦抱著她往上走，步伐不快不慢：「有什麼好怕的？」

廖停雁沉默了很久，自言自語一般地說：「一開始，你在庚辰仙府被困，後來你能脫困，恐怕付出了不小的代價，那時候我還不懂，可是後來就想明白了。」

「我們那次逃離庚辰仙府，你差點死了，吃下的那一枚丹丸效果太好了，現在想想能那樣徹底治癒你的損傷，恐怕是有代價的，那個代價是什麼？」

「之後，你幾乎殺盡了師氏一族，還有庚辰仙府那麼多頂尖的修士，要殺他們，你又犧牲了什麼？你的靈火是不是就是從那個時候開始失控的？在魔域那幾年，人人都說你嗜殺，時常無緣無故將人燒成灰燼，是因為你當時已經無法控制了是不是？」

他這個人，就是痛得要死了、傷得快死了，也不會讓人看出一點點，總要擺出勝券在握的樣子。

「你跟我說過，你說天要亡司馬一族，你就是最後一個，所以你一定會死。」

他掙扎過，最後選擇將生命給她，自我犧牲到幾乎有些不像他了。

「你本來應該死了，是我硬把你的神魂拉了回來，你的苦難本來應該在十七年前，早就停止了……」

如果是那樣，他不會成為現在這個陛下，不會有這樣一個千瘡百孔的國家，不會遇上這些無休無止的天降災難。如果只是這樣，她可以護著他，可是當他再次走上修仙之路，沒有了靈火和那一身司馬血脈的司馬焦，他還能對抗這一方天地嗎？

她又能在「天譴」之下護得住他嗎？如果護不住他，她怎麼能看著驕傲如司馬焦，在這世間苦苦掙扎。

「司馬焦……我很沒用的，就算你使用千方百計把靈火留給我了，我也沒有你厲害，我怕我護不住你。如果我強行留下你，就是為了讓你再痛苦地死一次，那我為什麼要強求呢？」所以，只有這平安喜樂的幾十年，不可以嗎？

她越說聲音越低。

司馬焦抱著她往石階上走，突然笑出聲。

廖停雁：「……」你看看這悲情的氣氛，這種時候你可以不要笑場嗎？你尊重一下我心裡的痛苦好嗎？

司馬焦：「妳搞錯了一件事。」

廖停雁：「什麼？」

司馬焦：「如果我打定了主意灰飛煙滅，妳不可能有辦法『強留』下我的神魂。」

廖停雁一愣後，猛然反應過來，往後一仰，不可置信地盯著司馬焦的臉：「你……」

司馬焦臉上露出她很熟悉的笑，就是十七年前，他在她面前燃燒起來時臉上的那個笑，帶著洞悉一切，帶著早有預料。

可她現在才看明白。

「那是我給妳的選擇。如果妳寧願承受痛苦也想讓我留下，我就會留下，若是妳並沒有那麼愛我，我也願意用神魂為妳做一次燈引。」司馬焦很隨意地道：「總歸是給了妳的東西，妳願意如何，那就如何。」

「現在也是這樣。」

廖停雁想起當初自己把司馬焦的神魂從靈火中分離的情景，確實比她想像的容易。

她突然恨得有些牙癢癢，低頭一口咬住司馬焦的肩頭，她第一次這麼用力，口中很快就嘗到了腥味，司馬焦卻連哼也沒哼一聲，甚至還大笑起來。

「妳看，妳想要我留下，想要我陪妳更久，我都可以做到。而且，我其實並不需要妳的保護。」

還在說話間，他已經走到了上次那個山間野亭。

司馬焦側了側頭，撫了一把廖停雁的頭髮：「好了，鬆嘴。」

他把廖停雁放在那棵山桃樹下，扶著樹枝，彎腰親上她沾了血的唇：「真凶，我第一次見到妳這麼凶。」

廖停雁靠在那棵山桃樹樹幹上，被親得仰起頭，她看見司馬焦漆黑的，彷彿跳躍著火焰的眼睛，還看見他們頭頂這棵樹驟然間如春風吹過，白雪融化，枯枝上綻開無數朵粉色的山桃花。

她聽見雷聲，抓著司馬焦衣襟的手一緊。

司馬焦握住她的手，抬起頭，紅色的唇往上勾起：「妳就在這裡看著我渡這一場雷劫。」

他要渡雷劫？為什麼她沒能看出他到了需要渡雷劫的時候？這又是要渡什麼雷劫，結丹還是結嬰之劫？

是有什麼遮掩了她的感知，甚至是遮住了天機？

廖停雁看他起身後退，差點就要追過去，卻被司馬焦一手按了回去。

「安靜看著。」

他側身站在那裡，仰頭望天。廖停雁眼前一陣恍惚，好像看到了當初在三聖山，站在高塔外面對著一群庚辰仙府修士的那個師祖。

廖停雁的瞳孔忽然縮緊，因為司馬焦的手中出現了一團火。不是他以前那種紅色的，而是無色，只有邊緣能看出一點藍。這火很小，但它一出現，周圍的溫度瞬間就升高了，這一片山林以這一處坍塌野亭為中心，積雪飛快地融化，就彷彿快轉的鏡頭，地面上長出絨絨青草，周圍的樹木也開始青翠。

這是……靈火？為什麼他還有靈火，又為什麼是這個顏色？

廖停雁滿腹的疑問，司馬焦望向她說：「這是妳為我點燃的火。」

這是當初師氏一族用奉山一族的血肉培育出來的一朵新生靈火，也是被他融合後，導致他當初身體迅速崩潰的東西。不過現在，它經歷過和靈火融合，又有最後一個奉山一族的血肉煉化，如今被廖停雁身上那一簇靈火引燃，已經變成一朵全新的，可以不斷生長的靈火。

——這是他當初所設想的，最好的結果。他賭贏了。

雷一聲聲墜落，又一次次不甘地散去。司馬焦手中的靈火重回身體，他剛被靈氣充盈的身體融合了那簇靈火之後，再次變得氣息純粹，仿若凡人，廖停雁也看不出異樣。

他一拂袖，拂去身上塵埃，走到廖停雁身前，伸出手給她：「走吧，回去了。」

廖停雁茫然地看著他。

司馬焦搖了搖花枝，花瓣抖落了她一身。

廖停雁回神，問他：「你是不是還能陪我很久？」

司馬焦：「妳想要多久就有多久。」

廖停雁：「那，我也不用害怕？」

司馬焦：「我早就告訴過妳不用怕。」

廖停雁：「所以你就什麼都不解釋，故意看我為了你急得團團轉？」

司馬焦：「……沒有。」

廖停雁明白了：「多說無益，過來受死！看招！」

她一躍而起，司馬焦側身躲過，拉住她的手腕放在唇邊一吻：「為什麼又生氣了？」

廖停雁毫不猶豫地一把扯住他的頭髮：「我今天就要告訴你，什麼事都瞞著老婆，總有一天是會遭受家庭暴力的！你真以為我不會打人是嗎？啊！」

不趁著他現在還沒恢復巔峰實力時揍他一頓，日後就更揍不到了。

司馬焦：「嘶——」

陛下被壓在樹上打，好好的一樹山桃花，都被他們晃著抖光了花。

司馬焦被她沒頭沒腦地按在樹上，剛想轉身抓住她的手，就聽到她一邊踢他的腿一邊大哭，頓時頭痛地又趴回去了。

算了，讓她踢夠了再說，反正也不太疼。

司馬焦，是一個能為了廖停雁去死，卻絕對不明白她此刻為何而哭的王八蛋。

888

司馬焦這個皇帝當得非常摸魚，就像他當初當人家師祖，根本也不像個師祖，反而像個敵方陣營的大魔頭。

鑒於他從前當慈藏道君時搞垮了庚辰仙府，當魔域魔主又幾乎殺了大半魔域的魔將，廖停雁也不強求他好好當個皇帝了，反正一切有她……的魔將們看著，絕不會出大事。

南郡的雪災突然被解決，來年春天的一場瘟疫還來不及大規模爆發，剛呈報給陛下，就消弭於無形。

魔將不擅長應對瘟疫，他們只擅長傳播瘟疫和活屍鬼靈製造慘案，所以這件事是委託給修仙界一些人士去做的，其中谷雨塢也出了力。

受魔域邀請，前往凡人聚集的國家替普通人驅散瘟疫時，眾修仙人士一邊幹活，一邊都有點迷惘。

我們可是修仙正派人士啊！為什麼要和魔域一起拯救世界？不是啊，為什麼魔域要拯救世界？是他們是修仙的，還是我們是修仙的？

這件事圓滿解決了之後，從前對立的魔域和修仙界的關係一時之間非常尷尬，就好像死對頭突然間被湊成一對，相親相愛是不可能，但喊打喊殺也搞不出來了。

被這群無名英雄拯救的凡人國家，則到處開始流傳起陛下得天命庇護的傳言，說他能請到仙人下凡相助。

一群從前對司馬焦又懼怕又暗自嫌棄的臣子們不知腦補了多少東西，對待司馬焦越發誠惶誠恐，連小殿下兩三年過去，絲毫沒長大是因為什麼都不敢去問。

宮人之中，某個傳言傳得有鼻子有眼睛，說是小殿下的宮殿曾在風雨交加的夜晚出現巨大、如蛇一般的影子，幾乎纏住了整個宮殿。

「什麼蛇，那必然是龍！」

「對對，小殿下乃一國太子，當然有真龍之氣！」

司馬焦並不在乎這些，他和廖停雁不常待在王宮。廖停雁就算是癱著，也更喜歡風景優美、美食眾多的地方，所以她在一個地方住一段時間，總要找個其他地方待一陣子，經常是半年或者一年一換，基本上看心情。

這大概就是鹹魚對旅行的夢想——說走就走，想去哪裡就去哪裡，但不管在哪裡都要癱著。

對於把蛇蛇獨自丟在王宮的行為，廖停雁起先還有些過意不去，司馬焦卻說：「就讓牠待在那裡，當一段時間的皇帝對牠日後更好，當個十幾年的皇帝就能說話了。」

人間王朝的氣運和修仙界的氣運，自有不同之處。司馬焦一個老大，用一己之力和不同的針對性方法，把道侶和跟班都餵到連連升級。

司馬焦這個可怕的男人，恐怖如斯！

不知道什麼時候想起來自己其實沒有兒子的陛下，仍是把大黑蛇當做兒子養著，廖停雁之前想看的那個，他想起一切後自打臉的情況沒有出現。

她有些失望，小陛下一旦變回了王八蛋師祖，就越來越會裝模作樣了。她根本看不出來他到底有沒有惱羞成怒，連神交也感知不到，能感知到的，都是些她不好意思說出口的東西。

司馬焦近來脾氣好了許多，沒有從前師祖那種時時刻刻隱忍爆發的戾氣，廖停雁覺得這和他的睡眠品質提升有很大的關係，可見睡眠充足對於保持心情愉悅有多麼重要，連躁鬱症都能緩解治癒。

他們去了先前從未踏足過的地方，是修仙區域比較邊緣的西區，這裡有幾千座大山連綿，有終年不散的雲霧和溼潤的雨氣，還有無邊林海和數不清的本地美食。這裡的靈氣不濃，比魔域還差一點，不過有些特有的修仙族群，他們修的不是正統的五行術法，而是靈巫術。

廖停雁是為了當地特產美食烤菇才去的，可是到了那裡，吃了一頓烤菇就有點身體不適，全身發燙。她躺在床上懷疑人生，覺得自己是不是蘑菇中毒，但她都是老大了，還會因為小小的蘑菇中毒嗎？這一點都不修仙！

然後睡了一覺起來，發現自己身下多了個凝事的東西。

廖停雁茫然地看著自己手裡的東西：「……」蛋？

等一下，這顆蛋，這顆有花紋的紅蛋是什麼？司馬焦趁我睡覺的時候塞過來，逗我玩的？

司馬焦剛好走進來，廖停雁將手裡溫熱的蛋舉起來朝他示意：「你的蛋，拿走。」

司馬焦捏著那顆蛋看了兩眼，坐在床邊拋了拋：「妳跟我生的？」

廖停雁：「呵，我們兩個人類，怎麼能生個蛋出來？」醒醒，你不是蛇妖設定了！生不出蛋的！

她還是傾向於這是司馬焦搞出來逗她的，這個人最近不是普通的皮。

司馬焦詳端了一下那顆蛋，猛然往旁邊的牆壁上一敲。廖停雁心裡一緊，脫口而出：「我的蛋！」

剛說完，她察覺不對，立刻改口喊：「你的蛋！」

那顆蛋沒有被敲出蛋花，還是一個堅強的橢圓蛋形。

司馬焦：「不如妳孵著試一試，看能孵出來什麼？」

廖停雁沒有從前那麼好騙了，聞言懷疑地、警惕地看著他：「你根本就知道這裡面是什麼吧？」

司馬焦笑了一聲，躺在她身邊，順手把蛋從她領口扔了進去。廖停雁感覺那一顆溫熱的蛋咕嚕嚕地掉到肚子上，立刻掏出來往司馬焦懷裡塞：「你要孵就自己孵！我不幹！」

司馬焦抓住她的手，包裹住那顆蛋：「既然這樣，乾脆烤來吃了。」說話間，他的手掌冒出透明帶藍的火焰，裹住了廖停雁的手，包括那顆蛋。

廖停雁：「等一下！」怎麼說燒就燒，萬一裡面有活物，燒死了怎麼辦！

她手掌裡那顆蛋「啪」地一聲，被燒裂了。

裡面咻的冒出來一團紅色的火焰，一出現就大喊：「我靠，你們這狼狽為奸的狗道侶，又想折磨老子！老子真是倒了八輩子楣才會被迫跟了你們！」

竟然是髒話小火苗！真是久違了。

廖停雁還以為他當初被司馬焦煉化後沒有了意識，畢竟過了差不多二十年，她現在也擁有靈火，卻從來沒聽過髒話小火苗吭聲。

她下意識去看司馬焦，看到他的表情，她就知道這件事肯定他早就知道了。這男人沒告訴她的事不只一兩件。最氣人的地方在哪裡呢？他不是故意隱瞞，只是覺得沒必要說，腦子裡整天不知道在想些什麼。

所以，她一般是遇到一件事，知道一件事，都不知道他還能給出什麼樣的「驚喜」。

廖停雁揪住那簇嘰嘰歪歪的火苗，往司馬焦懷裡丟：「這是怎麼回事？」

「靈火的本體能離體出現。」司馬焦把髒話小火苗彈開：「說明妳現在已經完全融合了靈火。」

畢竟廖停雁不是奉山一族的血脈，他當初強行讓她繼承靈火也不那麼容易，這需要一個漫長的融合過程，在他的預想中應該是三十年。不過因為這幾年被他的新生靈火勾動，提前融合完成了。

靈火墜在一邊的玉枕上，好像已經被憋了許久，膽子也大了不少，大聲說：「姓司馬的，你有沒有良心！虧我跟了你那麼多年，你竟然為了另一個女人，說拋棄我就拋棄我，你看看我現在縮水成什麼樣子了，你們司馬家……」

這些話怎麼聽起來就那麼不對勁呢？

廖停雁：「是我打擾你們了，告辭。」

她想通了，她之前擁有靈火，卻不能像司馬焦那麼隨意使用，還以為是自己沒有奉山血脈才會導致靈火威力降低，現在看來是之前沒有完全融合。現在完全融合了靈火，她心裡又有了很多感悟，感覺到身體裡的力量再一次增強。

廖停雁：「……」

突然明白當初司馬焦是怎麼想的了。

先把魔域的領頭和修仙界能做主的都嚇怕了，然後給她靈火逞威風嚇人，等她的靈火徹底融合之後，他遺留下來的威望差不多也無法再震懾有異心的人，不過融合了靈火的她也什麼都不必怕了。

他考慮得可真周全，比她原來想的還要周全。

廖停雁按住喋喋不休的髒話火苗，把他收了回去，就床躺下。司馬焦這個人，怎麼總是讓人又感動又氣？

這折磨人的老祖宗！

她不吭聲，司馬焦看她一眼，拉了拉衣袖，把手腕放到她面前。廖停雁配合地張開口，在他的手腕上咬了一口。

「不氣了？」

司馬焦摸著那一排牙印，按照深淺程度估算她這次的生氣程度是普通生氣。

「嗯。」

廖停雁感覺要是每次都因為這些事跟司馬焦生氣，她遲早會變成氣球炸飛。生氣非常累，一次還行，多來幾次就承受不了了，所以還是算了，意思意思氣一下以示尊敬。

莫名其妙的，兩人就變成了這種模式。

廖停雁一有生氣的預兆，司馬焦就抬手腕、送手指讓她咬一口撒氣，或者讓她自己隨便找地方咬。

他有一撮頭髮就被她咬到毛毛糙糙的，至今還在他的髮尾處晃蕩，時不時會被他夾起來看一看。

廖停雁好了，爬起來去找吃的，美食在廖停雁的人生裡是非常重要的一部分，她為此不惜隱姓埋名跑到這裡來，當然不可能只吃這一頓。

美食還沒吃到，先遇到了一位潑辣的妹子，看上了司馬焦的美色，當街和廖停雁吵了起來。

廖停雁：「……」吵架我不擅長啊。

於是她放出憋了很久的髒話小火苗，雖然這火苗罵人的詞彙量不多，但眾所周知，小孩子高亢的尖叫和蠻不講理的哭喊抱怨能戰勝一切，那還想勾搭司馬焦的妹子馬上黑著臉，堵著耳朵落荒而逃。

廖停雁在一旁吃完了兩串野味烤菜，覺得衝著這特殊的風味，確實沒有白來一場。

這裡的人也異常熱情。

回去的路上，廖停雁被一名臉上塗抹著油彩的野性男子搭訕了。這裡的男男女女搭訕人，都是能吵贏了、打贏了，再直接搶回去睡了再說。所以說廖停雁其實是收到了那名男子的比鬥邀約，不過他話還沒說完，就在廖停雁面前被燒成了灰。

廖停雁：「……」她聽到周圍響起一片尖叫，人群騷亂。

看到旁邊的司馬焦動了動手指。

他冷笑一聲，許久未見的戾氣漫上來，周身火焰搖曳。

——就像當初三聖山那個搓出火海的火焰大魔王。還以為他脾氣變好了，現在看來可能是錯覺。

修真界的大魔王傳說，又有了後續。

廖停雁：「祖宗！快收了吧！我來，我來行不行！」

後來，傳說中的大魔王，變成了兩個。

廖停雁：「……」好冤喔，都是司馬焦黑我的。

離婚是沒辦法離的，只能被他黑了一輩子。

—本篇完—

番外一 他的費洛蒙，永遠是我最愛的味道（ABO篇）

新星曆四五一年，廖停雁跟隨家人一起從中部的H-2星搬到了首都星A星。因為她的父親升官了，從士官升到了中尉，而她的大哥也得到軍功，所以一家人終於有資格搬遷至首都星。

廖家有七口人，廖父和廖母，是典型的AO配對，而他們生下的五個孩子，包括廖停雁在內全都是A。

廖停雁上有哥哥姊姊，下有弟弟妹妹，兄弟姊妹五個站在一起，排行老三的她比不上哥哥姊姊們挺拔健壯，也比不上弟弟妹妹們撒傲活潑，所以廖父廖母常對著她嘆氣：「老三啊，妳看起來不像個A，更像個B或者O啊。」

所謂的A、B、O，指的是如今的性別體系三大分類，人數比例是3：6：1。A指的是戰鬥力和精神力遠超出一般人的一部分族群，只要是A，不論男女都是硬漢中的硬漢。O則和A完全相反，體力、戰鬥力都不高，一般都是敏感而溫柔，體質天生適合生育，和A之間會因為費洛蒙產生感情，越是相融度高的費洛蒙，雙方的感情就會越好。

至於B，則是普通人，沒有超凡之處，也沒有費洛蒙，這一類占了如今總人數的大部分。

幸運地作為一個素質高出一般人的A，廖停雁本該像姊姊那樣是個喜好爭鬥，永不服輸，當個勇敢且堅韌的「超人」。可惜，不知道是不是因為這具身體裡的靈魂是個來自遙遠地球的客人，所以她的性格完全不A。

總之這些年來，兄弟姊妹們都以她為恥，覺得她這樣的弱雞有辱A族群的名聲。

廖停雁：行吧，我無所謂。

他們到了首都A星沒多久後，廖父去拜訪上司，進行基本的社交禮儀。這一天晚上，帶著大兒子參加完一個宴會回來的廖父異常興奮，招來了自己的幾個孩子：「有一件很重要的事要告訴你們！」

廖父說，帝國的太子到了適婚的年紀，然而在上流階層，他找不到一個匹配度高於百分之六十的結婚對象。實在沒辦法，眼看太子都到二十四歲了，還沒找到適合的結婚人選，皇帝只能放低要求，連尉官級別家庭出生的孩子，都能有機會入選太子的結婚人選。

廖父這麼興奮，是因為他家有五個孩子，最小的雙胞胎剛滿十八歲，長子二十五歲，五人都有機會成為太子妃。

喔，對了，帝國太子司馬焦是個O，所以他得找個A。

廖停雁看著一家人興奮地交談，母親說起要做新衣服，莫名覺得場景有點像是《灰姑娘》。

廖停雁對這件事消極怠惰，她一個完全不像A的A，按照現在O們的審美標準，她肯定不會入選。

帶著去長見識順便吃頓好吃的想法，廖停雁在半個月後跟著家人一起走進了那座豪華寬廣的皇家宴會廳。這裡是首都星一處知名的皇家宴會廳，能容納下數萬人一同進行宴會，一走進去，廖停雁差點就被那刺目的光芒閃瞎了眼。

上百盞幾十公尺長的超豪華水晶吊燈、繁複花型的玻璃穹頂、光可鑑人的金色地板、悠揚的音樂、衣冠楚楚的人群、站立於兩旁，身穿金紅兩色制服的挺拔士兵，還有優雅地穿梭於賓客之間的侍從。剛好到了整點，室內的音樂噴泉在人們讚嘆聲中噴發，在室內製造出一道人工彩虹。

廖停雁……這也太誇張了吧。

她今天穿著一套新做的禮服，因為是個女 A，沒有選擇裙子，而是更類似於男子的長褲禮服，但更加優雅輕靈，習慣了穿寬鬆 T 恤的廖停雁怎樣都覺得不習慣，腰線緊得很。

她以為今天能見到那位傳說中的宴會主角——帝國太子司馬焦，但到宴會快結束時，這位主人公也沒有出現。廖停雁在其他人的竊竊私語中聽到了一點小小的八卦消息，據說那位太子很不滿這種大型徵婚，所以不想來。

皇室的消息很難傳出來，她到現在才聽出來，那位太子殿下好像也不太像是傳統的 O。

兄弟姊妹們都已經和各自新認識的朋友們火熱地聊起來了，只有廖停雁，又是落單的一個。她被室內的嗡嗡聲吵得頭疼，想找個沒人的角落坐一會兒。

「妳要去哪裡？」大哥非常敏銳地投過來一道視線。

廖停雁用老實人的臉孔說：「解決生理問題。」

大哥：「快點回來，不要亂跑！」

雖然家人們都覺得她這個A像是假貨，總讓他們丟臉，但出去了還是會緊緊看著她，免得她被人欺負——很大的程度上，她家裡那些保護欲爆棚的A們都是把她當成B或者O來對待。

溜出了家人的視線，廖停雁坐在宴會廳外面的一個石門上，這裡比較偏僻且安靜，她終於可以頹廢地坐下來長長嘆一口氣，順便鬆一下被勒得太緊的腰。

就在這時，她發現石柱另一邊的陰影裡，離她五步遠的地方靜靜地站了一個人，面容模糊，個子很高，應該也是來參加相親宴會的A。他好像早就在這裡了，滿身陰鬱地看著旁邊的花叢。花是很好看，粉色的佛倫娜夫人月季花，聞起來還特別香。

嗯，除了月季香，還有一股特別香的烤肉味，就是那種撒了孜然粉在烤架上滋滋冒油的香。

廖停雁左右看了看，滿腦袋問號，有人在這裡烤肉？她動了動鼻子，覺得自己一瞬間超餓的，誰能想到這個晚會竟然只提供酒水而沒有飯菜，虧她還是空著肚子來的，現在聞到這味道，越聞越餓。

「你有聞到很香的烤肉味嗎？」廖停雁試圖和旁邊那位同樣躲清閒的朋友搭話。

那個人站在陰影裡，看不清容貌，聞言低低說了一句：「……烤肉？」

聽起來不太高興，可能是不喜歡被陌生人搭話。廖停雁只好閉嘴了，可那個人轉過頭來看了她一會兒，忽然低低「嘖」了一聲，拋給她一樣東西。廖停雁低頭一看，發現是一朵紅色的花，她從未見過這種花，花型像是一朵燃燒的火焰，淡淡的香味令人心曠神怡。

她再抬頭，陰影裡的人已經不在了。

廖停雁覺得那朵花既特別又好看，拿在手裡沒有丟，一直拿著回到宴會廳，結果一路上都有人驚愕地看著她。

連她的親人們看著她，幾乎都要把眼睛瞪得脫窗了。

廖停雁：「？」我剛才鬆開的腰帶忘記繫回去，露出裡面的襯褲了？為什麼都看著我？她隱晦地關注了一下自己的褲子拉鍊。

「妳是怎麼拿到火焰之花的？」廖父問。

剛才她躲出去的時候，皇宮裡的大總管出現，用儀器掃描匹配度之後，代替太子殿下選了一百人進入複試，而他們每個人都有一朵火焰之花。廖停雁手中的是第一百零一朵。

廖停雁傻眼了，那位老總管已經走了過來，詢問她手中的花是從哪裡來的，眼中滿是懷疑。

廖停雁：「剛才在外面的花叢邊，一個年輕人給我的。」可能對方也是被選中的天之驕子，然而他並不想做太子妃，於是隨手把這花丟給了她。

話說，這「讓」過來的資格不行吧？

但是老總管仔細看了眼她手裡的花，忽然笑了，他微微彎腰，瞬間變臉，和藹可親地說：「這位小姐，三日之後，請務必讓我們接您前來皇宮赴宴。」

就這樣，廖停雁莫名其妙混到了複試，在兄弟姊妹和父母複雜的目光下又進了皇宮。

她可能去得太晚了，到的時候正看到那一群A在混戰，他們不知道為什麼打了起來，打得非常激烈。

在對戰圈中間的是個異常高挑的男子，黑髮黑眼，臉上帶著嘲諷的笑，滿身戾氣，一手一個把撲過去的其他人錘在了地上。

廖停雁遠離戰圈，聽著那邊「咚咚——」的巨響，心驚膽戰地旁觀了一會兒，心想道，這他媽才是真的A啊，簡直是A中的巨A！這輩子都沒見過這麼帥的男A了，這個氣勢太絕了。

她眼睜睜看著那位巨A把所有人都打趴，然後扭了扭手腕，臉色陰沉地看向場中唯一一個站著的她。廖停雁趕緊後退兩步：「我認輸，別動手。」

這可能是太子妃的比武招親現場，現在這位選手已經以壓倒性的優勢占據了比武第一，看來太子妃的位置非他莫屬了，她一個過來湊人數的，還是直接投降比較明智。

那位朋友卻聽而不聞，朝她走過來。

隨著他走過來，廖停雁聞到了一股檸檬蜂蜜薄荷茶的香味，她頓時覺得有點渴了，今天她是吃飽才過來的，一路上因為曬著大太陽，非常渴望喝點清涼的飲料。

巨A湊近她，問：「想吃烤肉嗎？」

廖停雁認出這聲音了，是那天晚上丟花給她的朋友！

廖停雁：「……不想吃烤肉，想喝檸檬蜂蜜薄荷茶，你是不是剛喝了？我聞到味道了。」她很有求生欲地表現出自己的友好。

巨A沉默片刻，牽著她的手腕，拉著她走向一扇門，「那就走吧，去喝那什麼茶。」

廖停雁：「？」等等？

侍從們面帶微笑地為他們拉開門，門後等待著的大總管對著巨A朋友說：「太子殿下，您已經選完了嗎？」

她的巨A朋友矜持而不耐煩地扯了扯她：「就是她了。」

廖停雁：「……」等等，太子殿下，他是太子？

這位驚天巨A，是個O。

廖停雁不由得驚恐地扭頭去看後面那一屋子被捶爆的A們，他們是假的A嗎？她又回頭看比自己高的太子司馬焦，不，這邊可能是個假的O。

她全程像夢遊似的和太子殿下一起喝了幾杯檸檬蜂蜜薄荷茶，那位太子殿下喝著茶，臉上全是嫌棄：「這什麼味道，妳什麼品味？」說是這麼說，一杯還是喝完了大半。

廖停雁又被人送回家，大總管和藹可親地告訴她，只要她和太子殿下的匹配度到達百分之六十以上，她就是太子妃了。

當天晚上，她收到消息，她和那位太子殿下的匹配度是百分之百。

廖停雁那個多愁善感又溫柔似水的媽媽當場暈了過去。

廖停雁：「……」震驚到我媽了。

這個神奇的匹配度不只驚呆了廖家人，更驚動了全國上下。皇室已經三百年沒有出現過這麼高的匹配度了，匹配度高到這種程度，代表他們兩個人非常合適，只要相遇，就是一見鍾情、二見傾心、三生緣定的類型。

廖停雁：「……」啊，有嗎？我能和那個滿臉暴躁的太子殿下，有什麼天雷勾動地火的情況發生嗎？

她愣愣地回想了一下和司馬焦殿下的兩次相遇，後知後覺地發現，自己第一次聞到的烤肉香味和第二次聞到的檸檬蜂蜜薄荷茶香味，是那位殿下費洛蒙的味道。不是啊，誰家的費洛蒙味道還會改變啊？

第三次見面，廖停雁又聞到了太子殿下的費洛蒙，是奶油小餅乾。可能因為他們是下午茶的時間見面的，她現在不餓也不渴，就是有點嘴饞想吃小餅乾，才會聞到這樣的味道。

她不知道是自己的問題還是司馬焦的問題，也可能他們兩個都有問題，就像她聞不到其他O的費洛蒙味道。

司馬焦坐在她對面，正在批改一疊政務文書，紙張在他的筆下發出不堪重負的嘶嘶聲，好像要被劃破了。

「吃什麼？」他頭也沒抬，好像是隨口一問。

廖停雁從心回答：「奶油小餅乾。」

今天是這個味道？司馬焦停下筆：「妳怎麼只想著吃？」

但還是幫她叫了小餅乾，真的特別好吃，她吃了一下午，吃飽了還在那裡睡了個午覺。

廖停雁很好奇自己的費洛蒙在司馬焦那裡是什麼味道的，後來他們結婚了，去Y-2星度蜜月，司馬焦才回答了她這個問題。

「是風的氣味。」

風也有氣味嗎？

他抱著她坐在窗前，看著外面的浩瀚星空：「今夜的風是帶著花香的。」

這是個很浪漫的回答，浪漫得不太像平時的暴力太子。

然後廖停雁說：「今晚的你是香辣小龍蝦的味道。」

司馬焦：「……」

他打了內線，面無表情地吩咐下去：「替太子妃送香辣小龍蝦過來。」

小龍蝦送過來後，司馬焦指著那盆香氣四溢的小龍蝦：「看到這盆小龍蝦了嗎？」

廖停雁：「看到了！」

司馬焦：「倒掉都不給妳吃。」

廖停雁：「……」我們匹配度真有百分之百嗎？是不是機器故障出錯了？

然後廖停雁在床上的時候一直不能專心，對著他的臉流口水，司馬焦差點懷疑自己是隻巨型的香辣小龍蝦，他黑著臉，披了衣服坐起來：「去吃妳的小龍蝦！」

最後在爆炸邊緣的太子殿下還是跟她坐在一起，吃了兩盆小龍蝦才消氣。

廖停雁覺得和太子殿下在一起，自己不像個A，更像個O，說實話，她覺得這世界上比太子殿下更A的O不可能存在，連比他更A的A說不定都沒有。

不只她這麼覺得，就是在皇宮裡，大家好像都一直把太子殿下當成A看待，宴會上經常會出現A們不自覺地聚到了領袖太子殿下附近，發自內心地願意服從這個強勢的太子殿下，一群溫和的O太太們則自然而然和廖停雁說起家長裡短。

等到太子殿下黑著臉過來，把她從一群O裡面帶走，大家才反應過來……啊，對啊，我們O不是應該跟太子殿下混嗎？

性情溫柔又喜歡照顧人的O們看了一眼黑臉太子：不敢不敢，好怕。

廖停雁回家探望家人時，廖母擔憂地握著她的手：「我的孩子，都嫁給太子殿下好久了，妳還沒有懷孕，這可怎麼辦呢？」

廖停雁：「……」

廖停雁：「……媽，我是A，我懷不了的。」

廖母突然回神：「對啊！妳才是A！」

回去皇宮，廖停雁抱著一盤牛肉乾跟司馬焦說：「我們一定要生繼承人嗎？」

司馬焦皺著眉頭，很不耐煩地在處理政務：「妳急著懷孕嗎？」

廖停雁：「……」

好吧，連太子殿下本人都沒有覺悟。

她吃了兩塊牛肉乾，太子殿下終於反應過來了，他看著她，臉突然就黑了下去。坐在旋轉椅上的廖停雁一蹬腿，抱著牛肉乾「嘎吱嘎吱」地離了他三公尺遠。

廖停雁：「嚼嚼嚼。」

司馬焦打電話給科研院：「現在、立刻、馬上，研製人造子宮！」

科研院：「太子殿下，這不符合我們的法律條例第三百二十一條，而且我們是科研院，不管這個，應該找生研院……」

「嘟——」

他打給了立法院：「我要修改法律，給我改掉第三百二十一條！」

立法院：「啊？太子殿下，這不符合流程……」

後來，誰都不知道，那位修改了無數律法，一生獨裁的統治者展現出獨裁的初衷，只是因為他不想生孩子。

多年後，有記者有幸採訪皇室，那位皇帝一生唯一的皇后得到邀請發言。

「請問，您所有的孩子都是通過人造子宮誕生的，您有什麼感覺呢？」

廖停雁：謝啦，我覺得不錯。

「感謝我的陛下讓人研發的是人造子宮，而不是A怎麼生孩子。」

「那麼能不能請問一下，大帝的費洛蒙到底是什麼氣味呢？這個問題已經困擾了廣大民眾很多年了。」

廖停雁：不論何時何地，都是我最愛的味道。

—ABO小故事完—

番外二 每次我路過他的人生，他都在等我（吸血鬼篇）

載著兩百人的三層巨型巴士行駛在空無一人的林間公路上，廖停雁透過窗戶，看到公路兩旁高大的杉樹林，茂盛的杉樹在黯淡的天色下呈現出一種墨綠色。

空氣溼潤，才剛下過雨不久，地面上水氣蒸騰，遠山上的白色霧氣遮住山尖，哪怕是坐在車裡，周圍還有這麼多的人，廖停雁也覺得刺骨寒冷，涼意就像有生命一樣鑽進她的厚外套，抓住了她的四肢，特別是腳，冷得都快沒有知覺了。

她看了一眼車廂裡其他人那滿臉的頹喪絕望，眼角餘光忽然瞥到外面樹林裡跳出一隻小鹿，連忙扭頭去看。果然是一頭小鹿，這樣的樹林公路上經常會有野生動物路過。她還想多看兩眼，可惜巴士開得太快了，沒一會兒，那頭在漆黑公路上跳躍的活潑小鹿就不見了蹤跡。

「妳看起來不太像是去做血食的人，這種時候竟然還笑得出來。」坐在她前面的一個男人不知道什麼時候轉頭看著她，語氣有些譏諷：「等妳供了一次血，妳就知道自己究竟會遭遇到什麼了。」

廖停雁下意識露出個社交假笑：「嗯，好的，我知道了。」

她說完就覺得自己是當社畜太久了，下意識就想說「好的」、「收到」，剛才差點就禮貌性地加了個「謝謝」。

快醒醒，妳已經不是那個工時十四小時，甚至一周工作七天、加班無休的社畜了，妳現在只是個穿越到奇怪世界，終於能好好睡上一覺的可憐成年人。

她昨天剛穿越過來，變成了這個叫做「廖停雁」的人，住在一個亂糟糟五坪大的罐頭小房間裡，手機上還顯示著她有超鉅額欠款逾期未還，被銀行打入黑名單，必須進入血庫還款——資訊量太大，廖停雁沒繼承原主的記憶，只能滿頭問號，屋裡也沒什麼日記和說明書，就一張遺囑，說世界太黑暗，想要投入死亡的懷抱後來世能做個有錢人。

廖停雁：「……」哇，誰不想來世當個有錢人？但是姊妹，妳欠這麼多錢現在翹辮子了，我很難辦啊！

回又回不去，還能怎樣呢，先鹹魚著算了。

到了今天早上，她就被人帶走了，那一男一女的工作人員似乎是這個世界的「公務員」，專門負責把那些欠了大額款項還不了的人送到血庫抵債。

可能他們也是第一次看到要被送進血庫裡的人沒有驚慌絕望，也沒有痛苦掙扎，還像在諮詢業務一樣問了他們很多入門問題。

總之透過這兩個態度還算不錯的工作人員，廖停雁才初步明白了這個世界是怎麼回事。

這裡是九十八區，又叫血族區，由吸血鬼大公統治。比起旁邊九十七區狼人區的混亂邪惡，和九十六區鮫人區的排外，血族區總體比較自由開放，只是有一點，這裡的特色和血族飲食方式有關。在九十八區生活的普通民眾每年都會義務獻血，而且不少窮人過不下去了還會選擇賣血，普通人如果在這裡借錢還不了，或是犯了大罪，都會被要求血償。

廖停雁：這是真正的血債血償啊。

而廖停雁，她欠下的錢太多，屬於最嚴重的一種情況，她現在幾乎等於整個人都歸為血族的私有財產，要被送進血庫裡，餘生大概就會在那個像籠子一樣的血庫裡每天抽血，供奉給廣大的吸血鬼朋友們，最後變成人乾死去。一般她這樣的人進了血庫最多活三年，難怪原主要投向死亡的懷抱，換作誰都不想當血包啊。

要不是廖停雁怕痛，無法自殺，她也會選擇迅速死亡。

不過，在死之前，她想要看一看傳說中的吸血鬼到底長什麼樣子。她可是現代社會穿越過來的，還沒見識過玄幻世界的神奇生物呢！

在看到吸血鬼之前，她先看到了日後要生活的血庫……怎麼講，在密林包圍的一個巨大倉庫群裡，一大群穿著藍色同款服裝的人，讓她想起畜牧場之類的地方。她和那一堆頹喪的兄弟姊妹們一起被安排到了一個「倉庫」，統一洗澡換上衣服，然後吃飯。

大家看起來胃口都不太好，只有廖停雁動手拿起食物開吃，她沒想到這裡竟然還有牛排，烤得出乎意料的不錯，還有烤豬肝，灑了一層芝麻，焦焦脆脆的，飲料是牛奶。她吃了一會兒，看到旁邊的人看著自己，奇怪地回望過去。

她一整天沒吃東西了，吃點東西怎麼了？分餐的死人臉大叔看著她光溜溜的餐盤，又給了她一塊烤豬肝，還幫她續了杯牛奶。

吃飽了她就有點犯睏，去到分配給自己的格子小房間，廖停雁拍鬆了裡面白色的床單被子，確定沒什麼異味就躺下去睡著了。

不知道過了多久，有人將她推醒，廖停雁睜眼一看，是三個人，一個人拿著採血器，一個人端著幾十管血，還有一個架著金框眼鏡的執事模樣中年男子，像在監督一樣地站在外面看著。

廖停雁看到他帶著一點紅色的眼睛，耳朵略尖。

啊……難道這就是吸血鬼嗎？看起來好像沒什麼特別的啊。

採血的兄弟也是一張面無表情的死人臉，沒對她說一句話，拉開她的手腕，直接取了一小管血，然後迅速走人。廖停雁拉下衣袖，翻個身繼續睡。

要是死了說不定就會回去原來的世界，又要繼續加班，所以趁這個空檔，她先在這裡好好補眠，至少能放鬆一下精神，之前加班實在太累了，設計方案改來改去的，改到她差點當場去世。

「科南先生，這一批新血採集完畢。」

「嗯，我聞到有幾個血質還不錯，別幾次就抽死了。」

「是的，先生！」

執事模樣的中年男子帶著這一批新血，乘上了漆著紅色薔薇徽章的飛機。他們要經過二十分鐘的飛行，飛過旁邊這座高高的山頭，到達山脈另一邊的薔薇莊園。薔薇莊園是九十八區掌權者——血族大公的莊園，被無邊的墨綠林海包圍，從幾千年前矗立至今的古老莊園沒有絲毫外界的喧囂，就如同他的主人一般安靜而沉寂。

與薔薇莊園有一山之隔的那座血庫，是九十八區最大的一座血庫，裡面都是一些經過篩選，品質達到中等以上的血食，又被稱作是薔薇莊園的「後花園」。

在等級森嚴的九十八區，血族唯一的一位大公擁有領地上所有的血食吸血權，血庫裡最優質的鮮血也只屬於他一個人，所以每次血庫有新血，都會統一送到大公面前任他挑選——然而，血族這位大公患有厭血症，已經許多年沒喝過血了，所以這一條規則如今早已形同虛設。

薔薇莊園內園的執事接過了這一批的新血，他輕嗅一口，覺得這一次的鮮血比上一次要稍好一些，就如同人類迷戀美酒一般，他們血族也一生都在追求更美味的鮮血。

按照以往的習慣，他走過黑暗的長廊、旋轉的地下樓梯，經過那扇高大的荊棘之門。

在地底深處，血族大公就在那一副漆黑木棺中。

「大公，這一批新血送到了。」執事恭敬地呈上那些氣息誘人的血樣，同時在心中默數。他一般會數到十秒，然後大公會毫無反應，接著他就能退出去，讓其他的高位血族們再去一一挑選。

他數到五的時候，忽然聽到了一點細微的聲響，他克制不住驚訝，抬眼看去，竟然發現那位大公有了動靜。

蒼白的手搭在了漆黑的棺木邊緣，有一道修長的人影從中坐起，那一頭如流水一般，彷彿有生命的黑色長髮隨著他的起身，蜿蜒往外流淌。

執事駭然，不自覺顫抖了起來，他感覺到血脈的壓制之力，脊背越來越彎，不敢直視大公。

那道人影包裹在黑色裡，像一道影子無聲無息地掠了過來，執事清晰地看見那隻白到透明的手拿起了一管鮮紅的血液。

執事：「！」大公、大公竟然有願意嘗試的血了？

這麼多年了，患有厭血症的大公別說是喝普通人類的血，就算是血族中僅次於他的那些高位血族們的血，他也沒有興趣去嘗試，因為這個，血族裡有多少女性吸血鬼為之心碎。

執事內心激動，不自覺地抬頭看了一眼——他見到一張俊美而蒼白的臉孔，大公微微仰起頭，露出裹在黑色襯衫中的脖頸，他品嘗了一口那鮮血，喉結滾動，鮮紅的唇越發鮮豔。

∞ ∞ ∞

廖停雁吃了到血庫的第二餐，和上一餐一樣的配置。她一邊吃一邊想，該不會以後每天都要吃這個吧？就算再好吃，每天吃也很容易膩的。但她轉念一想，那些養殖場一般也只給動物們吃同一種食物，行吧，看來想要一天三餐，餐餐不同，這是不可能的了。

她決定過兩天要是還吃這個，就問問那個分餐的掌廚大叔能不能換種飼料……不是，換種食物口味。

她發現比起其他絕望的朋友們，自己的心態很不錯。可能是因為習慣了，她在自己那個世界時，常常覺得自己是一頭牛，勤勤懇懇地工作，累死累活；到了這裡，又像是豬，混吃等死，還真不好說哪一種更加令人難以接受。

可惜沒等到她在這裡吃滿三天，當天就有一架飛機匆忙地飛了過來，幾十位武裝人員和十幾位女僕打扮的妹子們，在三個紅眼睛的執事帶領下，衝進了她的小格子間裡，把她打包運上了飛機。

廖停雁：「！」

她一個人擠在一堆分不清是人還是吸血鬼的人物中間，覺得自己好像變成了易碎品，因為他們是把她整個抬著走的，那個執事還在不停嚴肅地告誡其他人要輕拿輕放，注意不要用力、弄出傷口什麼的。

她在飛機大開的艙門往下看，看到底下雲霧籠罩著的溼冷杉樹林，天空暗沉，冷風呼嘯。

所以這群人絕對是吸血鬼吧？坐飛機還大開艙門吹冷風，這哪是人能幹的事！

她凍得哆哆嗦嗦，下了飛機就被人以抬古董花瓶的姿勢，抬進了一個黑漆漆又死氣沉沉的莊園，接著又被另一群女僕妹子們接手了，用水擦拭清洗，用清潔用品醃漬入味……廖停雁耳邊彷彿響起了美食節目的主題曲，就是那種開始料理食材的時候會放的。

你們這是準備把我處理一下吃了？她試圖和妹子們說話，但她們都不理她。

廖停雁：「我覺得，屁股我可以自己洗。」

仍然沒人理她。

她被人刷刷刷的時候，忽然想起從前和室友一起洗她的狗，大狗狗也這樣掙扎著，或許也曾發出過這樣的　喊，但她沒有理會，還使勁刷了刷牠的毛。這大概就是報應吧，洗人者被人洗。

她被一群妹子洗得發光發亮，穿上了一身單薄的絲綢睡裙，然後被這群冷暴力女僕抬著送進了一個墊著厚厚地毯的房間。

她們恭敬無言地退下了，留下廖停雁一個人赤腳站在空曠的房間裡。

房間裡只有一張大床，四角用暗紅色的簾幔掛起。屋子裡非常暗，可能是因為窗簾太厚重，都垂了下來，暗紅色的窗簾加上漆黑的花紋，讓這個房間看起來無比詭異。

但廖停雁什麼都感覺不到，她只覺得自己真的快冷死了，這裡的人全都不怕冷，好像也不覺得別人會冷。左右看看後見到沒人過來，廖停雁直直奔向那張大床，拉開被子把自己塞了進去。

沒有辦法，這房間裡只有這張大床上有被子可以取暖。

她好不容易緩了過來，長長吐出一口氣，眼睛適應周圍的環境之後才發現，這屋子裡竟然還有一個人。

那個人坐在角落的一張高背沙發上，看不清楚模樣，只有一雙紅色的眼睛在黑暗中注視著她。

廖停雁：「嘶——」這是什麼慘絕人寰的鬼故事！

她撩起被子把自己的頭蓋住，就像小時候看了恐怖電影，不敢睡覺的反應一樣。

房間裡靜悄悄的，廖停雁窩在被子裡心想，我該不會是眼花了吧？剛才那個吸血鬼他怎麼沒反應啊？這麼想著，她悄悄露出腦袋，看到近在咫尺的那雙紅眼睛。

離得太近，廖停雁終於看清楚這吸血鬼長什麼樣子了——長得像個白雪公主一樣。白雪一樣的肌膚，烏木一樣的頭髮和眼睛，紅色的唇。

她看著看著，不講道理地覺得，自己的心跳超快。

他的手指很冷，唇也很冷，他像是沒有呼吸，但口中的氣息有如含了冷霜。她被扼住了咽喉，這個她不知道名字、身分的吸血鬼和她貼近著，鼻尖和嘴唇在她的頸部徘徊，她無法動彈，被抬高了腦袋，然後，他埋首她的頸側，倏然咬下——

不怎麼疼，只有些癢麻，廖停雁一時間有些恍惚。她只覺得自己好像一頭紮進了松林的雪地裡，鼻腔裡聞到了雪的清冽，還有松樹的冷香，淡而冷，像是夜裡的松林，刺骨的寒冷中還夾雜著一點夜的靜謐安寧。

她失神了很久，回過神發現自己抱著那位吸血鬼的腦袋，手在他的腦後緊緊抓著他的頭髮，而他已經停止了吸血，仍然靠在她的頸邊，透過薄薄的一層皮膚，輕輕嗅著那裡面溫熱的鮮血氣味。

廖停雁：「……」呃，他髮質真的超好。

髮質超好的白雪公主是血族大公——薔薇莊園的主人、九十八區的掌權者、血族血脈頂點的男人。

他總是穿著一身黑色的襯衫和長褲，披著一件外袍，來去都悄無聲息的。但他所過之地無人敢抬頭直視，廖停雁是唯一一個會直視他的人。

廖停雁在那張床上睡了一天，再醒來後待遇又變了，一群執事和女僕妹子們看她的目光都很複雜，又羨慕又嫉妒，還帶著敬畏，廖停雁解讀不出來。

她沒有被送回血庫，據說是被大公看中，成了他專屬的供血者。厭血症的大公終於找到了食物，廖停雁這個珍貴口糧於是得到了最頂尖的照顧。然而吸血鬼真的很不會照顧人類，他們對人類太缺乏瞭解，比如在食物上就太過單一，廖停雁懷疑長久這麼吃下去自己會便祕，於是要求改善伙食。

「我們可是大公的眷屬！是血族中地位最高的一支！我們世代生活在這裡，是大公最忠誠的僕人，我們只為他服務！」諸位兄弟和姊妹們非常驕傲，拒絕了她的要求。

廖停雁：好吧。

晚上白雪公主來找她，廖停雁試著吹了一下枕邊風：「我想吃一些其他的食物，就是一些小吃，可不可以啊？」

正所謂吃飽了的男人最好說話，白雪公主抱著她，懶洋洋地「嗯」了一聲，聲音裡帶著點微醺，像是喝醉了。

廖停雁被他抱著脖子舔了半天，看他喝得那麼珍惜，幾乎只是弄個小傷口舔一陣子，都覺得這位兄弟餓了好多年也太慘了吧？都不敢多吃，怕一下子吃完了。

但鑒於她是那個食物，所以就不勸他多吃點了。

大公說了一句話，廖停雁第二天就看到莊園裡來了一大隊的廚子，來專門為她做飯。一天三頓加下午茶和宵夜都有，她還能點菜，菜單非常厚，只能放在桌上攤開來翻，各區美食都有詳細的描述，還附有插圖。不敢置信的是，他們連肉夾饃和麻辣燙，甚至臭豆腐這種邪道美食都有準備。

這裡實在太過溼潤和冷了，常年陰沉不見陽光，廖停雁受不了這種冷，找兄弟姊妹們商量：「這裡能通電嗎？裝個冷氣或者地暖爐什麼的，實在太冷了，我穿了好多衣服還是冷。」

他們怪異地看著她，差點尖叫出聲：「妳以為這是哪裡！這可是古老神祕的薔薇莊園！這裡千年來都是這樣！」

廖停雁：「那我和白雪……和大公說？」

她看著他們臉上寫滿了「這個不要臉的小妖精只知道找大公撒嬌，實在太可惡了」，然後不情不願地替她弄了個壁爐生火取暖。

廖停雁：可是還是好想要電喔。

這群吸血鬼喜歡陰沉的天，喜歡黯淡的光，但她覺得在這裡過上一段時間，眼睛都要近視了，這裡的光線環境太糟糕了。

所以她又偷偷地跟白雪大公說了。

「嗯，電燈？」他的聲音懶洋洋的，帶著磁性，讓人耳朵癢癢的。

「對啊，你看過電燈嗎？很亮的，還有冷氣，我覺得在房間裡裝個地暖爐比較好，能赤腳走路。要是有地暖爐，我就不用在房間裡還穿這麼厚的衣服了。」

聽到她說不用穿那麼厚的衣服，像隻黑貓慵懶地躺在旁邊的大公點點頭：「嗯，不錯。」包得太緊了，他都聞不到她的味道。

很快就有施工團隊過來裝電路，一群吸血鬼們看著廖停雁的目光，就好像她殺了他們爹娘還玷汙了他們的清白，但是他們只能忍辱負重。

「妳竟然真的敢！大公、大公怎麼會這麼縱容妳！」

廖停雁也不知道，但從第一次見面開始，那個男人就對她很好，要什麼他都點頭，搞得她還怪不好意思的，畢竟她爸媽都沒這麼寵她。

眾所周知，人類都是貪婪的，有了一樣東西，就想繼續要更多，於是這座薔薇莊園安裝了電路之後，又覆蓋了網路。

廖停雁的房間可以拉開厚重的窗簾，打開明亮的燈，她可以在大雪天癱在厚厚的懶人沙發上，赤腳踩著溫暖又毛絨的軟墊，拿著筆電看網路劇。

「好想喝奶茶。」

奶茶送來了。

她睡前喝了一大杯快樂養生奶茶，那個男人抱著她，在她的手指上咬了一口，嘗了一點血後說：「有點甜。」

廖停雁：「喔，那我下次奶茶不加那麼多糖了。」

「妳可以選自己喜歡的。」

廖停雁摸著他的頭髮：「那我下次喝一些可樂，讓你嘗嘗肥宅快樂水的味道。」

男人笑了起來，深深地、貪婪又迷戀地吸著她的味道，有時候廖停雁都覺得他對她好得太過理所當然了。

他可能是捨不得喝太多血，但又不滿足，經常舔完了脖子就開始舔其他的地方，比如唇。經過第一次和這個男人抱在一起親成一團後，這種事情就好像變得理所當然起來。到後來，他甚至更喜歡直接親她的唇，然後在糾纏的時候咬一口她的唇，舔舐上面的血。

一開始他只是夜晚來，抱著她一陣子。

後來，他白天也會出現，她癱在那裡看劇哈哈大笑的時候，他就在三公尺外的高背椅子上深沉地坐著，用那雙紅色的眼睛專注地凝視她，整個屋子裡都非常明亮，只有他坐著的那一處角落裡有陰影。看起來可憐巴巴的，像隻被人占了老窩，只好在角落裡暗中觀察的小貓咪。

莊園裡有一大片空地，廖停雁的房間正好對著那些空地。

「那裡曾經種了很多紅薔薇，薔薇莊園這個名字最早就是這麼來的。」在莊園裡待得最久的管家說：「但是我也不曾見過上一次薔薇莊園裡開著薔薇花的樣子。」

這天晚上，大公突然和她說：「想看薔薇花嗎？」

廖停雁眼睛一亮：「想！」

這裡周圍除了高大的杉樹，很少有其他的植物，要是園子裡有種花就太好了！

她說想，莊園裡的所有空地就都種上了紅薔薇，到了開花的時候，鮮紅的花朵連成一大片，馥鬱的花香在夜色裡彌漫，讓人作夢都是芳香的。

廖停雁在這薔薇濃香裡做了一個夢，她夢見自己變成了很多年前的一個女人，她也住在這座莊園裡，她對夢中的男人說：「這些紅薔薇能做成吃的嗎？」然後她和他一起走在那片紅薔薇花牆邊，親吻他紅色的眼睛。

夢是連續的，除了這一個，還有另一個，在那個夢中，她又變成了另外一個女人，只是時間彷彿在更早之前，她那時候總是想著沒有網路很難熬，食物種類也很少，大公就問她，什麼叫網路，又問她想吃什麼……紅薔薇在她的夢中開了兩次。

廖停雁吃了很多薔薇花做的食物，什麼花糕、花茶、花餅，吃到她整個人都是薔薇花香，男人似乎也有點受不了了，這天晚上湊到她頸邊的時候就打了個噴嚏，逗得廖停雁直接笑到半夜。

慢慢的，莊園裡的所有吸血鬼都知道了，大公被一個人類女人迷惑，對她千依百順。有對此不滿的吸血鬼試圖處理廖停雁，卻被大公撕成了碎片，那凶殘的一幕讓廖停雁在這裡過得更加悠閒了，因為沒人敢惹她。

後來，她長出了一些白頭髮，身為人類，就算被保養得再好也終會有凋零的時候，就像是外面花園裡的薔薇花。

太過虛弱，即將死去時，廖停雁看到面前坐著的男人和他身後窗外漸漸凋零的大片薔薇花。

「你是怎麼認出我來的？」她喃喃問。

「我會認出來的。」

「那真好。」廖停雁朝他伸出手，最後一次擁抱了他：「我快死了，來，上路前讓你吃頓飽飯。」

大公俯身，沉默地大口吸取她身體裡的血液。

外面的薔薇花一夕之間枯萎了，大公抱著失去了所有血液的屍體，順著長廊走過荊棘之門，再次走進黝黑的地底，一路的燈光依次黯淡，再不復之前的明亮。

薔薇莊園再次回歸了寂靜。

「我知道，妳還會再回來。」或許是在很久之後，但終究會回來的。

—吸血鬼小故事完—

番外三　我撈起了一顆在海底的珍珠（人魚篇）

穿著長裙的女子慢吞吞地走在沙灘上，她的背影纖弱，遙望海面的時候，有種孤單而伶仃的感覺。

不過，只是外表看起來而已。

廖停雁看著遠處的海平面，心想：不知道今天周嫱會做什麼吃的，早上看到她買了墨魚，應該是用來燉湯，但是講道理，墨魚還是用烤的比較好吃啊。

好氣！要不是剛來這個世界沒多久，人設不能輕易改變，她就直接要求吃香辣墨魚了！

昨晚剛下了一場大雨，半夜還刮狂風，一整個晚上都沒停歇，此刻岸邊有一些零零碎碎的小魚小蝦、小貝殼之類的，都是被昨晚的海浪打上來的。

廖停雁想著午餐，就在海岸邊越走越遠。

然後，她在一塊礁石後面，看到了一隻人魚。

……人魚？

這個世界為什麼會有人魚？

人魚這種東西是真實存在的嗎？廖停雁嚇得連退了好幾步，才想起來——既然自己能穿越到這個世界，那這個世界上有美人魚存在好像也沒什麼奇怪的？都是玄幻事件，不應該鄙視。

她湊了過去，發現人魚好像死了，一動也不動，尾巴上的鱗片都快乾了，那是像孔雀翎一樣的顏色，青綠中帶著一點藍，要是有光線照著，應該會特別好看，不過現在因為乾涸有些暗淡。

難道是昨晚被大浪打到岸邊來的？

廖停雁把人魚代入成擱淺的海豚，考慮自己到底要不要報警，她以觀察危險生物的謹慎態度慢慢接近，迅速地摸了一下那條魚的尾巴。

廖停雁：「！」我摸到了人魚的尾巴！行了，這場穿越值了。

她摸了兩把，人魚都一動也不動，膽子就慢慢大起來，轉到一邊去看人魚的臉。人魚那一頭像海藻的頭髮蓋在臉上，上面還纏著一些水草，廖停雁看不清楚，只能小心翼翼地撥開漆黑的長髮。

還真是一條美人魚，長了一張俊秀的男人臉。能長成這樣，一定是條好人魚，既然都死了，還是不要報警，讓他入海為安算了。

廖停雁又摸了人家的頭髮、尾鰭和胸口，好奇夠了才搬著他往海裡拖，她現在這具身體比以前差一點，拖不太動這麼大一條人魚，中途休息了兩次，為了更好地搬動他，她不得不抱著人魚的手臂，讓他的胸膛緊貼自己的，那冰涼的溫度讓她進一步確定了，這確實是一條死人魚。

好可惜。

她終於走到了海裡，正想著這水夠不夠深，忽然覺得手裡的死人魚一動，接著她手一疼，人魚猛地砸進了海裡，廖停雁則被一隻手扯著，跟著入海，她都沒反應過來，就被那一條人魚挾著帶進了海裡。

§ § §

人魚是被摸醒的，他感覺到自己的身上因為脫水而灼痛，特別是魚尾的部分，海風就像刀子一樣刮著乾疼的尾部。他被昨晚的大風暴拍到岸邊，不小心暈了過去，沒想到會暈了這麼久。

他習慣在大風浪中游行，是族群中最厲害的風暴游行者，怎麼樣都想不到自己有一天竟然會栽在一場尋常風暴上，被拍到了岸邊。

他沒睜開眼睛，因為察覺到身邊有一個陌生的呼吸，那是個人類。他心裡的殺意瞬間暴漲，只是沒有力氣，只能安靜蟄伏著。

那個人類小心翼翼地摸他的尾巴，又動了動他的頭髮，摸了一下他的耳鰭，壓抑的緊張呼吸聲都讓他聽得一清二楚。是個很弱小的人類，人魚動了動有著尖利指甲的手，考慮要不要乾脆動手殺了這個人類，他的手指應該能劃破她的喉嚨，或者勾破她的肚子。

可是他沒想到，這個人類竟然會把他抱回海裡去。人類遇到了人魚，向來都是直接抓走，但凡被帶走的人魚都不會有什麼好下場，這一點他很清楚。

可這個人類，瘦瘦小小的，看他的眼神沒有貪婪，動作輕微地動一動他的頭髮和尾巴，就像是海裡對他好奇湊過來的小魚一樣，讓他心裡沸騰的殺意莫名其妙地消散了不少。

還在灼痛的尾巴碰到了海水，清涼的海水瞬間讓他感到一陣舒適。人魚在那一瞬間躍進海裡，順手把人類也拉了下去。

他在那一刻是想把這個人類拖到海裡淹死的，所以他緊緊拽著她，將她按到了水裡。

她好像被嚇到了，一雙眼睛睜得大大地看著他，白色的裙子在水底飄蕩，嘴裡冒出了幾個水泡。

廖停雁嘴裡咕嘟咕嘟地冒出幾個泡泡，她覺得自己要死了，心裡罵了一聲，這個人魚在仙人跳還是狩獵啊？他是不是故意躺在那裡的？看你長了一張小白臉，怎麼能做這種不要臉的事情？

這裡有魚殺人了，有沒有警察啊！

海裡是人魚的領地，他想弄死她輕而易舉。廖停雁想著自己穿越過來沒幾天，還沒來得及享受那個海邊大別墅，也沒來得及用那麼多的存款，沒有嘗試過當富婆的滋味，心裡瞬間就怒了，她胡亂掙扎，抓住了人魚像海藻一樣的漆黑長髮，無視對方是個暴躁的小白臉直接發飆，一口咬住了他的臉——然後自己被海水嗆個半死。

廖停雁暈過去之前在心裡大聲喊：「要是我死了！我就祝你一輩子找不到老婆！你這個狡猾的人魚小白臉！」

可能是她的詛咒奏效了，她發現自己沒死，在一個荒涼的岸邊醒過來，渾身溼透的廖停雁打了個噴嚏，茫然地環顧四周，這他媽的是哪裡啊？

這好像是個島，還是個很小的島，她在邊緣走一圈才花了十幾分鐘。所以這是要讓她荒島求生？她看看自己白嫩的手，這哪是荒島求生，分明就是絕地求生。

她瞬間就在沙灘上躺下了。

好累喔，乾脆死回去算了。

她才躺下沒多久，有人用水潑她。

廖停雁坐了起來，看到不遠處海裡的小白臉人魚，他手裡拿了一隻肚子圓滾滾的魚，一捏魚的肚子，水就通過魚嘴噴到了她這邊。

廖停雁：「……」你媽的。

她抓起一把沙子朝人魚那邊丟過去，沙子丟不遠，半途就被風吹散了。那個暴躁小白臉人魚見狀，露出了嘲笑的神情。

廖停雁：「……」我學到教訓了，下次遇到奇怪的生物還是應該第一時間報警，私自處理是沒有好下場的。

還有，夠了！噴你妹啊，你噴水噴上癮了是不是？向你手裡圓滾滾的魚道歉啊！

廖停雁爬了起來，氣沖沖地往前走兩步，又馬上警惕地停住了。這傢伙是不是想激她過去，又淹她一次？這王八蛋狡猾人魚，不能相信。

人魚好像從她的神情中猜到了她在想什麼，發出一聲嗤笑，然後他抬起手，把另一條如手臂長的魚扔向廖停雁。廖停雁沒來得及躲，被砸到後猛地「嗷」了一聲，栽進沙灘。她爬起來看著還在自己身上甩尾巴的活魚，不敢置信地瞪那條人魚，你他媽用這麼大的魚當武器砸我？

你怎麼不乾脆用石頭呢？

廖停雁氣得不輕，雙手抓起那條魚砸了回去，可惜她瞄得不準，只丟到了淺水區，大魚一回到水裡就擺著尾巴要跑，被不遠處的人魚一伸手，迅速抓了回去。

他好像也有點氣，皺著眉看著廖停雁，又冷著臉把那條魚「啪」一聲地扔到了沙灘上，這回廖停雁躲開了。她看著腳邊的魚，扠著腰想，這次準度不太行啊，你有本事就再砸，看你還能砸中我嗎！

人魚看出她的挑釁，露出了一個複雜的神情，反正他臉上寫滿了「這個人是不是個傻子」的鄙夷。

他那條孔雀藍的魚尾在水中一擺，整個人像箭一樣消失在海水之中。

他一走，廖停雁就蹲了下來，她坐在沙灘上喘氣，看著旁邊同樣在喘大氣的倒楣魚。嗯，這好像也是她吃過的一種魚，前兩天周嬸剛買過，好像還滿貴的，她只記得肉質不錯、刺還很少，生吃也別有一番風味……嗯？生吃？吃？

廖停雁終於發現哪裡不對了。對啊，要是那條人魚要砸她，為什麼不用石頭，要用魚？難不成，這不是用來砸她的，是要拿給她吃的？

被那條倒楣魚用一對死魚眼瞪著，廖停雁終於回味過來，然後抓著自己的頭髮陷入茫然。不是，那條陰險的暴躁人魚不是要淹死她的嗎，幹嘛還給她吃的？

她以為那條人魚會把她一個人丟在這裡，可是事實上他很快就回來了，還是停在那個位置，和她隔著一段距離，兩個人一個在水裡，一個在岸上。

人魚看看她腳邊沒動過的魚，又揚手扔了一條魚在她腳邊。

廖停雁猶豫著問：「給我吃的？」

她發現人魚不會說話，只是他好像能聽懂她的話，用鼻子「哼」了一聲，又朝她接連丟了好幾條小魚。

他好像也不是很壞，廖停雁稍微湊近了一些喊：「你能不能送我回去啊！」

「啊！」她被一塊貝殼砸中腦門。再回頭去看，人魚又遊走了。

廖停雁抓著那貝殼，摸著額頭大喊：「哇——」好氣，這魚搞什麼？

然後她發現那個貝殼裡有一顆圓滾滾的珍珠，不是貝殼裡面原有的珍珠，而是乾淨的漂亮貝殼，裡面特地放上一顆珍珠，泛著一種柔和的淺粉色光澤。

廖停雁：「……」人魚心，海底針，真的好難懂。

傍晚的時候，廖停雁坐在海邊，覺得自己餓到不行了，還好渴，可是旁邊散發著腥味的生魚她又實在吃不下去，島上也沒什麼能吃的。

她看著天邊粉色和青藍色的晚霞，見到一條人魚躍出海面，他的孔雀藍魚尾在最後一抹光線的照耀下閃閃發亮，特別夢幻，這一幕就像是什麼傳說中的景色，廖停雁愣了好一會兒都沒回神，心裡滿是感動——太美了吧。

然後人魚就靠近過來，用水噴醒了她。

他見到她腳邊沒動的魚了，擰著眉指了指。那個樣子特別大爺，像是什麼祖宗在指點江山，雖然沒說話，但廖停雁覺得他是在說：給老子吃下去。

可能是因為剛才那一幕，也可能是因為性格使然，她沒辦法緊張太久，就鬆弛了下來，廖停雁忽然提著乾透了的裙子，走進海水裡面，慢慢靠近人魚。

人魚沒動，他靠在一塊礁石上看著她，好像並不把她這種弱雞放在眼裡。

廖停雁湊近他：「我覺得你是條好魚。」

人魚睥睨她：「嗤。」

雖然不會說話，但這聲「嗤」真的非常到位了。

廖停雁忽然伸手抓住了人魚的手臂，大哭：「我要回去！我快餓死了！啊啊啊啊嗚嗚嗚嗚嗚！救命啊！」

人魚沒想到她會突然哭起來，往旁邊的海邊一栽就想走，廖停雁抱住他的尾巴：「帶我回去吧！魚兄求求你啦！不然你要把我丟在這裡餓死嗎？嗚嗚嗚嗚，我要回家！」

不知道是不是因為被她吵得不耐煩了，人魚瞪了她一會兒，終於兩手將她提過去抱在懷裡，然後鑽進了海裡。

廖停雁閉氣，想著他是覺得自己吵要淹死自己呢，還是決定把自己送回去呢？

人魚游得不深，廖停雁看到他在水中的臉，冷白的皮膚和在水中像海藻似的長髮，真的像一隻惑人的水妖。

她很快就覺得憋不住氣了，扯了扯人魚的頭髮，然後人魚就抱起她，甩甩尾巴把她送到了水面。

廖停雁：「呼——」她大口喘氣，覺得自己是賭對了，他應該不是想淹死她，而是真的準備送她回去。

在這個漸漸暗下來的夜晚，她被一隻人魚抱著，游在廣闊的大海裡。周圍看不見陸地，天上則是滿天繁星，她能依靠的只有一隻不會說話的人魚，人類天生對於海洋的恐懼，讓她只能緊緊抱著人魚的腰，累了就換手抱著脖子，總之不顧一切緊緊地抱著他，生怕被他半途扔下。

他的巨大魚尾在水裡擺動，有時候會輕輕拍到她的腿上，她忍不住低頭去看。在岸邊時合攏的魚鰭在水中時是散開的，有種特別夢幻的美麗。

人魚真好看。

她不知道時間，只知道夜空中的星星越來越亮，她都差點在水裡睡著的時候，終於看到了熟悉的海灘，他真的把她送回來了。

廖停雁覺得自己又有力氣了，她從水中奔向岸邊。等她到了岸邊之後，扭頭看了一眼，人魚還在漆黑的水中，見她看過去，就潛入了海裡，魚尾在月光下拍了一下海面，濺起一片水花。

廖停雁手裡捏著一顆圓滾滾的珍珠，決定原諒這條人魚。

或許，以後就再也不會遇見了吧。

……不遇見是不可能的。

她後來在海邊的一塊礁石下裝了監視器，想著要是人魚再靠近，她馬上就會知道了。

才剛裝好沒兩天，她就在監視螢幕中看到了人魚。他的臉湊在監視器前面，彷彿知道這是什麼，對著螢幕，他用尖利的手指「篤、篤、篤」地敲了敲監視器鏡頭，就像在敲門一樣。

廖停雁透過監視畫面，覺得自己好像和他對視了。人魚丟了一個貝殼在監視器前面，裡面也有一顆圓滾滾的珍珠。

廖停雁：「……」你幹嘛？

人魚每隔兩天就來一次，在監視器面前閒晃，然後丟下一個東西在監視器前面，有珍珠，還有紅寶石和藍寶石，甚至是金項鍊。不是，他哪來的啊？難不成是從海裡的沉船找到的？廖停雁忍不住去猜測，過了一段時間，人魚扔下了一個盒子。

廖停雁猜著那裡面是什麼，實在忍不住了，跑去監視器前面，看人魚特地丟在那裡的那些東西。

結果，她剛想彎腰，就被水裡竄出來的人魚一把拉下了海裡。

落水的瞬間，廖停雁心裡罵了一聲。又被這個人魚騙下海了！他故意扔下的那些東西是「魚餌」！他身為一隻魚竟然還會「釣魚」！

可惜知道得太晚了。

廖停雁被這隻人魚抱著，在水裡游動，看到他臉上驕傲又得意地帶上一點笑意。

他抱著她在水裡游了一會兒就把她放上岸了，簡直讓人搞不清楚他到底是想做什麼。

之後這樣的事又發生了幾次，廖停雁反正是不怕了，她覺得滿有趣的，她還學會了游泳，人魚教她的，雖然他那個應該不叫教她游泳，應該叫故意逗她玩。

她學會游泳之後，覺得海變成了另一種奇特的遊樂場，水中的世界一瞬間就清晰了起來。海底有太多奇怪的生物，哪怕是在淺水區，也像是一片海底森林。廖停雁追著一群五顏六色的小魚游了一段，發現遠處有一條半個人長的大魚過來，馬上嚇得往回游，躲到人魚身後。

人魚扭頭看了她一眼，好像是在鄙視她膽子小。廖停雁才不管，她躲在人魚身後，推著他過去看看，人魚剛才還懶洋洋的，突然間就躥了出去，他把那條魚抓住拖了回來，讓廖停雁仔細看個夠。

他就像是海底凶殘的捕食者，普通的小魚並不怕他，但有一些危險的大魚看到他就會跑。

廖停雁有一次玩瘋了，離開人魚，一個人往外游到了深一點的區域。她在那個區域看見一隻鯊魚，簡直嚇死了，僵在那裡不能動，眼看著鯊魚凶猛地游了過來。

那是她第一次聽到人魚發出聲音，他的聲音和人類的聲音完全不同，是一種奇特的尖嘯聲，廖停雁聽得腦子一暈，那條朝著她衝過來的鯊魚比她更慘，當場就在水中痛苦地翻滾了起來，好像受到了特殊的攻擊。

人魚飛快地遊了過來，他臉上寫滿憤怒，尖利的手指把那條鯊魚的肚子撕開，鮮血在水中氤氳，一會兒就染紅了一大片海水。

廖停雁被人魚抱著遠離了那片海域，還有些沒回過神，人魚憤怒地對她吼了一聲，好像是在向她發脾氣。

後來她再下海游泳，人魚就緊緊跟在她身後，見她要往深海區游，就抓著她的腿把她拉回去。

廖停雁不知道自己和這隻人魚究竟是什麼情況，她反正也不敢想，想了就是跨物種談戀愛。她反思了一下，覺得自己以前口味沒有這麼重啊。怎麼想都不是她的問題，這是人魚的問題，他要是個人，她喜歡的就是人了。

她知道了那條人魚的名字叫「嬌」。大概是吧，她詢問名字的時候，他發出的一個音就類似於「焦」，出於私心，廖停雁就擅自叫他「嬌」了。

嬌嬌，噗哈哈哈哈哈！真的超好笑！

夏天的傍晚，廖停雁穿著一身◎T◎恤短褲，提著小板凳、刷子等東西前往海灘，替人魚清理身體。和他熟悉之後，廖停雁每隔一段時間都會幫他清理一次，他身上的鱗片縫隙要是不清理，偶爾會長出一種小水草和各種寄生植物，還有手指的縫隙裡，爪子裡因為狩獵留下的血肉殘渣也得定時清理。

最要緊的是頭髮，廖停雁第一次幫人魚洗頭，就從他的頭髮裡洗出一條小魚、一隻蝦還有一隻海星。

海星也行？

廖停雁：「……」你身上都能養出個生態圈了！

幫他洗頭用的是無味的寵物肥皂，洗完後把他那一把長長的頭髮編成一條長辮子，然後她一邊刷人魚尾巴的縫隙，一邊笑：「長髮公主，哈哈哈哈！」

人魚懶散地坐在那裡，捏著圓胖的小魚噴她水，廖停雁早有準備，提起水槍噴回去。

廖停雁：「新的風暴已經出現！滋滋滋滋滋！」

人魚：「……」

夜晚的海邊，人魚為她唱歌。

他是一條很驕傲的人魚，平常並不肯吭聲，為她唱歌，也是在非常、非常開心的時候才有。

那個時候，他吟唱的聲音比月光還要溫柔，比世界上一切的樂聲都要動聽。

在他的吟唱聲中，她側身吻他，低聲對他說一句：「我肯定在其他的世界也喜歡過你。」

不然，怎麼會這麼輕易被他迷住。

—人魚小故事完—

番外四　我們在青春的尾巴上牽著手（校園篇）

廖停雁有一個男朋友，二年一班的司馬焦，只是這段戀情不為人知，是一段未曝光的地下戀情。

她的男朋友司馬焦，是一位淩駕於眾多校霸之上的老大，在國中部時就傳說眾多，到了高中部同樣威名赫赫。要說是惡霸，他也不像九班那幾個抽菸喝酒、惹是生非，是記過名單上的常客，但就是比那幾個所謂的校園惡霸更令人畏懼，退避三尺。

廖停雁在二年五班，和一班的教室不在同一側。這是一棟U型的教學大樓，一班的教室在左邊，五班的教室在右邊，隔著一棟行政大樓遙遙相望。

廖停雁在學校不能經常看見自己的祕密男朋友，放假在家的時候反而多一點，她經常在司馬焦那裡，一待就是一整天，除了晚上睡覺，一日三餐都在他那裡——她是打著學習的名號去的，而且男朋友那邊的伙食實在太好了，令人難以抗拒。

不知道是不是因為將近一年的伙食都太好了，還是司馬焦的暴躁填鴨式教學法真的有用，廖停雁高二後不僅長高了，成績也一下子提升了許多。老師和她談過，想把她調去一班。

有鑒於以前很少有這種事，廖停雁覺得這很有可能是司馬焦搞出來的事。

老大他家有錢有權有勢，做這種事很簡單，但還要選一個合適的時機和理由。廖停雁心想，這可真是辛苦他了。

廖停雁和司馬焦不同，她家境普通，成績在沒和老大談戀愛之前也很普通，人緣一般，屬於班上的中流學生，就是以後畢業要開同學會，同學們大概很容易會忘記她叫什麼名字的那種同學，十分不引人注目。

她突然要轉到一班去，班上除了她的同桌和前後桌有些不捨，其他人多半是好奇，好奇她成績怎麼提升得那麼快。

廖停雁：……因為愛情。

一班是菁英班，班上的同學成績都是頂尖的，大概是因為這個原因，班上總是顯得沉默，大家說話也非常小聲，廖停雁沒來過一班幾次，每次都是路過瞄幾眼，發現這裡就算是下課時間也比其他班安靜很多。

可是，等到她真的進了一班，她才發現有些不對。一班的同學死氣沉沉，和五班的輕鬆快適不同，和九班的放飛自我也不同。

首先是安排座位，班主任問誰願意和她坐隔壁之後，教室裡陷入了長久的沉默，沒有一個人吭聲，同學們看書的看書，寫字的寫字，壓根就沒人理會。

廖停雁：「……」哇，學霸班這麼高冷排外的嗎？

廖停雁看到教室裡採光最好的窗邊座位，男朋友好像趴在那裡睡著了，他旁邊是空著的，於是她自己找了一個臺階下：「老師，那邊有個空位，我坐那邊吧。」

此話一出，幾乎全班同學都忍不住抬頭看向她，眼神無比複雜怪異，微妙到廖停雁都懷疑他們是不是知道了自己在和老大談戀愛。

「老師，讓她坐我這邊吧。」一個女生忽然開口說。

廖停雁再瞄了一眼自己好像睡熟了的男朋友：「好哇。」

她坐到那個叫做肖玉的女生旁邊，聽到自己的新同桌壓低了聲音告誡她：「妳到我們班要注意一點，不要惹他，也不要吵到他。」

廖停雁：「他？」不是說我男朋友吧？

肖玉：「妳以前是五班的，難道不認識他嗎？」她「唰唰唰」地提筆在紙上寫了三個字。

廖停雁一看就念了出來：「司馬焦。」果然是她男朋友的名字。

她前桌的女生也湊過來，撇撇嘴：「妳還真大膽，想和那位坐同桌啊？等他醒來看到妳，大概會把妳丟出去，惹到他，妳就別想在一班待了。」

肖玉：「想在一班待得久，最重要的就是安靜，他睡覺的時候別吵鬧，否則會出事的。」

她們說得十分嚴峻，廖停雁一時之間有點心虛。那個，說的真的是她男朋友啊？老實講，她和老大談了半年戀愛，一直覺得他脾氣很好，完全不霸道，她沒想到一班同學這麼怕他。

她配合地低聲問：「他怎麼了？」

肖玉看了她一眼，沒說話，拿一張小紙條寫給她，廖停雁看到上面寫著：據說以前有人在他面前吵架，被他捏著脖子丟下三樓，腿都摔斷了。

廖停雁：這種校園傳說的可信度一般來說都不高吧？大概。

等她看完了，肖玉把紙條抽走，撕碎後放進垃圾袋。

廖停雁：太誇張了吧，司馬焦是什麼沉睡惡龍嗎？需要這麼謹慎地對待。

「妳以為我們平時為什麼那麼安靜，都不怎麼說話？還不是因為他在這裡，萬一吵到他，他發脾氣很可怕。」

廖停雁發現了，她的新同學們不是排外也不是對她有意見，他們是被屋子裡的沉睡惡龍嚇成這樣的。她也終於明白為什麼每次路過一班，他們都安靜到不行，原來不是身為學霸的倔強，而是求生的欲望。

誰能想到呢，一班的同學們看起來光鮮亮麗，實際上的生存環境竟然這麼糟糕。作為惡龍的家屬，她甚至有點慚愧。

安靜地過了兩節課，廖停雁和新鄰座處得還不錯，包括前面那個說話愛帶點諷刺的女生、後面一個胖胖的眼鏡男生，特別是坐隔壁的同學，她數學超好，廖停雁有一題不會請教她，得到了詳細而耐心的解答。

她想起司馬焦教她的時候那副惡龍咆哮的樣子，都覺得妹子真的是太棒啦！

第二節課下課，司馬老大從課桌上撐起了腦袋。幾乎在他無聲無息抬起頭的那一瞬間，教室裡就異常地安靜起來，廖停雁剛扭頭想看，就被同桌拉了一下，她低而急促地說：「別看！」

嚇得廖停雁下意識和他們一樣低頭看課本，安靜如雞。

廖停雁：「……」不是，我幹嘛要怕啊？我在男朋友家敢對他丟枕頭，敢扯他頭髮，還敢趴在他背上睡覺呢！

司馬焦彷彿沒睡好的樣子，一身的煩躁，面無表情地走出了鴉雀無聲的教室。在他離開教室一分鐘後，整個教室卸下心防，所有人說話的聲音終於恢復了正常音量。

廖停雁被這前後反差弄得一愣，她的同學卻習以為常：「等妳習慣了就好了，我們班的常態。」

那還真是辛苦你們了，真的。

第三節課司馬焦沒回來，第四節課上課前，他走進了教室，朝著廖停雁這邊直直地走來了。廖停雁正在算數學題，發現周圍突然安靜，抬頭一看，就看到男朋友一張面無表情的小白臉。

司馬焦：「妳怎麼在這裡？」

廖停雁：「我已經在這裡上三節課了。」你還裝，不是你搞事把我轉到一班的？

司馬焦眉頭一皺，他大概昨天晚上沒睡好，眼裡有血絲。他總是睡不好，所以表情看起來經常是不耐煩的。

司馬焦就揉了揉額頭，動手收她桌上的書本。

廖停雁聽到自己隔壁和前後的同學都在小聲吸氣，後桌甚至嚇得拖動了一下桌子，發出一陣聲響。

司馬焦沒理會這些，拿著她的書往自己那邊走，把她的書丟在了自己旁邊的空桌子上。廖停雁一點都不意外會發生這種事，拿著桌上僅剩的筆袋就跟過去了，臨走時對目瞪口呆的同學們尷尬地笑了笑。

糟糕，好像要暴露了。

司馬焦這一桌的空間非常寬敞，他的前後桌都有意識地為他留出了最大的位置。

廖停雁覺得一班的同學視線都似有若無地掛在她身上，她不太自在地掐著橡皮擦，掐了一堆碎屑出來。三分鐘過後，司馬焦抬頭環顧一圈：「在看什麼？」

所有人迅速垂下了頭。

廖停雁丟下橡皮擦，在課桌底下用力捏他的手！老大！你這樣很像欺壓人的大壞蛋啊！

8 8 8

二年一班的同學們發現了一個祕密，他們班上那位老大，好像在和新同學談戀愛。

為此，他們特地建了個群組，除了司馬焦和廖停雁，全班剩下的三十八個人都在群組裡。

『我看到老大從抽屜裡摸出一瓶奶茶，插好吸管放在廖停雁桌上了！廖停雁還順手就拿起來喝了啊啊啊！』

『老大的抽屜裡什麼時候放過奶茶這種東西？我一直懷疑他的抽屜裡放的是刀或者槍之類的危險物品！』

過了一會兒，有人在群組裡傳：『廖停雁剛才是不是摸了老大的頭髮？』

『好像是，我也看到了。』

『糟糕，老大被她弄醒了。』

『老大看了她一眼。』

『然後沒事發生，老大趴下去繼續睡了？』

『沒事發生？我還以為新同學要被打了！』

『我就說他們肯定在談戀愛，就算是老大也不會……呃，他真的不會打女朋友嗎？』

『是不是女朋友還不一定呢，說不定是他妹妹！』

三十八個同學暗中觀察，一有風吹草動，群組裡就是一群土撥鼠尖叫，廖停雁自以為不會被察覺到的小動作，都被顯微鏡式地放大在群組裡觀察。

晚自習的時候，一班的一群人表面上認真學習著，暗地裡紙條傳遞頻繁，群組裡也常有人傳訊息。

一般來說，老大很少會來上晚自習，而今天，他來了，雖然是趴在那裡睡覺。

『她拿出耳機聽音樂，塞了一個耳機在老大耳朵裡。』

『勇氣可嘉……老大連這樣都能忍？他不是有點聲音都覺得煩嗎？』

『你們告訴我，這是不是一個假的老大，他是別人假扮的吧？同班一年了，我從來沒見過他脾氣這麼好的時候！』

二年一班的群組裡炸了好幾天，才慢慢恢復平靜，只是現在還有些人時不時就會談到那兩位。自從廖停雁轉到他們班上的那一天起，就好像進入了新的歷史紀元，他們沉寂了一整年的教室，忽然間就出現了生機。

最先是廖停雁和旁邊的人說話，她並沒有特意壓低聲音。因為有她的帶頭，大家不知不覺間就不再壓低聲音說話了，偶爾有吵鬧聲不小心太大，吵到那位惡龍老大，她都會負責安撫。

第一次發現她在桌子底下拉著老大的手晃來晃去安撫他，大家簡直要瘋了。

「不愧是老大的女朋友，可以為所欲為。」

「我覺得她可以上個尊號，叫勇者，勇者鬥惡龍的那個勇者。」

「不，用龍騎士更貼切。」

「去死，胖子你的思想也太汙穢了！」

「我覺得你們兩個的思想都滿汙穢的。」

第一次段考成績出來，廖停雁毫不意外是全班的倒數第一。她自己是早有預料，拿著成績單趴在桌上懨懨的，她以前就成績一般般，雖然被男朋友教了半年，想一下子在學霸班級排上前列，還是有點困難。

「幹嘛這種表情？妳會考不好是我沒教好，跟妳有什麼關係？」司馬焦捏著她的後頸，把她從桌上拉起來，非常理所當然地說。

廖停雁看了看旁邊的同學們，發現他們都在埋頭寫題目，好像沒聽見男朋友的話，心裡鬆了口氣，又想著不愧是一群學霸，專注學習，沒有愛熱鬧八卦的心。她湊近司馬焦，低聲說：「這個星期去你家補數學還是英語？我兩科都沒考好。」

坐在他們前面的同學迅速拿出手機，在課本的遮掩下敲擊打字，傳送到群組裡——

『我剛才聽到廖停雁說週末要去老大家！』

『直接去家裡？為所欲為，為所欲為，我先告辭！』

『嘶……老大談戀愛都是這麼明目張膽的嗎？他以為學校是他家開……喔抱歉，我忘了，還真是他家開的。』

下午的課程是檢討考卷，數學老師在臺上公布了分數，接著點名罵人。廖停雁的數學分數全班最低，首當其衝，撞上了數學老師的炮火。

這位數學老師比較年輕，才剛畢業沒多久，據說學歷也高，還是學校經營者家中的親戚，一畢業就過來教菁英一班。

她教了一班一年，嚴厲的形象已經深入人心，尤其喜歡辱罵學生。整個一班除了司馬焦，幾乎都被她狠狠地罵過，分數比之前還低、寫錯她曾講解過的題型、上課說話，就連遇到她心情不好的時候都會被罵，就算是什麼事都沒發生，她在上課也要先冷嘲熱諷一番。之前從一班轉走的那一個女生就是受不了她的辱罵，最後哭著轉班的。

她和司馬焦一樣，屬於一班同學的兩大心理陰影之一。

「妳知道妳拉低了一班的多少平均嗎？妳這個成績是怎麼到一班來的？我跟妳說，妳是怎麼來的，最好就給我怎麼滾回去。妳看看妳考的是什麼東西，妳這個腦袋還學什麼數學，不然妳回去重讀小學？」

廖停雁上去領考卷，被這位老師冷嘲熱諷了一輪，考卷都直接被丟在了她的腳下。

她彎腰去撿，聽到身後傳來一聲巨響，司馬焦踹翻了桌子。

接下來的場景堪稱一班最混亂的時刻，這個暴躁老大突然發飆，先是走上講臺，直接把講桌踹翻了，然後把考卷全砸在了尖叫的數學老師上，指著教室門要她滾出去。

數學老師覺得十分沒面子，色厲內荏地尖叫：「你是這樣跟老師說話的！」

司馬焦懶得和她多說，上前就想踹人，被廖停雁一把抱住腰往後拖：「冷靜冷靜，我們不打人的啊！」

他那個樣子太嚇人了，別說底下的同學們不敢攔，就連數學老師也被他嚇得花容失色，場中唯一敢靠近老大而被沒他踹出去的只有廖停雁，但她勢單力孤，使出了吃奶的力氣才阻止司馬焦動手。

偏偏司馬焦不願意算了，拖著她負重前行，又用力踹了一腳桌子：「我要妳滾就滾，這個老師妳也不用當了，回去跟妳叔叔說，妳叔叔也不用繼續在學校待下去了。」

數學老師臉色大變，看向他這個有名的混世魔王，再看看整個班沒有一個人站出來為她說話，氣極後哭著跑走了。廖停雁在同學們的注視下，頭疼地抱著司馬焦的腰，連拖帶拉地把他帶離混亂的教室，一路往樓下走去。

一班教室裡安靜了一會兒，被留下來的同學們面面相覷，忽然爆發了一陣歡呼。

「呃，老大和龍騎士退場去哪裡了？」

「我覺得，可能不應該叫龍騎士，剛才那個是不是傳說中的『衝冠一怒為紅顏』？不然就叫紂王和楊貴妃吧？」

「那兩個根本不是情侶啊！快住嘴！」

「不是，那他們去哪裡了啊？」

「好像是底下的小樹林。」趴在窗邊探頭去看的同學回報：「我好像看到他們親親了耶！」

「哪裡！讓我也看一下！」

「哇，這是在安撫嗎？」

「灑狗糧，我有點瞎了。」

第二天，班導師宣布他們的數學老師換人，換了一位擁有二十幾年教齡的金牌老教師，講課細緻，雖然同樣有些嚴厲，但是不愛罵人。

宣布換老師的時候，一班的同學們全體起立鼓掌，廖停雁發現所有人都看向自己，感激之情溢於言表。

廖停雁：「……」但我什麼都沒做啊。

司馬焦在喧嘩聲中皺眉抬頭，立刻被廖停雁按了回去：「你睡你睡。」

８ ８ ８

他們每天早上都需要跑步，對於廖停雁來說，這是比數學課還讓人頭大的事情，她跑步很慢，一圈下來又會喘很久，偏偏跑完就要去做早操，廖停雁累成死魚，動都不想動。

司馬焦以前從來不來班級跑步，後來廖停雁轉來，他也就來了。他從不跑在對列裡面，就在廖停雁旁邊，廖停雁跑，他仗著自己腿長直接用走的，一邊走一邊對慢吞吞的女朋友進行嘲諷：「妳比那隻蠢龜爬起來還慢。」

廖停雁：「我不許你侮辱龜龜，龜龜比我快多了。」

周圍眼觀鼻、鼻觀心的同學們後來才知道，龜龜是老大養的一條寵物蛇，廖停雁提起牠就像提起兒子一樣。

雖然在她跑步的時候司馬焦會對她進行慘無人道的打擊，但廖停雁根本就不會生他氣，跑完之後實在太累了，她會左看右看，等到其他人都走了，就立刻坐在地上：「好累。」

大概是撒嬌，反正每次一到這樣，老大就會把她抱起來。用的是一點都不浪漫的抱法，像抱小孩似的，一班的女生們暗地裡嘀咕，老大也太直男了，公主抱啊，為什麼不公主抱！

偶爾這兩人會逃掉早操，原本逃早操的學生會聚集在小樹林後面躲著，但是自從老大也帶廖停雁去那裡之後，那邊就成了他們專屬的躲早操聖地。曾經有人經過時，看到老大坐在一旁看手機，廖停雁抓著他的手躺在他懷裡休息，身上蓋著老大的制服外套，兩個人安安靜靜地待在一起。

「你們知道嗎？老大會幫女朋友買早餐。」

「不可能吧？我覺得老大都不吃東西的，他都不去學生餐廳的吧？」

「我今天看到了，他買了早餐之後，還買了一堆的零食。這些他自己肯定不吃，當然是給女朋友的。」

廖停雁撕了一條口香糖嚼著，發現前面的同學隱晦地盯著她手裡的口香糖。她遞了一個過去：「你要吃嗎？」

前桌巍巍顫顫地接過一片口香糖，在群組裡狂傳訊息：『啊啊啊啊啊！我吃到了老大幫女朋友買的零食了！』

『哇啊啊啊太羨慕了我也想要！老大買的，能收藏起來了！』

『恨啊！我怎麼沒坐在女朋友旁邊呢！』

經過勇者、龍騎士、楊貴妃等一系列稱呼後，不知不覺中，大家都開始默默地叫廖停雁為「女朋友」。

廖停雁察覺到四面八方的目光，心裡想著，果然還是不該在教室吃零食，眾位學霸同學的目光都好灼熱。她默默把零食放回抽屜裡，算了，克制一下自己。

她看著自己手裡的數學講義，鼓著臉算了半天也沒算出來，默默連紙帶筆推到一旁。司馬焦被她弄醒，接過紙筆，三兩下寫完後丟回給她。

廖停雁：「我照著抄了？」

司馬焦：「抄啊，考試也照我的抄。」

廖停雁聽不太出來他是不是在反諷：「那我自己寫。」

司馬焦：「我要妳考試的時候抄我的。」

廖停雁壓低聲音：「那多不好意思啊……話說你別說這麼大聲啊！被聽到了！」

司馬焦：「嗤。」

英語考卷晚上要交，廖停雁還有兩張沒寫完。

廖停雁：「救命！救我！」

司馬焦：「交什麼，不要交就算了。」

廖停雁：「我寫不完了！嬌！求求你！」

司馬焦被她鬧到嘖了兩聲，扯過她剩下的兩張英語考卷，拿了支筆作答，他的速度很快，看兩眼就唰唰地寫完了，態度隨便，又很用力，考卷都快被他弄破了。

廖停雁：「不能隨便亂選！」

司馬焦：「妳以為我是妳嗎？」

後來考卷發還下來，果然一題都沒錯。

全班唯一全對的人就是廖停雁——司馬焦自己壓根就沒寫。

知曉內情的同學們：「媽的好羨慕！」

慢慢的，一班的同學們就習慣了老大在女朋友面前好說話又百依百順的樣子。和以前比起來，雖然還是像隻老虎，但以前是真的會吃人的老虎，現在則是紙老虎，還有點詭異的反差萌。

「剛才老大跟我說話了。」

「啊，他主動跟妳說話？他說什麼？」

「他把我的熱水袋拿走了。」

「喔，懂了，肯定是給女朋友的。」

廖停雁生理期肚子疼，抱著熱水袋懨懨的。她看了一眼旁邊的男朋友，蹭過去：「我好想吃紅豆冰。」

司馬焦睥她一眼：「妳想找死？」

廖停雁：「你聽我說，雖然是冰的，但是紅豆補血……」

司馬焦看著她。

廖停雁：「好吧，那我不吃了。」

那樣子看起來怪可憐的，上課十幾分鐘，司馬焦看著廖停雁下垂的眼睛，聽著她有氣無力的聲音，起身走了出去。弱小無助又可憐，還經常被借課的音樂老師不敢多問，也不敢說，就當沒看見。結果人出去沒多久，拿著一碗紅豆冰又回來了。

在眾目睽睽之下，讓他隔壁的人吃了一口。

音樂老師：「……好的，同學們，我們今天來欣賞一首《結婚進行曲》。」

一班的同學們默默地為音樂老師鼓起了掌。

後來，司馬焦和廖停雁結婚的時候，一班所有的同學都被邀請到場，他們聽著那首《結婚進行曲》，都不由得想起高中那天，那個有蟬鳴和藍天白雲的午後。

「老大看著女朋友的眼神好溫柔啊！」前排的女生悄悄和隔壁同學嘀咕。

—校園小故事完—

番外五　那我們就去天涯海角吧（末世篇）

司馬焦抓到了一隻奇怪的喪屍。

「妳是喪屍？」司馬焦腳上的黑色長靴沾滿帶著腥氣的汙漬，他把腿隨意地架在火堆上，任由火焰舔舐著他鞋上的汙穢，火焰卻沒有燒壞他的鞋子。

他是一個非常厲害的火系異能者。廖停雁想起他剛才踩碎喪屍的腦袋，讓腦漿濺到鞋上的場景，就覺得一陣頭痛——沒辦法，她現在也是喪屍了，看到同類死得這麼慘，難免膽戰心驚。

「說話。」男人神情陰鬱，帶著暴躁的戾氣，很是不耐煩。他看起來是那種一言不合就要殺人的躁鬱症異能者，看他這麼暴躁，可能還是躁鬱症晚期。

廖停雁緊張地動了動被綁著的手，張嘴後發出滯澀嘶啞的聲音：「好、好像是。」

司馬焦踩著那個火堆湊近她，捏著她的下巴看了看：「我第一次看到會說話的喪屍。」

廖停雁：老實說，我也就見過自己這麼一個奇葩。

她看著眼前這個白膚黑髮的年輕男人，他的手毫不顧忌地放在她的左胸上按了按。

廖停雁：這個動作……不是吧，你這麼喪心病狂嗎？連喪屍都要睡啊？她雖然和普通的喪屍不一樣，身體沒有腐爛乾癟，但不管怎麼講，本質也還是喪屍啊！

她在進行腦內風暴式推演，臉上也不由自主地帶出這種意思。聽到男人低聲嗤了一聲，她抬頭，看到他臉上寫滿了鄙夷和嘲諷。

他接著又按了按她的脖子，這才收回手：「沒有心跳，沒有溫度。」他打量她的目光很奇怪。

講道理，你自己的手像冰塊一樣，比我一個喪屍還要冷好嗎？廖停雁覺得自己弱小可憐又無助，緊張兮兮地縮在柱子旁邊，她的兩隻手被這個男人拷在柱子上，沒辦法掙脫。

男人不知道在考慮什麼，過了一會兒問：「妳要不要吃人？」

廖停雁趕緊搖頭，要不是太久沒說話，聲音像破鑼一樣不太清楚，她會立刻跳起來大喊自己絕對不吃人。現在更是連肉都不吃了，是隻一心向善的喪屍，絕對不會害人。

結果男人看起來反而更嫌棄她了：「連人都不吃，妳也算喪屍嗎？」

廖停雁心想：我要是會吃人，就先咬你一口，讓你也變成喪屍。讓你和那些沒有神志的同伴一起在大街上吹風淋雨，穿著破爛的衣服跳街舞。

司馬焦捏著她的下頷，迫使她張開嘴巴，手指探進她的嘴裡摸牙齒。

廖停雁：等一下，你尊重一下我這個喪屍好嗎？喪屍的嘴你都敢摸，還有什麼是你不敢做的？怕了怕了。

司馬焦說：「有點意思。」

他一句「有點意思」，廖停雁就被迫成了他的跟班。

在末世，人類獵殺喪屍和喪屍吃人一樣，都是理所當然的事。司馬焦是倖存的人類中少見的頂級異能者，所以他沒有躲在聚居地裡，反而敢孤身行走在荒廢區，還敢抓喪屍來玩。

廖停雁變成喪屍後，躲了很久，在遇到司馬焦之前，她差不多有兩年沒有和人面對面說過話了，差點就患上社交恐懼症。跟了司馬焦之後，她被迫開始說話，復健進度更是一日千里，很快的，她就可以熟練地拍「虎屁」了。

她實在是為生活所迫，不得不當隻狗狗。

但是老大好像不是很喜歡被吹捧，但凡廖停雁連續說話超過一百個字，他就會面無表情地用他的長刀敲鞋頭：「太吵了，我現在要選一隻喪屍來殺一殺，誰會有這麼好的運氣呢？」

廖停雁立刻就閉上嘴，並且迅速地把在不遠處徘徊的無辜落單喪屍拖了過來。

那個迷茫的喪屍聞到人味，瞬間張牙舞爪地興奮了起來，司馬焦一刀砍死，屍體被燒成灰。

好了，死道友不死貧道，今日又超渡一人了。

廖停雁搓搓手：「老大，你現在爽了嗎？」

司馬焦說：「不。」

這是個慣常不講道理的臭老大，偶爾腦子還會出問題。

作為一個喪屍，廖停雁不吃人，也不吃其他東西。什麼食物她吃下去都會照原樣吐出來，最痛苦的是她能聞到各種味道，卻根本嘗不出味道，為此她不知道有多羨慕老大，然而——老大他好像更羨慕她不用吃東西。

每次到了要吃東西的時候，司馬焦就神情難看。他把找到的食物胡亂地往嘴裡塞，吃得厭煩不已，而廖停雁就坐在一旁用力地吞口水，結果後來，司馬焦好像因此找到了吃東西的樂趣。

「S基地出產的麵包。」司馬焦晃了晃手裡拆封的麵包。

廖停雁聞到一股奶香味，眼巴巴地看著那好久沒吃過的麵包，記憶裡的鬆軟味道彷彿在舌尖化開。看夠了她渴望到吞口水的表情，司馬焦才把麵包塞進嘴裡，覺得麵包好像確實有了那麼一點不同往常的香甜。

「中央基地出產的乾泡麵。」

廖停雁嗅嗅那股飄在空氣裡的辣香，沒有想到自己在有生之年竟然會想吃泡麵想成這樣。盯著司馬焦一口一口慢悠悠地把麵吃完了，她整個人也不知不覺地越湊越近。

廖停雁說：「我覺得我再試試，說不定能嘗出辣味呢！」

司馬焦看了她一眼，敲敲碗，廖停雁會意後端起，迫不及待地喝了一口，然後默然了。

她還是嘗不出味道！這簡直是慘絕人寰！

他們相遇時，司馬焦略顯削瘦，整個人的氣質就如同刀鋒一般銳利，這很大程度上和他對食物的厭惡有關。可是自從帶上廖停雁這位奇葩喪屍，有她每天在一邊盯著他的食物，他的胃口不知不覺地好了一些，整個人肉眼可見地變胖了一些。

他沒有目標，只是不喜歡群居才會離開基地，漫無目的地四處亂走，他習慣了這種生活，可是廖停雁不習慣。她自從變成喪屍後就一直宅在一個地方，每天就是睡覺、曬太陽，但她被司馬焦捕獲後只能跟著他顛沛流離，每天都覺得自己是不是要累到當場去世。

一開始她迫於老大的威嚴不敢吭聲，可後來熟悉了一點後就忍不住了，敢對著老大說：「我好累，能不能休息啊？」

司馬焦第一次聽她說累時，露出「妳真的是個喪屍嗎」的神情。他朝著遠處的喪屍招手，聞到人味的喪屍也熱情地和他招手，並且非常積極地試圖靠過來。

司馬焦指著那蜂擁而至的喪屍大軍對廖停雁說：「妳學學其他喪屍，他們會走一點路就喊累嗎？」

廖停雁：他們根本不知道累，也不會說話啊。

雖然話是這麼說，但他也沒有要求廖停雁馬上起來繼續走。他在原地等她休息，並且燒死了一群熱情迎接的喪屍群。

今日超渡了九十九個人。

廖停雁開始覺得老大其實是個好人，因為在她數次累到趴下之後，老大就決定不走路了。他進了一座廢棄的城，找了一輛摩托車代步。

他竟然還會改裝摩托車！

廖停雁抱著他的刀和外套坐在一邊，看著老大在那邊敲敲打打地改裝摩托車。人長得帥，修車都像是在做航空母艦。

車子換上新輪子，還加裝了一個拖板，開始廖停雁以為那是放東西的地方，結果那裡是給她的特等席。

等到這輛造型奇特的摩托……或許它已經沒資格再被叫作摩托車了，總之當代步工具進入使用範疇的時候，廖停雁坐在拖板改造的乘客席上，覺得自己像是坐上了阿拉斯加犬拉的雪橇。每當遇到顛簸的路段，她和拖板一起「匡噹匡噹」地抖動，或者被拖板拋到空中的時候，她都特別想唱歌。

「這是飛一樣的感覺！這是自由的感覺！」她唱歌本來就沒音準，被這車抖到連氣息都快沒了。

作為「喪屍超渡者」的「帶刀騎士」，同時也是「狗拉雪橇之主」的司馬焦：「妳再唱，我就把拖板砍斷。」

「嗶——」廖停雁自動消音。

老大被她逗笑了。這個人的笑點很奇特，她故意逗他笑的時候，他一臉冷漠不耐煩，她沒想要逗他笑，他反而會突然笑得渾身抽搐。他的笑點和他的脾氣以及心情一樣，難以捉摸。

他們在廢棄的城市之間遊走，雜訊有點大的奇葩摩托車載著他們到處流浪。廖停雁從前一直都是待在同一個地方，直到現在，她才真正看清楚了這個與從前不太一樣的災後世界。並不是一切都在變壞消失，也有變好的，例如環境，也有永遠不變的，例如夕陽和星空。

司馬焦並不是一直都讓人討厭。在野外露宿時，他會點生起火堆，讓它一直燒到天亮。以前他一個人過日子，從來就不生火，他更喜歡待在黑暗裡，然而，廖停雁在晚上沒有火堆就會覺得難受。他開始吃東西之前會先讓廖停雁聞個夠，有時候還會分給她一些，哪怕她並不能吃，只能捧在手裡聞一聞，他也會因此浪費珍貴的食物。有時候他們進到廢棄的城裡，他找到些稀奇古怪的東西就會隨手塞給廖停雁，廖停雁也不知道這算不算他送自己的禮物，像是泡澡時玩的橡膠黃色小鴨和路邊餐館落了灰的菜單等等。

抱著菜單看圖片、吞口水的廖停雁心想：這老大到底是想讓我畫餅充饑、望梅止渴，還是在嘲笑我不能吃東西？

她收到最像禮物的一樣東西是一面小鏡子，那鏡子還帶著一個小梳子，方便攜帶的那種，能摺疊收起來，外表看起來像個漂亮的飾品。收到這東西後，廖停雁忍不住心想：司馬焦是不是看上自己了？孤男寡女日久生情什麼的，也不是不可能的啊。

她一邊想，一邊捧起河裡的水洗臉。那邊的司馬焦跨坐在車上，一腿撐著地面。他有些不耐煩地敲了敲地面：「洗夠了就趕緊走，喪屍要那麼乾淨幹嘛，別人會看妳乾淨就不殺妳了嗎？」

廖停雁面無表情地從河邊站起來，擦擦自己的臉。好了，想太多了，日久生情什麼的是不可能的。不同物種怎麼談戀愛？而且這混帳懂個屁戀愛。

她溼著頭髮跑過去，司馬焦卻一把捏住她的後頸，在她驚愕的目光中，隨手把她的頭髮烘乾了。火系異能者吹頭髮真的超厲害，但是……你幫我吹頭髮是什麼意思！你這個男人，你撩什麼撩啊？

廖停雁覺得自己有點危險，她回想了一下，竟然覺得司馬焦有點像是和女朋友一起逛街，等到不耐煩的「直男」男友，他雖然不耐煩，但還是會繼續等。

8 8 8

時間久了，廖停雁覺得自己一點都不怕司馬焦了，甚至偶爾還會想：要是能一直這樣也不錯，都在末世時分變成喪屍了，活得自在一點、隨便一點有多好。

他們停下來休息，遇上了一個車隊。

車隊的人都認識司馬焦，因為他的名氣太大，在幾個基地裡面都算是名人。他特立獨行的性格、嚇死人的脾氣和最高等級的異能三者組合在一起，不能不令人側目。廖停雁這個時候才從這些人口中知道，原來司馬焦老大是個賞金獵人。

這個末世專有的職業蓬勃發展，上到深入喪屍佔領區尋找重要物品，下到前往其他基地尋人都可以委託賞金獵人，而司馬焦是賞金獵人中最厲害，也最令人無奈的一位。

最厲害是因為他能獨自一人深入喪屍區，什麼危險的委託他都有能力完成，令人無奈則是因為這個人明明能完美地完成任務，有時候卻會因為心情不好而直接讓任務泡湯。

「沒想到會在這裡碰到您。」車隊裡的隊長拿著菸過來搭話：「中央基地前兩天剛剛發布了一個最新的懸賞公告，說是要找還保持著理智，外表和人類相差不大的喪屍，賞金很豐厚。他們之前發現了這種喪屍，還在這種喪屍的腦內找到能讓異能大幅度升級的好東西，您聽說了嗎？」

廖停雁原本正捧著一塊乾麵包在那裡待著，聽到這段話，整個人就是一僵，不由自主地去看司馬焦。

司馬焦面色淡淡，好像根本不在意。他只用刀鞘敲了敲鞋尖，來跟他搭話的人就閉嘴走了，不敢再繼續吵他。

廖停雁和司馬焦兩個人坐在火堆邊，半晌都沒有說話。等到車隊走了，廖停雁逕自躺在地上，視死如歸地說：「來吧。」

司馬焦提著刀正準備站起來，聞言又坐下來了，抱著胸看她。

廖停雁說：「能輕一點嗎？我怕痛。」

司馬焦說：「我還沒有饑渴到要睡喪屍。」

廖停雁說：「是這樣，你不殺了我去換賞金嗎？聽說酬勞很豐厚啊。」

司馬焦說：「要我拿妳去換錢，我要誇妳勤儉持家嗎？」

她一骨碌地坐了起來：「你為什麼不這麼做？」

司馬焦說：「想和不想，都不需要理由。」他過去騎車：「走了。」

廖停雁默默地跟上，覺得老大好像真的有一點喜歡自己。

她藏不住心事，在下一次休息的時候就搓著手湊上去：「老大，你是不是想和我……談個戀愛？」

司馬焦看了她一陣子，突然說：「也行。」

廖停雁：等等，我不是在告白，你這個「我就大發慈悲地答應妳了」的表情是什麼意思？我真的就是隨便一問啊。

總而言之，她稀裡糊塗地開始和老大談戀愛了。作為老大的新晉女友，有鑒於自己是隻喪屍，廖停雁不得不為男朋友的終身「性」福著想。

她在廢城裡瞎逛，無意中找到了一件神器，手動飛機杯。看著上面寫的產品介紹——「給男人最完美的性體驗」，廖停雁陷入沉思。這個應該不存在過期的問題吧，還是能用的吧？雖然這禮物有點羞恥，但真的非常貼心，而且從實用角度來看，它很有實用性。

我真是個好女朋友，廖停雁心想。

「送給你。」她說。

司馬焦看著她的禮物，半天都沒說話，然後慢慢地抽出刀，「咚」地一下，把這東西砍成了兩半。那一刀好像砍在了廖停雁的心口一樣，砍得她心驚肉跳，她下意識地跳出去，蹲到了他們的車後面。

司馬焦一腳踢開被劈成兩半的飛機杯，看向她：「過來。」他的眼神和架勢都像是要幫雞拔毛一樣。

廖停雁說：「不不不，你先冷靜、冷靜一下，不要衝動，亂來的話，說不定會感染喪屍病毒的！」

司馬焦把她捉了過來，按在膝蓋上，二話不說，替她……剃了個頭。

廖停雁心裡涼颼颼的，她看著自己的頭髮：「我們可以分手嗎？」

司馬焦二話不說又是一刀，把那個無辜可憐的飛機杯砍成了四瓣。

廖停雁說：「不分，絕對不分，這輩子都不可能分手的！」

他們晚上躺在一起的時候，廖停雁還有點心慌：「那什麼，要不然我們還是分開睡吧？萬一我作夢吃到什麼東西，不小心咬了你一口，這不就造成悲劇了嗎？」這種場景真的又慘又傻。

司馬焦枕在背包上，看著她。

廖停雁說：「好好好，不分開不分開，就這麼睡，我沒問題，我完全可以！」

她轉過身，朝天翻了一個白眼，她的老大男朋友是個什麼品種的小公主啊？「小公主」抱住了她的腰，把她往懷裡壓了壓。

廖停雁：好吧，我最喜歡小公主了。

他們在清晨時刻再次上路。

司馬焦忽然問她：「妳有沒有想去的地方？」

廖停雁想了一想，看著他的背影開玩笑說：「那……天涯海角？」

司馬焦扭頭看了她一眼，忽然勾唇笑了一下：「那就去天涯海角。」

廖停雁被他這個笑容電得小鹿亂蹦，下一刻，他們的坐騎摩托車發出咆哮聲衝上大路，廖停雁也像隻小鹿似的從座位上蹦了起來。

「老大！你騎慢一點啊！」

—末世小故事完—

高寶書版集團
gobooks.com.tw

YS 005
獻魚（下）

作　　者　扶　華
責任編輯　陳凱筠
封面設計　鄭婷之
內頁排版　賴姵均
企　　劃　鍾惠鈞

發 行 人　朱凱蕾
出　　版　英屬維京群島商高寶國際有限公司台灣分公司
　　　　　Global Group Holdings, Ltd.
地　　址　台北市內湖區洲子街88號3樓
網　　址　gobooks.com.tw
電　　話　(02) 27992788
電　　郵　readers@gobooks.com.tw（讀者服務部）
傳　　真　出版部　(02) 27990909　行銷部 (02) 27993088
郵政劃撥　19394552
戶　　名　英屬維京群島商高寶國際有限公司台灣分公司
發　　行　英屬維京群島商高寶國際有限公司台灣分公司
初　　版　2021 年 6 月

本著作物由北京晉江原創網絡科技有限公司授權出版。

國家圖書館出版品預行編目(CIP)資料

獻魚 / 扶華著. -- 初版. -- 臺北市：英屬維京群島商高寶國際有限公司臺灣分公司, 2021.06
　面；　公分. --

ISBN 978-986-506-142-5（上冊：平裝）. --
ISBN 978-986-506-144-9（下冊：平裝）. --
ISBN 978-986-506-145-6（全套：平裝）

857.7　　110007497